MİRASÇILAR

Senarist: Kim Eun-sook

상속자들

**Korece Orijinalinden Çeviren:
Derya Son**

MİRASÇILAR - 1
Senarist: Kim Eun-sook

Orijinal Adı: The Heirs - 1
© SBS Content Hub, 2013
Türkçe Yayın Hakları ©2017 Olimpos Yayınları

Çeviri: Derya Son
Redaksiyon: Funda Çalışkan
Son Okuma: Bensu Çalışkan
Kapak Tasarımı: Sevil Şener

1. Baskı: Ekim 2017
ISBN: 978-605-2063-22-4

Bu kitabın Türkçe yayın hakları KL Management aracılığı ile Olimpos Yayıncılık San. ve Tic. Ltd. Şti'ye aittir. Yayınevinden izin alınmadan kısmen ya da tamamen alıntı yapılamaz, hiçbir şekilde kopya edilemez, çoğaltılamaz ve yayımlanamaz.

OLİMPOS YAYINLARI
Maltepe Mah. Davutpaşa Cad. Yılanlı Ayazma Yolu No:8 K:1 D:2
Davutpaşa / İstanbul
Tel: (0212) 544 32 02 (pbx) Sertifika No: 13718
www.olimposyayinlari.com - info@olimposyayinlari.com

Genel Dağıtım: YELPAZE DAĞITIM YAYIN SANAT PAZARLAMA
Maltepe Mah. Davutpaşa Cad. Yılanlı Ayazma Yolu No:8 K:1 D:2
Davutpaşa / İstanbul
Tel: (0212) 544 46 46 Fax: (0212) 544 87 86
info@yelpaze.com.tr

Baskı ve Cilt: Sistem Matbaacılık
Maltepe Mah. Yılanlı Ayazma Sk. No: 8 Zeytinburnu / İstanbul
Tel: 0212 482 11 01   Sertifika No: 16086

MİRASÇILAR

Senarist: Kim Eun-sook

01

Geliyor.

Başlangıç çizgisinde duran sörfçü gençler hep birlikte sörf tahtasının ucunu sahil tarafına döndürdüler. Özgür ve rahat bir şekilde sörf tahtasına yüzüstü yatmış olan Tan da yavaşça sahil tarafına doğru elleriyle kürek çekerek yönünü belirledi. Zamanlama önemliydi. Dalga arkasından gelene kadar beklemeliydi. Acele ederse sörf tahtasının üzerine çıkıp durmak şöyle dursun hemen devrilecekti. Biraz daha, biraz daha... Dalganın kendisini takip etmesini bekleyen Tan bir anda sörf tahtasının üzerinde ayağa kalktı. Tarif edilemeyecek kadar büyük bir dalgaydı. Dalganın büyüklüğünü umursamıyormuşçasına Tan, vücudunu kaldırıp ayağa dikilerek kocaman dalgaların arasında ustaca sörf yaptı. Dalgaların oluşturduğu kocaman tünelin içine çekilirmişçesine kayan Tan'ın arkasına doğru dalgalar alçalmaya başladı.

Tehlikeli bir şekilde dalgalardan kurtularak dalgalara binen Tan, sonunda alçalan dalganın içine tahtasıyla birlikte daldı. Ardından dalga Tan'ın ayakta durduğu yere doğru alçalarak çarptı. Başının üzerinden beyaz bir şekilde yükselen köpükler... Suyun içinde Tan düşündü. Belki de iyi ki gelmişti, Kaliforniya'ya. Bunu 3 sene önce Kaliforniya'ya ilk geldiğinde düşünmüş olmalıydı. Geç kalmış bir düşünceydi.

Jay, kumsaldaki şemsiyenin altında uzanmış, güneşlenen, yeni gelen sarışınlara sarkıntılık etmek için büyük bir çaba harcıyordu. Kıpkırmızı yanmış vücuduyla sarkıntılık ederken yüksek sesle gülüp konuşarak, sarışın kadınların sırtına yağ sürüyor ve bu hâliyle çok komik görünüyordu. Tan bilerek Jay'in yanına sörf tahtasını hızlıca kuma sapladı. Sarışınların bakışları birden Tan'a yöneldi. Tan kendine çevrilen bakışları umursamayıp sörf kıyafetinin üstünü çıkartıp beline bağladı. Sarışınlar güneş gözlüklerini indirip sörf ile yoğrulmuş Tan'ın vücuduna bakıp aralarında göz işaretleri yaparak kıkırdadılar.

"Bayanlar bu Asyalı adama göz dikmeyin. Çok tehlikeli bir adamdır."

Jay sarışınlara blöf yaptı.

"Neden? Yoksa yakuza* mı?"

"Onun gibi bir şey."

Jay birden gizemli bir şekilde sesini alçalttı. Bunun üzerine kızlar merakla gözlerini Tan'a diktiler. Tan saçlarını kurularken sarışınların bakışlarına karşılık verdi.

---

* Yakuza: Japonya'daki geleneksel organize suç gruplarının üyelerine verilen isimdir.

"Uyuşturucu satıcısıyım ben."

Bu cümle çok normal bir şeymiş gibi çıktı Tan'ın ağzından. Tan'ın bu ciddi ifadesine şaşıran sarışınlar ağızlarını açıp bir şey diyemediler.

"Gerçekten mi?"

Kızlardan biri Tan'ın yalanını sezerek tekrar sorunca Tan muzip bir çocuk gibi sırıttı.

"Bu ne ya! Gerçek sandık."

Bu şaka ile ortam samimileşti. Jay fırsattan istifade cep telefonunu çıkartarak hemen sarışınların telefon numaralarını kaydetti.

Çok geçmeden güneş battı. Kızıla boyanan sahilde duran Jay, Jessie'yi kendine çekerek öptü. Jessie de durumdan şikâyetçi değildi ki Jay'i iteklemedi. Dışarıdan kim baksa 1 yıldır çıkıyorlar sanırdı. Nasıl oluyor da kızların hepsi böyle bir adama kanıyorlardı? Daha önce bu soruyu Jay'e sorduğunda Jay samimi bir şekilde cevaplamıştı. Nasıl oluyorsa sadece o anda içtenim demişti. Gerçekten o anda o kızları sevdiğini söylemişti. Jay'in o içtenliği her zaman işe yaramıştı. Sadece o kısa süren içtenliğin zaman zaman Tan'ı rahatsız etmesi sorundu. Jay kızlardan soğuduğunda kızlar ağlayıp sızlayarak teselliyi Tan'da arıyorlardı. O kızları teselli etmek ya da reddetmek her zaman Tan'ın göreviydi. Bu görev gerçekten çok sinir bozucu bir işti. Yine de Jay'i düzeltmeye çalışmaktansa kızları vazgeçirmek daha kolaydı. Kimi nasıl vazgeçireceğini Tan çok iyi biliyordu.

Ağabeyini geri döndürmenin yolu yoktu. Ne derse desin, nasıl davranırsa davransın sabitti. Sabit olan bu soğukluğu korkunçtu. Ne yaparsa yapsın ilgisini çekemiyordu. Ne yaparsa yapsın sevgisini kazanamıyordu. Nefretini bile kazanamıyordu. Bütün bunlar Tan'ı üzüyordu. Yine de bütün bu yalnızlığa tahammül edebileceğini düşündü. Bir gün, nasıl olsa bir gün olacak diye, bu küçük umuda tutunarak ağabeyinin yanında olmaya karar verdi. Fakat Tan hayatında ilk kez birinden sevgisine karşılık alamıyordu. Bu abisinden aldığı kesin bir reddi. Tan'ın yurt dışına okumaya gittiği gün Won'un vedası basit, kısa ve dürüsttü.

"*Ders çalışmak mı? Çok sıkı çalışmana gerek yok. İngilizce mi? Öğrenmek istemiyorsan öğrenme. Sadece ye, iç, gez. Hiçbir şeyi dert etme ve düşünme. Genelde varlıklı ailelerin gayrimeşru çocukları yiyip içip gezerler. Hayal kurmazlar. Ve mümkünse geri de gelme.*"

Tan işte o an anladı. Yurt dışına okumak için değil de sürgüne gönderildiğini. Won'un kendi annesine kaptırdıklarını geri almaya çalıştığını...

"İyi de sen suçlamıyor musun? Senden nefret eden ağabeyini, seni doğuran anneni, bir kere bile senin tarafını tutmayan babanı?"

Jay ağzına sucuğu sokarken Tan'a sordu.

"Bilmem ne desem ki? Birilerini suçlamak için çok tembelim."

Bir yudum kahvesinden içen Tan cevap verdi. Stella yaklaşarak, bitmekte olan Tan'ın fincanına kahve doldurdu. Stella bu restorandaki tek Koreli garsondu. Korece adını defalarca sorsa da söyletmeyi bir türlü becerememişti. O kız bir şeylerden vazgeçmişti. Hayattan vazgeçmiş biriyle hayatı tamamen bırakan birinin arasındaki ortak duyguyu paylaşıyorlardı. Bu sanki teselli gibiydi. Aynı zamanda Tan'ın ısrarla bu restorana gelmesinin sebebiydi. Stella ilgisizce sordu.

"Her gün ne yazıyorsun böyle?"

"Ev ödevim. Kompozisyon."

"Ödevlerini yapmıyormuş gibi görünüyorsun."

"Öyle göründüğüm için yapıyorum."

"Karşı geldiğin kişi kim? Öğretmenin mi?"

"Kahve için teşekkürler."

"Tekrar istersen söyle."

Stella tekrar sormadan dönüp gitti. Restoranın pencere kenarındaki masasında oturmuş bir şeyler atıştırıp kahvesini yudumlarken bir yandan da batan güneşi izliyordu. Zaman zaman gerçekten hiçbir şeyi dert etmeden yaşayan zengin ailenin gayrimeşru çocuğuymuş gibi, öyle yaşa diyen ağabeyini hatırlayıp bu yüzden kendini yalnız hissetti. Hiçbir şey düşünme diyen ağabeyinin emrini yine ağabeyi yüzünden bir türlü yerine getiremiyordu.

Tatilse tatil, tatil töreni de neyin nesi? Yeong Do okula doğru yönelen arabanın içinde sürekli esnedi. Yeong Do'nun bu hareketi yüzünden sinirleri bozulan şoför sık sık dikiz aynasından Yeong Do'ya baktı. O anda eğlenceli bir şey arıyormuş gibi arabanın camından dışarıya bakan Yeong Do'nun gözleri parladı.

"Ajeossi* arabayı durdurun!"

Şoför ikiletmeden yol kenarında arabayı durdurdu. Hemen arabadan inen Yeong Do uzakta yavaşça yürüyen Jun Yeong'a doğru koşarak gitti ve samimi bir şekilde elini omzuna attı.

"Arkadaşım okula mı gidiyorsun?"

Jun Yeong, Yeong Do'nun tahmin bile edemeyeceği bu hareketiyle korkarak iyice büzüştü.

"Omuzlarını düzelt arkadaş. Kim görse seni rahatsız ettiğimi sanacak. Off... Okula gitmek istemiyorum. Değil mi arkadaşım?"

Yeong Do, Jun Yeong'un omuzlarını güçlü bir şekilde kavradı. Jun Yeong, Yeong Do'nun kendisini kavrayan elini kaldırma düşüncesine bile cesaret edemedi, başını öne eğip konuşmadan sadece yürüdü. Jun Yeong'un cevap verip vermemesi önemli değildi. Yeong Do, Jun Yeong'un omzunu sıkıca tutarak suç ortaklarından birine telefon etti.

"Hemen ustaların atölyesine gel. Ben oraya gidiyorum. Evet, Jun Yeong ile."

Ustalar atölyesi, İmparatorluk Lisesi çocuklarına oyun alanı gibi bir yerdi. Oyun alanı olarak görülse de önüne gelen herkes giremezdi. Özellikle çocuklara örnek olarak gösterilen, okula burslu girmiş olan Jun Yeong için kilidi olmayan bir yerdi.

Yeong Do gücünü toplayıp topu fırlattı.

Pat!

---

* Ajeossi: Samimi olmayan ya da birbirini tanımayan yabancılar arasında orta yaşlı yetişkin erkekler için yaygın olarak kullanılan hitap.

Duvardan sıçrayıp gelen top tekrar Yeong Do'nun eline geçti. *Pat!* Yeong Do topu tekrar fırlattı. Bundan aldığı keyif yüzünden okunuyordu. Duvarın önünde duran Jun Yeong, Yeong Do topu her fırlattığında irkilerek gözlerini kapatıyordu. Yeong Do'nun fırlattığı top sürekli olarak, duvarın önünde duran Jun Yeong'un yüzünü teğet geçti. Yeong Do'nun suç ortaklarından Hyojun ve Sang U, Yeong Do'nun yanında ayakta durup Jun Yeong'un ifadesine bakıp kıkırdadılar.

Yeong Do topu Jun Yeong'un suratını teğet geçecek şekilde fırlatırken, "Arkadaşım, tatilde ne yapacaksın?" diye sordu. Öylesine fırlatıyormuş gibi görünse de Allah'tan Jun Yeong'a isabet etmedi.

"Seni böyle her gün görmeye alıştım, göremeyince çok özleyeceğim. Değil mi?"

Jun Yeong cevap vermeyince Yeong Do topu avucunda sıkıp ağlıyormuş gibi yaptı. Hyojun ve Sang U, "Yaa şunun cevap veremeyişine bir bak, Yeong Do çok üzülecek." diyerek kafa buldular.

"Ne oldu? Sen beni özlemeyecek misin? Bana karşı çok acımasızsın."

Yeong Do tekrar Jun Yeong'a doğru topu fırlattı. Bu sefer top Jun Yeong'un göğsüne pat diye çarptı.

Yeong Do acımasızca sırıtarak, "Ah, özür dilerim. Yaralandın mı?" diye sordu.

Jun Yeong sadece dudaklarını sertçe ısırıyordu.

"Choi Yeong Do atışın çok kötü. Dikkat et biraz. Biri görse onu hırpaladığımızı sanır."

Bir an Yeong Do'nun kaşları tehditkâr bir edayla hareket etti.

"Haklısın. O zaman Son Hyojun, karşıma sen geçmek ister misin?"

"Ne?"

"Karşıma geç. Duvarın önüne."

"Hey, neyin var?"

Sang U, Yeong Do'nun omzuna ortamı yumuşatmak için pat pat vurdu. Yeong Do, Sang U'nun dokunduğu omzuna göz ucuyla bir kere bakıp Sang U'nun yüzüne direkt baktı.

"Onun yerine sen geçmek ister misin?"

Soğuk bir bakıştı. Ortam gerginleşince Hyojun olayı güçlükle şakaya vurarak Jun Yeong'un önüne gidip durdu.

"Tamam, geçerim. Ben geçeceğim. Fırlat."

"Ben fırlatacağımı söylememiştim. Arkadaşlar arasında adil olmalıyız. Jun Yeong!"

Yeong Do, Jun Yeong'u yanına çağırdı. Bu nasıl bir durum? Hyojun, Yeong Do'nun Jun Yeong'un eline topu sıkıştırmasını şaşkın bir yüz ifadesi ile izledi.

"Sıra sende. Fırlat!"

"Yeo... Yeong Do..."

Jun Yeong yangının ortasında kalmış gibiydi. Yeong Do'nun söylediği gibi yaparsa Yeong Do tatmin olacaktı fakat Hyojun bunu yanına bırakmayacaktı. Tabii ki Yeong Do'nun söylediği gibi yapmazsa Yeong Do da bunu yanına bırakmayacaktı. Her iki durum da aşağılayıcıydı. Onun yerine ikisinden de tek seferde dayak yemek daha iyiydi. Jun Yeong tereddüt edince Yeong Do teselli eder gibi samimi bir şekilde konuştu.

"Evet. Fırlatsan da dayak yiyeceksin fırlatmasan da dayak yiyeceksin. Güçlü olandan mı yiyeceksin, güçsüz olandan mı yiyeceksin sorun bu. Ama aslında en büyük sorun ileride de hayatının hep böyle sürüp gidecek olması. Neden mi?"

Buraya kadar konuştuktan sonra Yeong Do, Jun Yeong'a yüzünü ekşiterek güldü. Tüyleri diken diken eden ürpertici bir gülüştü.

"Çünkü biz büyüyünce senin patronun olacağız."

Jun Yeong'un bakışları titredi. Yeong Do o anı kaçırmadı.

"Kararını ver, hemen!"

Samimi fakat belirgin bir şekilde emir veren Yeong Do'nun yüzüne bakarak Jun Yeong düşündü. Gerçekten öldürmek istediğini... Bu düşüncesiyle aynı zamanda hayatını ortaya koyup saldırsa da bu çocuklara azıcık bile zarar veremeyeceğini anladı. Topu elinde tutan Jun Yeong'un eline güç geldi. Onlar da kim oluyor? Para da neymiş? Holding de ne oluyor? Jun Yeong, Yeong Do'nun olduğu tarafa doğru topu fırlattı. Yeong Do hiç şaşırmayıp vücudunu hafifçe çevirip toptan kurtuldu. Top öylece duvardaki aynaya çarptı. Kırılan aynanın parçaları yere dağıldı. Bir an sessizlik oldu.

"Bu herif delirdi mi?"

Sessizliği bozan Hyojun'du. Jun Yeong, Hyojun'un dediklerine tepki bile vermeden sadece Yeong Do'ya sertçe baktı. İnceden inceye titriyordu.

"Vay... Fakirim ama gururumu korurum diyenlerden misin yani?"

Yeong Do, Jun Yeong'un olduğu tarafa doğru yavaşça yürümeye başladı. Yeong Do elini uzatınca Jun Yeong refleksle gözlerini kapattı. Çoktan hazırdı ve suç işlemişti. Yeong Do bu hâldeki Jun Yeong'un kararıyla dalga geçer gibi köşede duran çantasını alıp pat pat Jun Yeong'un omzuna vurdu.

"Sadece bedenine dikkat et. Sağlık en önemli şeydir. Ayy, o kadar çok korktum ki kaçmalıyım. Okullar açılınca görüşürüz. Ne olursa olsun keyifli bir tatil geçir."

"Tamam. Güle güle."

Cevap verip Hyojun, Jun Yeong'un yakasına yapıştı. Yeong Do'nun o hâllerini görüp görmediğini bilmiyorum ama hafifçe geriye dönüp kapıya doğru yöneldi. Suç ortakçılarının o an dayanmak zorunda olduğu aşağılanma ve öfke olduğu gibi Jun Yeong'un payıydı. Küfür edilirken aynı zamanda tekmelerin sesi ve Jun Yeong'un yere düşme sesini dinleyerek Yeong Do, ayar yapılması için bıraktığım motosikletimi almaya gitmeliyim diye rahat rahat düşündü.

"Susturucular, farlar, büyük depo, direksiyon, koltuklar... Hepsini sipariş ettiğin şekilde ayarladım. Parçalar çok gelişmiş nadir ürünler olduğu için hepsi büyük okyanusu geçip geldi."

"Bir o kadar da kâr alacaksınız nasıl olsa."

Yeong Do ayrıntı gibi konularla ilgilenmiyor der gibi motosikletinin sağını solunu inceledi. Tam olarak yapılan ayarlamanın maliyeti ile ilgilenmiyordu. Müdür yalandan gülümseyerek Yeong Do'nun gözünün içine baktı.

"Aa, düzenli müşterimsin. Zincirini ve kayış gergisini de değiştirdim."

"Şimdi benim paramı nasıl harcadığınla mı övünüyorsun?"

"Şey, öyle demek istemedim."

"Küçük serseri çok şımarmış. Ama ben kimim? Bu sefil hayattaki 10. yılım. Satış yaparken tabii ki gülümsemeliyim. Sabredelim, sabır. Sabredersem satışlar yükselir."

Müdür içinden Yeong Do'nun kafasının arkasına defalarca tokat yapıştırıp* kendini zorlayarak gülümsedi.

"Tavuk siparişiniz var, değil mi?"

Garip anı bozarak tam zamanında yumuşak ses tonuyla biri araya girdi.

"Evet, içeriye bırak."

Gerçekten iyi zamanlama olmaması mümkün değildi.

"16.100 won**."

"100 won da neyin nesi? Abur cubur mu alıp yiyeceksin?"

Kısa boylu erkek personelden biri Eun Sang'a şaka yaptı. Eun Sang tek gözünü bile kırpmadan konuşmaya devam etti.

Sanki senin gibi birine harcayacak zamanım bile yok, der gibi.

"Paranın üstü. Kâğıt para verin."

Para üstü getirmekle iyi yapmıştı. Eun Sang kendi öngörüsüne hayran oldu.

---

* Kafasının arkasına tokat yapıştırmak ifadesi Korece'de karşısındakini üçkâğıda getirmek, kandırmak anlamlarında kullanılıyor. Genelde sattığı ürünlerin fiyatlarını normalden çok daha fazlaya söyleyerek fazla kazanç sağlamaya çalışırken kullanılıyor.
** Won: Kore para birimi.

"Vay, çok zekisin. Part-time işin mi? Lise öğrencisi misin?"

Bu sefer başka bir elemandı. Eun Sang kısa bir nefes aldı.

"Tepkisiz kalırsam kendiliğinden geri çekilmez mi acaba?"

"Fiş poşetin içinde."

"İşin kaçta bitiyor? Seni motosikletime bindireyim mi?"

"Hayır. Parayı verin."

"İstemiyormuş gibi yapma. Seni almaya geleceğim."

"Aslında giymiş olduğum spor ayakkabıyı çıkartıp şu yağlı çeneye bütün gücümle vurmak istiyorum. Ben yine yaşının gereğini yerine getiremeyen büyük birinin aklını başına getirmeliyim demek ki."

Eun Sang birden cep telefonunu çıkartıp bir yere telefon etti.

"Merhaba. Ben lise 2. sınıf öğrencisiyim ve şu an part-time çalışıyorum."

"Hey, nereye telefon ettin?"

Telefonla konuşan Eun Sang'ın konuşmasından bir gariplik hisseden personel hemen sordu.

"Karakola."

Eun Sang tepkisiz, sakin bir şekilde, "Buradaki adamlar bana..." diyerek telefon görüşmesine devam etti. O anda aklını birden başına alan erkek personeller Eun Sang'ın telefonunu elinden çekip alarak kapattılar ve cüzdanlarını çıkarttılar.

"Ufaklık. Şaka yapıyordum şaka. 17.000 won. Say."

Paranın tam olduğunu kontrol eden Eun Sang, "Afiyet olsun." diye düzgünce selam verdikten sonra kısa ve hızlı adımlarla dükkândan çıktı.

"Eğlenceli biri."

Yeong Do arkasından geçip giden Eun Sang'a göz ucuyla baktı.

Öğlen yemeği ya da akşam yemeği vaktinde hareketli bir şekilde çalışmam gereken tavukçu dükkânındansa kafede çalışmam beni daha çok yoruyor. Kafede müşterinin ardı arkası kesilmeyip sürekli geldikleri için sipariş ve hesap alıp, içecekleri hazırlama yüzünden pestilim çıkıyor. Zor olsa da yine de kafe işi dönem ortasında da mümkün olduğundan bırakamayacağım bir iş.

Müşteriler tek seferde cümbür cemaat dışarıya çıktılar. O ana kadar sadece POS* cihazının önünde ve mutfağın arasında gidip gelen Eun Sang bezi eline alıp salona çıktı. Masayı silecekken karşısında alışkın olduğu bir yüz gülerek ona el salladı. Chan Yeong'du.

"Ne zaman geldin?"

"Yarım saat kadar oldu."

"Yarım saattir öylece oturuyor musun? İçecek de mi sipariş etmedin? Patronumun kolay mı para kazandığını sanıyorsun?"

Eun Sang'ın sevimli dırdırına Chan Yeong gülümsedi.

"Bo Na gelince vereceğim. Neredeyse gelmek üzere."

"Aa, gerçekten! Seul'de gideceğiniz başka kafe yok mu? Niye sık sık buradasınız?"

---

* POS cihazının açılımı "Point Of Sales Terminal" yani Türkçe karşılığı ile Satış Noktaları Terminali›dir.

Chan Yeong ani bir hareketle Eun Sang'a şemsiye uzattı. Eun Sang dırdır ederken birden durup aptallaşarak Chan Yeong'un uzattığı şemsiyeye ve Chan Yeong'a sırayla baktı.

"Bu ne?"

"İşten çıkıp eve giderken yağmur yağacak."

"*On yıldır arkadaş olduğumuz için mi böyle? Yine de Yoon Chan Yeong bir tane.*"

Eun Sang, Chan Yeong'un uzattığı şemsiyeyi alıp sakince Chan Yeong'un karşısına oturdu.

"Bu yüzden sen de bir an önce kendine bir sevgili bul."

"Senin için hava hoş. Saatlik ücret olmadan geçireceğim her saat benim için çok lüks!"

"Tanrı aşkına kaç tane işte birden çalışıyorsun?"

"Ne yapayım? Bana izin verilen cennet sadece part-time iş cenneti*. Bütün Dünya sadece beni mutsuz etmek için dönüyor gibi hissediyorum. Anlıyor musun?"

Normal bir şeymiş gibi mutsuz olduğunu söyleyen Eun Sang'a Chan Yeong üzüntüyle baktı.

"Yoon Chan Yeong, indir gözlerini!"

O anda keskin sesli biri Chan Yeong'a doğru hızla yaklaştı. Eun Sang ile Chan Yeong şaşkınlıkla aynı anda dönüp baktıklarında ne zaman geldiğini bilmedikleri Bo Na burnundan soluyarak karşılarında duruyordu.

"Geldin mi?"

---

* Part-time iş cenneti: Kore'de part-time iş ilanlarının olduğu web sitesi.

Chan Yeong doğal bir şekilde yanındaki sandalyeyi çekti. Bo Na olması gerektiği gibi Chan Yeong'un çektiği sandalyeye oturdu. İkisinin yaptığı da alışkın oldukları hareketlerdi.

"Erkek arkadaşıma sürekli kuyruk sallama demiştim sana."

"Lee Bo Na, sence ben o kadar güzel miyim?"

"Güzel olduğunu söylemedim zaten."

"Değilim, değil mi? Ama sen çok güzelsin. Bu yüzden bu meşgul öğrencinin değerli vaktini çalma. Sipariş mi vereceksin yoksa gidecek misin?"

Eun Sang canı sıkılmış yüz ifadesi apaçık görünür bir şekilde yerinden kalktı.

"Vay canına. Müşteriye böyle davranabiliyor musun? Servis çok kötü."

"Aman Tanrı'm, yakalandım!"

Konuşma anlamında Eun Sang'ın yenmek için yeteneği yoktu.

Hıh!

Sinirlenen Bo Na da hiç tereddüt etmeden birden yerinden kalktı.

"Chan Yeong gidelim. Yarın gideceğin için onunla burada boşa zaman geçiriyoruz!"

"Gidecek mi?"

Bo Na'nın söylediğine şaşıran Eun Sang, Chan Yeong'a, "Bir yere mi gidiyorsun?" diye sordu.

"Şey... Kısa bir süreliğine..." diye Chan Yeong cevap veriyordu ki Bo Na bütün bedeniyle Chan Yeong'un önünü kapattı.

"Olmaz. Söyleme. Söyleme ona! Sadece ben bileceğim. Gidelim!"

"Yendim işte."

Bo Na, Chan Yeong'un koluna girerek sevinçli bir şekilde güldü. Sonra aniden bir sorun varmış gibi ciddi bir ifade ile Chan Yeong'un kıyafetlerini süzdü.

"İyi de ben sana beyaz temalı kıyafet giydiğinde kırmızı bir şeylerle tamamla dememiş miydim? Yazın Noel çanı konsepti demiştim ya."

"Bunlar, kırmızı."

Chan Yeong spor ayakkabılarını gösterdi.

"Onlar kırmızı değil, koyu kırmızı! Sen beni öldüreceksin!"

Eun Sang sevimli çifte kumrulara sadece saçma der gibi baktı.

"Her neyse, gidelim."

Bo Na ana kapıya doğru Chan Yeong'u tutup çekiştirdi.

"Eun Sang vaktini çaldığımız için özür."

"Müşteri bile yok ne özrü?"

"Mesajlaşalım!"

"Hele bir dene!"

Bo Na yüksek sesle bağırarak kafenin kapısını şiddetle açtı. Kapının ardından kaybolan Chan Yeong ve Bo Na'ya bakıp Eun Sang yorgunmuş gibi seslendi.

"Şu zengin züppelere bir bak!"

Her kim bakarsa baksın beyaz ve kırmızının nefis bir şekilde karıştığı şık çift kıyafetiydi. Yoldaki diğer çiftlerde Bo Na ve Chan Yeong'a gizliden gizliye baktılar. Normal zamanda o bakışlarla havaya giren Bo Na'ydı fakat şu anda ruh hâli iyi olmadığı için hiç umursamadı bile. Bo Na, Chan Yeong'un koluna sıkıca girip söylendi.

"Cha Eun Sang'dan nefret ediyorum. Gerçekten nefret ediyorum, çok nefret ediyorum! Gerçekten nefret ediyorum! Aşırı nefret ediyorum!"

"Böyle yapma ama."

"Sen böyle dediğin için daha da fazla nefret ediyorum! Sefil olmasına rağmen beni hiçe sayıyor. Benim önümde ezilip büzülmüyor. Benim bilmediğim senin çocukluk zamanlarını da biliyor. Cha Eun Sang çok sinir bozucu!"

"Sinirlenirsen çabuk yaşlanırsın."

Somurtan Bo Na, Chan Yeong'un kolunu bırakıp kendi kollarını bağlayarak dudaklarını büzdü.

"Bugün sakin olamam!"

Chan Yeong'un gözünde bu hâldeki Bo Na çok sevimli göründüğü için ay ay ay, diyerek saçlarını dolaştırdı. Birden Chan Yeong'un el temasına şaşıran Bo Na'nın ayağı burkuldu.

"Off, bu hile ama!"

"Eun Sang ve ben sadece arkadaşız. Hayatımın yarısını beraber geçirdiğim arkadaşım. Hiç mi güvenmiyorsun bana?"

"Komik olma! Erkekle kızın arkadaş olduğu nerede görülmüş?"

Bo Na ölse de bilmeyecek. Chan Yeong'un gözünde bu şekilde söylenen Bo Na çok sevimli olduğu için Chan Yeong'un bazen bilerek Eun Sang'dan bahsettiğini. Kullanılmış olan Eun Sang'a mahcup oluyordu fakat Chan Yeong için bu, gizli eğlencelerinden biriydi.

Akşam olmasına rağmen gökyüzündeki bulutların hızlıca hareket ettikleri açık bir şekilde görünüyordu. Gerçekten yağmur yağacak gibiydi. Eun Sang telefonunu eline alıp, ara ara başını kaldırıp gökyüzüne baktı. Eun Sang'ın diğer bileğinde Chan Yeong'un verdiği şemsiye cevap gibi sallanarak asılı duruyordu.

"O tarz kızlar büyüyünce hep, 'Aşk ve Savaş'* programına çıkıyor. Gerçekten kıskanma hastalığı mı vardır nedir, hiç sevmem.

Eun Sang uzun süren bir telefon görüşmesi yapıyordu.

"Her gün farklı bir kıyafet giyip gelmesinden de nefret ediyorum. Şoförün kapısını açtığı büyük arabaya binip arka koltuktan inmesinden de nefret ediyorum. En çok da tek bir buruşukluğu olmadan parlak bir cilde sahip olmasından nefret ediyorum."

Gayretlice içindekileri döken Eun Sang'ın karşı tarafındaki telefondan hiçbir ses gelmiyordu.

"Ah, bunlar hakkında konuştukça iyice sinirleniyorum. Bu arada abla, sesli mesajları kontrol ediyor musun?"

Eun Sang'ın konuştuğu kişi Eun Seok'un telesekreteriydi. Eun Sang'ın aniden Amerika'ya çekip giden ablası. Babasız, ba-

---

* Aşk ve Savaş programı: Kore KBS kanalında yayınlanan eşler arasında gerçekte olan sorunların tekrar dizi ya da film gibi çekilerek insanlara gösterildiği, bu gibi sorunları olan kişilerin ders çıkartmasını amaçlayan bir program.

basının bıraktığı borcu ödemeleri gereken yorucu hayatın içinde ablası tek umuduydu. Eun Sang ablası ile hayatın yükünü biraz da olsa paylaşabileceklerini düşünüyordu. Fakat bu umudu aniden çekip gitmişti. İlk başta ihanetini hissetti. Ablasının kaçtığı aşikârdı. Daha sonra huzursuzluğu üstüne eklendi. Ablası olur da geri gelmezse diye. İhanet ve huzursuzluğun hayat şartlarına katlanırken hiç yardımı olmadı. Eun Sang zorla o duygularının üzerini umutla örttü.

"Ablam okulunu bitirip Kore'ye döndükten sonra hayatım birazcık olsun rahatlayacaktır. Ablam bunun için gözyaşlarını içine atıp gitmiştir. Bu yüzden o zamana kadar sıkı çalışayım. O zamana kadar sabredeyim."

Bu düşüncelerle bütün huzursuzluklara sabretti.

"Bugünlerde neden hiç aramıyorsun? Okul nasıl gidiyor? Çok şanslısın abla. Amerika'da okuyorsun. Neyse sen iyisin, değil mi? Beni ara. Seni özledim."

Eun Sang'ın günlük konuşmasının içinde başka bir anlam da vardı.

"Beni unutma, bizi unutma. Bu yüzden geri dön. Geri döneceksin, değil mi?"

Oldukça büyük bir yağmur damlası Eun Sang'ın burnunun ucuna düştü.

"Aa? Gerçekten de yağmur yağıyor."

Eun Sang telefonunu okul üniformasının cebine koyup hemen şemsiyeyi açtı. Bu ne ya, neden böyle? Sorun her ne ise şemsiye açılmadı. Yağmur damlaları yavaş yavaş daha da kalınlaştı. Uzun bir süre şemsiye ile cebelleşen Eun Sang bu böyle olmayacak diye düşünmüş olsa gerek yakındaki bir dükkânın saçağının altına koştu. Kolayca azalacak bir yağmur değildi. Eve kadar daha çok yolu vardı. Eun Sang sürekli olarak şemsiyeyi açmak için uğraşırken birden dükkân camından içeriye baktı. Dükkân camının içinde rengârenk düş kapanları çok fazla sayıda sergilenmişti. Düş kapanı, asıldığında oradan buradan birbiriyle bağlantılı olan ipler arasından sadece iyi rüyaları süzerek düş kapanı sahibine iletir. Büyülenmiş gibi düş kapanlarına bakıyordu ki sihir gibi şemsiye çat diye kendiliğinden açıldı. Bu da ne? Eğilmiş şemsiyeye bakan Eun Sang, "Aman bilmiyorum." diyerek şemsiyeyi tutup yağmurun içine koşarak girdi.

"Bu çorba neden böyle? Konuşamıyorsun diye tadını da mı alamıyorsun? O ağzın ne işe yarıyor?"

Ki Ae sebepsiz yere sinirlendi. Tan'ın yine telefonlara bakmadığı kesindi. Hui Nam her zaman olan bir olay der gibi sakin ifadesiyle mutfak önlüğünün cebinden küçük bir not defteri çıkartıp bir şeyler yazdı.

"Tekrar yapacağım."

"Kaç saatte? Kaldır bunu!"

Notu gören Ki Ae'nin sinirleri tepesine çıktı ve kaşıkla çorba kâsesine vurdu. Daha sonra yanında duran şarap bardağını tuttu. Oğlu Tan'ın Amerika'ya kovulmuş gibi gitmesinden sonra sadece evde kalıp yaşamak zorunda kalan metresin kaderinde şarap tek mutluluğuydu. Yeteri kadar lüks yeteri kadar sarhoş ettiği için seçtiği içkiydi. Fakat Tan'ın Amerika'da kalma süresi her uzadığında ya da dışarıdaki hayattan silineli kaç yıl olduğunu her hesapladığında hobi olarak içtiği şarap alışkanlığa, o alışkanlığı da bağımlılığa dönüştü.

Ki Ae, Başkan Kim'in üçüncü eşi, ilk metresiydi. Won'u doğuran yasal eşi ölünce Başkan Kim, Ji Suk ile ikinci eşi olarak evlendi. Fakat Ji Suk ile çocukları olmadı ve Başkan Kim sonuç olarak dışarıdan biriyle beraber olup o kişiden doğan Tan'ı getirdi. Başkan Kim, Tan ve Ki Ae'yi alıp eve getirince Ji Suk itaatkâr bir şekilde evden ayrıldı. Fakat resmî aile kaydından çıkmamak şartıydı. Tan, Ji Suk ve Başkan Kim'in oğlu olarak resmî kayıtlara geçti. Ki Ae istemiyorum diyecek bir konumda değildi. O zaman Tan'ı getirip bu eve girmiş olmasına bile minnettardı. Bu durumda, hiçbir şekilde görünmeden evin hanımı olacağını, kendi oğlunun annesi olamayacağını tahmin bile etmiyordu. Bu evde gölge gibi yaşayacağını o zamanlar gerçekten bilmiyordu.

"Hanımım, müdür bey geldiler."

Bu şekilde yaşayan Ki Ae'ye Won saygı gösteremezdi. Won'u büyüten annesi Ji Suk ile de arası iyi değildi. Won'un eve geldiğini duyunca şaşıran Ki Ae şarabı tek seferde tepesine dikti. Won'a iyi görünmeliydi ki belki Won, Tan'ı tekrar Kore'ye çağırıp çağırmayacağını düşünürdü. Bu yüzden şarapla yakalanırsa kesinlikle olmazdı.

"Hanımım müdür bey şimdi yukarı çıkı..."

Devamındaki yardımcının konuşmasıyla Ki Ae yudumladığı şarabı bardağa olduğu gibi tekrar tükürdü.

"Neden hep en önemli kısmı en son söylüyorsun?"

Tam o sıradaydı. Hui Nam, Ki Ae'nin şarap bardağını elinden alıp olduğu gibi çorbanın içine boşalttı.

"Ajumma*, aklını mı kaçırdın?"

Ki Ae'nin bağırıp bağırmamasına aldırış etmeden Hui Nam, Ki Ae'nin dudaklarındaki şarap izlerini hızlıca silip şarap bardağını kendi mutfak önlüğünün altına sakladı. Seri hareketler biter bitmez Won yemek odasına girdi. Ki Ae hiç şarap içmemiş gibi zarif bir şekilde Won'a baktı. Aynı anda yardımcılar derin bir nefes aldılar. Hui Nam olmasaydı Ki Ae'nin histerisiyle birkaç gün sıkıntı çekeceklerdi.

"Yemeyeceğim."

Yemek masası daha önce görmediği banchan'larla** doluydu. Hui Nam'ın Ki Ae'nin evinden getirdiği banchan'lar olduğu kesindi.

"Ağzımın tadı kaçtı. Biz o evin yemeklerinin döküldüğü çöp kutusu da değiliz. İstemediğimi söyledim, aynı şeyi kaçıncı kez tekrarlayacağım."

Eun Sang'ın sinirli hâline alışmış olacak ki Hui Nam yavaş yavaş işaret diliyle cevap verdi.

"Yemek yemekten daha önemli şey yoktur. Bizim durumumuzda böyle banchan'ların elimize geçeceğini mi sanıyorsun?"

---

* Ajumma: Ajumoni kelimesinin kısaltılmışıdır. Bir kişinin ebeveynleri ile aynı yaş ve statüde olan kadınlar için kullanılan kelimedir. Ayrıca evlenmiş kadınlar için yaygın olarak kullanılan bir kelime olup ağabeyin eşi için de kullanılır. Ayrıca tanışık olunmayan orta yaşlı bütün kadınlar için ortak olarak kullanılan bir hitap şeklidir.

** Banchan: Kore'de ana yemeğin yanında verilen garnitürlerin genel adı.

Eun Sang annesi her böyle dediğinde daha da sinirleniyordu.

"Durumumuzun böyle olması benim suçum mu? Hepsini kendin ye."

Sefillikleri boğazına kadar geldiği için katiyen hiçbir şey boğazından geçmiyordu. Bir anda her şeyden nefret etti. Part-time çalışan biri mi yoksa öğrenci mi olduğunu karıştırdığı zamanlardan da başkasının evinden gelen banchan'larla dolu yemek masasından da konuşamayan annesinden de zorla pes etmek zorunda kaldığı geleceğinden de... Odasına girip kelime defterini eline aldı. Böyle ders çalışmak ne işime yarayacak? Benim kazandığım parayla gidebileceğim üniversite belli nasıl olsa. Meslek okulundan mezun olup ofis çalışanı olarak işe girmek benim geleceğimin en büyük sonu. Hayalini bile kuramam. Eun Sang çalışma masasının üzerinde duran çerçeveye nefret eder gibi baktı. Çerçevedeki ablasıyla Eun Sang'ın gülen yüzü nefret uyandırıyordu.

"Kötü kız. Tek başına gayet iyi yaşıyorsun. Şu gülen yüzüne kelime defterini bari fırlatayım." diye düşündüğü anda Hui Nam odanın kapısını açtı.

"Yemeyeceğim dedim ya!"

"Tamam, anladım. Bir daha getirmeyeceğim. Yarın işe kaçta gideceksin? Bankaya gitmen gerekiyor."

"Bizzat gitmeyip internet bankacılığını kullansan da olur diye kaç kere söyleyeceğim? Nereye, ne kadar?"

"Bizzat gideceksin ki emin olasın. Evde bilgisayara bir kaç kere tıkladın diye para Amerika'ya kadar nasıl gitsin? Banka bunu bilmez bile."

"Amerika mı? Ablama para mı göndereceksin?"

"Hesaptaki paranın hepsini gönder."

Hui Nam, Eun Sang'a hesap defterini uzattı. Eun Sang hesap defterinde yazılı olan 8 milyon 3 yüz bin won'a boş boş baktı.

"Gardırop bari olsun almasını söyle. Ablan evlenecekmiş."

"Ne? Ne yapacakmış?"

Yeniden evlenmek... Sanki yemek, su der gibi Esther ağzından kolayca "yeniden evlenmek" kelimesini çıkarıverdi. Rachel duysa da inanamıyormuş gibi bir ifadeye büründü.

"Yeniden mi evleneceksin? Babamdan ayrılalı ne kadar oldu ki yeniden evleneceksin?"

"Yeniden evlenecek kadar zaman geçti."

"Babam da biliyor mu?"

"Ona da söyleyip, tebrik alayım mı? Evlenme haberim çıkacak ve haberleri görünce öğrenir. Birlikte öğlen yemeği yiyeceğiz. Üstünü değiştir. Seni çok solgun gösteriyor. "

"Kiminle? Babamla mı?"

"Yeni babanla."

Rachel'ın doğal davranan annesine nutku tutulmuş bir şekilde bakmaktan başka yapabileceği hiçbir şeyi yoktu.

Çok saçma. Masada oturmuş olan Choi Yeong Do'yu görür görmez Rachel annesinin yeni kocasının kim olduğunu tek seferde anladı. Benim yeni babam Otel Zeus'un başkanı Choi Dong-uk demek. O anda saçma der gibi gülümsedi. İfadesi bozuktu, karşısında oturan Choi Yeong Do da aynı şekildeydi.

"Resmî olarak selamla. Artık o senin kız kardeşin."

"Merhaba sister.*"

Yeong Do'nun kışkırtmasıyla Rachel kanı donmuşçasına küçümseyerek baktı.

"Rachel'ımla iyi geçinin. Artık ağabeyi olarak ona göz kulak olman gerekiyor."

"Tabii ki. Kız kardeşim tam benim tipim."

Choi Yeong Do'nun aklını kaçırmış bir adam olduğunu Rachel de zaten biliyordu. Yine de bu kadar olduğunu bilmiyordu. Sayesinde ortam eğlenceli olmuştu. Rachel hafifçe gülümsedi. Sertleşen ifadesiyle Esther ve Dong-uk'un yüzüne bakıp Yeong Do rahat bir şekilde yerinden kalktı. O an Dong-uk'un yüzü mahcup bir şekilde ezilip büzüldü.

"Otur."

"Randevum var."

Dong-uk azıcık bile olsun tereddüt etmeden kalkan Yeong Do'nun yanağına tokat attı.

"Otur!"

"Artık gerçekten oturamam. Kız kardeşimin önünde rezil olduğum için. Size afiyet olsun, ailenle."

Yeong Do odadan çıkınca Dong-uk sanki az önceki olay olmamış gibi hiç umursamayan bir tavırla yerine tekrar oturdu. Korkutucu bir sakinlikti.

"Saygısızlık yaptı. Onun adına özür dilerim."

---
* İng. "Kız kardeş".

"Gerek yok. Özrü kendisinden bizzat alırım."

Bu sefer Rachel yerinden kalktı. Yeong Do'nun oluşturduğu güzel fırsatı Rachel kaçıramazdı.

Önden çıkan Yeong Do gelirken bindiği motosikletine binmiş çalıştırmak üzereydi. Az önceki kışkırtmaya karşılık vermeliydi. Rachel, Yeong Do'ya doğru kendini beğenmiş bir şekilde yürüdü.

"Hey, brother.* Az önce gördüklerime göre sürekli dayak isteyen bir tipsin sanırım."

"Düşününce nadir görülen güzel bir parti vermişlerdi, kalıp yemeğini yeseydin, ne demeye peşimden geldin? Beni durdurmak için çıktıysan..."

"Seni kaçırmak için geldim. Ancak bu şekilde benim de o aptal yemek masasına geri dönmeme gerek kalmaz."

"Öyleyse beni güzel kaçır."

Yeong Do'nun ilgisizliğine Rachel böyle olmasını bekliyordum der gibi dudak bükerek gülümsedi.

"Benim Kim Tan ile nişanlandığımı biliyorsun, değil mi?"

Tahmin ettiği gibi Yeong Do irkildi.

"Biz kardeş olursak Tan ile sen kayınbirader ve enişte olacaksınız."

"Yani?"

"Bu evlilikten tek hoşlanmayan sen değilsin demek istiyorum. Fakat bu evlilikten en çok hoşnutsuz olan ben değil sensin sanki. Unutmuşsundur diye hatırlatayım dedim."

---

* İng. "Erkek kardeş".

"Bu evliliğe karşı olduğumu hiç söylemedim."

"Ne demek istiyorsun?"

"Annenin sahip olduğu İmparatorluk Grup hisseleri sonunda kimin eline geçecek acaba?"

Beklenmedik bir karşı saldırıydı. Yeong Do sırıtarak motosikletinin motorunu çalıştırdı.

"Bu yüzden bozabiliyorsan boz bu evliliği. Gereksiz yere Yoo Rachel iken Choi Rachel olma."

Daha sonra öylece motosikletin gazına bastı. Rachel gözden kaybolan Yeong Do'nun arkasından bakarak dişlerini sıktı. O anda Tan'ı görmek için Amerika'ya gitmeye karar verdi. Esther ve Yeong Do'yu sinirlendirmek için bundan iyisi yoktu. Bu şekilde düşündüğünde keyfi biraz yerine geldi.

Restoran bulaşık işi bedenini yoruyordu fakat maaşı iyiydi. Eun Sang otomatiğe bağlamış gibi bulaşık yıkarken sürekli olarak annesiyle konuştuklarını hatırladı.

"Ablam dönmeyecek. Bizi atıp kendisi tek başına mutlu mesut yaşayacak. Ben ömür boyu burada bu şekilde bulaşık yıkayarak borcu ödemek zorunda kalıyorum ama o kendi başına mı evlenecekmiş! Konuşamayan annem ile rüyada bile göremeyeceğimiz kiralık evde kaç yıl, daha ne kadar yaşayacağımızı da bilmiyorum. Fakat kendi başına mı mutlu olacakmış! Bu böyle olamaz."

Bilinçsiz bir şekilde, biriken bulaşıklara bakarken Eun Sang düşündü.

"Evet, bu böyle olamaz."

Eun Sang öncelikle yapmakta olduğu işleri tamamladı. Üniversite kayıt parasını tamamlamak için azar azar biriktirdiği parayla Amerika'ya uçak bileti aldı. Annesinin ablasına götürmesi için verdiği para ve acil durumlar için elinde bulundurduğu az miktardaki parayı dövize çevirdi.

"Bir şekilde olacak. Amerika Kore'den daha iyidir. Şu anki durumumdan daha iyi fırsatlar çıkacaktır. Ayrıca Amerika'da başarılı olup dönersem o zaman anneme daha iyi davranabilirim."

Eun Sang sürekli olarak kendi kendine tekrarladı. Bu şekilde kendi kendine tekrar etmezse katiyen annesini bırakıp gidemeyecek gibiydi.

"Bugün parayı dövize çevirdim."

Buzdolabını düzenleyen Hui Nam'ın eli bir an durduktan hemen sonra tekrar hareket etti.

"Endişelenme. Sağ salim teslim edip geleceğim. Sonuçta düğünü, en azından aile fertlerinden biri orada olmalı."

Hui Nam, Eun Sang'ın ne demeye çalıştığını, onu söylemenin ne kadar zor olduğunu biliyordu. Kendisi için mahcup olan kızı sadece üzgündü.

"Pasaport başvurusunda bulundum. 3 gün içinde çıkarmış."

"Gönderirsem tekrar ne zaman görebilirim acaba?"

Bu şekilde de kısa bir an düşündükten sonra, Hui Nam yan mahalleye ayak işleri için gönderiyormuş gibi basit bir şekilde başını tamam anlamında salladı. Eun Sang yeni hazırladığı yazı ile konuşma defterini karıştırırken Hui Nam'ın yüz ifadesinden kaçmak için çaba sarf etti.

Hui Nam, Eun Seok'a vereceği tahıl ununu yapmak için soya fasulyesi ayıkladığı süre boyunca Eun Sang yeni yazı ile konuşma defterini konsolun içinde düzgün bir şekilde düzenledi. Sonra tamamen dolmuş Hui Nam'ın yazı ile konuşma defterinden birini aldı. Defterin yapraklarını birer birer çevirdikçe sabrettiği gözyaşları kendi de farkına varmadan gözlerinden akmaya başladı.

"Özür dilerim, hanımım. Sakin olun hanımım."

"Annemin hayatında "özür dilerim"den başka kelime yok mu acaba?"

"Ben İngilizceyi iyi bilmediğim için... Hemen ezberleyeceğim hanımım."

Hemen onun arkasındaki sayfada boşluk kalmayacak şekilde yazılı olan, "DRY CLEANING ONLY". Sonuçta gözyaşları aktı. Eun Sang, Hui Nam'a olur da duyulursa diye ağlama seslerini yutkunarak yeni not defterine teker teker yazdı.

"Özür dilerim, anne."

Uçağa bindiği ana kadar inanamamıştı. Amerika'ya gidiyordu. Uçak hareket etmeye başladığı anda biraz biraz inanmaya başladı. Yavaş yavaş uzaklaştığı şehre bakarken Eun Sang bu şehrin bir yerlerinde olan annesini ve Kore'deki lanet olası hayatını hatırladı. Sonra hemen gözerini kapattı. Gerçekten güzel hayaller kurmak istiyordu. Aşırıya kaçacak kadar tatlı ve ölmek isteyeceği kadar mutlu olan hayaller...

Los Angeles Havaalanı'na varır varmaz Eun Sang önce sımsıkı bir şekilde sırt çantasını ön tarafına astı. Yabancı bir ülkede en korkunç şey yankesicilikti. Çantayı önüne asmasına rağmen yine de elini çantanın içine sokup pasaportunun ve parasının yerinde olup olmadığını kontrol etti.

"*Korkma. Uyuklama.*"

Kapıdan çıktığında hazırladığı yol haritasını bir kere daha sımsıkı tuttu.

Rachel Los Angeles Havaalanı'na vardıktan sonra sürekli olarak Tan'a telefon etti. Rachel ısrarlı bir şekilde telefon etse de Tan tek bir sefer bile olsun telefona cevap vermedi. Kısa bir süre sonra Tan ve Rachel'ın nişan yıl dönümleriydi. Telefonu açmadığına bakılırsa Tan'ın bu gerçeği unutmadığı kesindi. Uzun bir süre sinyali dinleyen Rachel sinirlenerek telefonun kapatma tuşuna bastı ve mecburiyetten Esther'e geldiğini haber vermek için telefon etti.

"Anne benim. Şimdi vardım."

Alışkın olduğu Korece'yi duyunca Eun Sang içgüdüsel olarak başını çevirdi. Her kim bakarsa baksın zengin bir ailenin kızı olarak görünen, kendi yaşlarında bir kız telefonla konuşuyordu. Kızın eşyalarını 40 yaşlarında görünen yabancı bir adam lüks bir arabanın bagajına koyuyordu.

"Tan tabii ki geldi. Yalnız olacağımı mı sandın? Arabaya eşyaları koyuyor. Görmeyeli daha da yakışıklı olmuş. Boyu biraz daha uzamış, yüzü biraz bronzlaşmış. Biliyorsun ya Kaliforniya'nın güneşini."

MİRASÇILAR

"Tan mı?"

Eun Sang adamın yüzünü inceledi. Şu adam Tan olamazdı.

"Tan daha da güzelleştiğimi söyledi tabii ki."

Adam ben değilim demek ki diye acayip bir rahatlama duygusu ile sırıttı. O anda Rachel telefonu kapattı.

"Hey, baksana!"

Sonra Eun Sang'a seslendi. Eun Sang şaşırıp dönüp baktığında Rachel tereddütsüz adımlarla yaklaştı.

"Az önce bana bakıp güldün, değil mi? Neden güldün?"

"Eyvah!"

Yeterince kendini kötü hissettirecek bir durumdu. Eun Sang o kısacık zamanda bu çıkmaz durumun içinden nasıl çıkacağını düşündü.

"Ano nandesuka? Watashi wa Nihonjindesu - *Ne var, ben Japon'um.*"

Eun Sang'ın garip Japon taklidine sırıtarak güldü. Sonra hemen akıcı olan Japonca'sını kullandı.

"Japon taklidi yapmak istiyorsan ben baksana dediğimde dönüp bakmazdın. Öyle değil mi?"

Ne dediğini anlayamayan Eun Sang, "Sumimasen - Özür dilerim." deyip Rachel'ın yanından geçip gidecekti ki Rachel tekrar "Hey!" diyerek Eun Sang'ı durdurdu. Kaçamayacağım demek diye düşünen Eun Sang mecbur döndü.

"Neden güldüğünü sordum?"

"Gülmedim, telefonda konuştuklarınla görünen farklı olduğu için sadece baktım."

"Bunu tartışalım der gibi bir hâlim mi var?"

"Tekrar söylüyorum gülmemiştim, sadece aynı durumdayız diye hissettim. Havaalanında karşılanmayan sadece ben değilmişim diye düşündüm."

"Ne?"

"Japon gibi davrandığım için özür dilerim. Hoşça kal."

Düzgünce selam verip arkasını dönen Eun Sang'ın arkasından Rachel kızgın bir yüz ifadesi ile baktı. Eun Sang özür dilemişti fakat bu özrü duysa da yine de içi rahatlamamış olmasını nasıl açıklayacağını bilemedi. Kore'de olsun Amerika'da olsun sefil dilenci kılıklı kişiler keyfimi kaçırıyorlar. Hoşuna giden tek bir şey bile yoktu. Annesi de Choi Yeong Do da Kim Tan da bu kız da... Ayrıca burada tek başına dikilen kendisi de...

"Buralarda bir yerlerde olması gerekiyor."

Eun Sang elinde tuttuğu haritaya bakarak sokağı inceledi. Eun Seok'un evinin olduğu Malibu yakınlarına bir şekilde gelmişti fakat bundan sonrası sorundu. Hiç görmediği sokakların arasında tamamı yabancı dilde yazılmış olan tabelaları okumak hiç de kolay değildi.

"Burası!"

Eun Seok'un ev adresinde yazan yerle aynı olan tabelayı görünce Eun Sang hiç düşünmeden merdivenleri koşarak çıktı. Kapının zilini çaldığı anda aklından binbir türlü şey geçti.

"Ablam geri dön derse ne yapacağım? Ne yapacağım da ne demek? Ne olursa olsun zorlayarak yaşamalıyım. Bunlar bir sonraki aşama. Öncelikle ablamı çok özledim."

Eun Sang gerçekten de çok umutlanmıştı. Kapı açılıp sarışın bir kız ve sarhoş bir adam dışarıya çıkana kadar...

"Garson mu? Üniversite de evliliği de hepsi yalan mıydı?"

Dilencilerin yaşadığı sığınak gibi ev hâli ve o evdeki çöplerin içindeki en pis olan ablasının birlikte yaşadığı o adam. O kadar şaşırmıştı ki ağlayamamıştı bile. Düzgün olmayan İngilizcesi ile hesap sorarak edindiği Eun Seok'un iş yeri adresine doğru yavaş yavaş yürürken Eun Sang kaç yıldır Eun Seok'un söylediği yalanları düşündü. Ve bu yalanlar yüzünden ablasından nefret edip onu kıskandığı çocukluk zamanlarını... Acaba söylediklerinin ne kadarı yalandı? Düşündüğünden daha büyük yalanlar var gibiydi, düşündüğünden daha çok mutsuz gibiydi ve bunları düşününce bir an korku sardı.

Tan kafenin cam kenarına oturmuş deminden beri o tarafa doğru dik dik bakan Asyalı kıza dikkatlice bakıyordu. Büyük gözleri yaşlarla dolmuş sadece o tarafa doğru bakıyordu ki, dikkatlice baktığında Stella'nın hareketlerini takip ediyor olduğunu fark etti.

Eun Seok her zamanki gibi onu rahatsız eden adamlara soğuk bir şekilde karşılık veriyordu. Ara sıra göğsüne bahşiş sıkıştıran adamların el hareketlerine anlamsızca gülümsemişti. Bu hâldeki Eun Seok'u gören Eun Sang'ın gözlerinde yavaş yavaş hüzün görünmeye başladı. Sonunda gözyaşları aktı.

"Biraz daha kahve ister misin?"

Tan'a yaklaşan Eun Seok'un bakışları doğal bir şekilde Tan'ın bakışlarını takip ederek pencerenin dışına doğru yöneldi. Sonra hemen Eun Sang ile karşılaştı. Ateşe değmiş gibi şaşıran Eun Seok kahve makinesini masanın üzerine atarmış gibi koyarak kafeden dışarıya koşarak çıktı.

"Cha Eun Sang!"

Eun Sang aceleyle arkasına dönüp gözyaşlarını sildi.

"Neler oluyor? Burada ne işin var? Ya annem? Annemi yalnız bırakıp da mı geldin?"

Çok rahat bir şekilde anne diyordu.

"Sen kimsin de annemi merak ediyorsun?"

Eun Sang, Eun Seok'a ateş püsküren gözlerle dik dik baktı.

"Annem mi? Annem mi? Anne kelimesini ağzına mı alıyorsun şimdi?"

"Burada çalıştığımı kim söyledi sana!"

"Kim olacak, senin o çok yakışıklı, birlikte yaşadığın adam!"

"Evime mi gittin?"

"Evet, gittim. Amerika'ya gelip şimdiye kadar o serseriye içki parası vererek mi yaşadın? Söylediklerinin ne kadarı yalandı? Neymiş, düğünmüş? İyi bir erkekmiş? Üniversiteymiş? İyi bir erkekle değil gerçekten çok iyi bir erkekle beraber olmalıydın, seni manyak kız!"

Eun Seok düşündüğünden daha sakindi. Eun Sang'ın şıpır şıpır gözyaşlarını akıtarak bağırmasına rağmen nefes alışları hiç değişmedi bile. Eun Sang'a bakan Eun Seok'un gözlerinde hiçbir ifade yoktu. Duvar gibiydi.

"Para nerede? Parayı getirdin mi?"

"Sen gerçekten de artık umutsuz vakasın, Cha Eun Seok! Annemi bırakıp senin sırtından geçinmeyi düşünen ben cezalandırılacağım."

"Para nerede?"

Nihayet Eun Seok yere koyduğu Eun Sang'ın valizini açtı. Parayı bulmak için valizi karıştırıp darmadağın ettiği hâli Eun Sang'ı sinirlendirecek kadar zavallıydı.

"Dur!"

Lütfen ablası artık bu zavallı hâlinden kurtulsundu.

"Dur dedim sana!"

Eun Sang, Eun Seok'un kolunu kabaca tutup çekti. Eun Seok'un vücudu sarsıldı.

"Nasıl olsa başından beri böyle yazılmış olan bir hayatım var. Hayalim olsa da olmasa da 2 yıllık meslek yüksekokulundan mezun olup ayda 2 milyon won kazanan bir ofis çalışanı olmaya razı gelip, bu lanet dünya ile uzlaşarak yaşamayı düşünüyordum. Neden mi? Sen dönene kadar annemle birlikte karnımızı doyurup yaşayabilmek için!"

Kısa bir süre Eun Sang ile Eun Seok'un arasında soğuk bir bakışma oldu.

"Abla, lütfen. Artık burada dur. Birlikte evimize gidelim."

Kesinlikle söyleyemediği bu sözler Eun Sang'ın ağzının içinde dönüp durdu.

"Özür dilerim. Sadece bu seferlik. Bu seferlik hoş gör."

Eun Seok soğuk bir şekilde konuştuktan sonra kıyafetlerin arasındaki para zarfını aldı.

"Dokunma ona!"

Eun Sang tehditkâr bir şekilde Eun Seok'un kolunu tuttu. Eun Seok bir an tereddüt edip Eun Sang'ın elini itekledi.

"Hemen Kore'ye dön. Annemi ben arayacağım."

Sonuçta ablam bizi tekrar atıyor demek. Eun Sang'ın gözleri tekrar sulandı.

"Yapma. Yapma dedim! Annem ne hâllerde kazandı o parayı?"

"Git. Hemen!"

Artık tamamen kendisine yapışmış gibi olan Eun Sang'ı itekleyip uzaklaştıran Eun Seok öylece arkasını dönüp koştu.

"Nereye gidiyorsun? Tek başına gitme! Abla!"

Eun Sang kaçan Eun Seok ile darmadağınık olmuş valizi arasında ne yapacağını bilemeyip olduğu yerde tepindi. Sonra, sonuç olarak valizinin olduğu tarafa doğru koşan Eun Sang karmakarışık olan eşyalarını tekrar valizine koyarken bağırdı.

"Gitme. Birlikte gidelim. Beni de götür, abla!"

Yaklaştığı gibi eşyalarını valize tepen Eun Sang uzaklaşan ablasına arkasından bakarken çocuklar gibi hüngür hüngür ağladı. Tek başına kaldığı o an korktu ve özlediği ablası tarafından terk edilmek onu çok üzdü.

Tan, aynı ben gibi, diye düşündü.

"Ağabeyim tarafından terk edilen ben. Deliler gibi eğlenip, önüne geleni yiyip gece olduğunda nefesi kesilene kadar ağlayan ben. Ağlarken tek başına uykuya dalan ben. Her zaman birilerinin tesselli etmesini bekledim. Sadece yanımda birilerinin olmasını ısrarla istedim. O kız da şimdi benim gibi değil midir? Çok fazla korkmuş, çok fazla üzgün olmalı."

Tan çocuklar gibi yere oturmuş ağlayan Eun Sang'ın yanına gidip öylece oturmak istediğini hissetti. Bu hâldeki Tan'ın düşüncelerinin arasına Jay'in sesi girdi.

"Parti gerçekten inanılmaz olacak. Gidelim, Tamy ve Jessie gidiyor. Sende gel."

"Şişt."

"Neden?"

Neşeli bir şekilde yaramazlık eden Jay irkilip Tan'ın bakışlarını takip ederek başını çevirdi. Ağlayan Eun Sang'ı fark eden Jay'in bakışları bir anda ışıldadı.

"Aman Allah'ım! Şu küçük kız da neyin nesi? Yeryüzüne inmiş bir melek mi? Her zaman bir adım öndesin. Gerisini bana bırak. Silahı yoktur, değil mi?"

Jay bir yaygara ile dışarıya doğru koştu. Bir an Jay'in neden böyle olduğuna şaşırmış olan Tan birden Jay'in niyetini anladı.

"Ah, manyak herif!"

Jay yere düşmüş olan spor ayakkabıları hemen yerden alıp Eun Sang'a uzattı.

"İyi misin?"

"Bu hareket Amerikalı erkeklerin tutumu mu?"

İlk defa gördüğü sarışın yabancı nazikçe davranınca şaşırması anlıktı ve Eun Sang biraz duygulanmıştı.

"İyiyim, teşekkürler."

Dünya hâlâ sıcak. O sıcaklıkla gözyaşları da biraz durdu.

"Seninle karşılaştığıma göre Tanrı'nın varlığına inanacağım."

"Ne?"

"Ne diyor bu adam?"

"Teşekkürler."

Jay, Eun Sang'ın elinde tuttuğu tahıl unu poşetini elinden alıp bir anda fırladı.

"Şu Amerikalı serseri neden tahıl ununu kaçırdı?"

Eun Sang kaçan Jay'e aptallaşmış bir şekilde baktı. Sonra hemen soya fasulyesini gayretlice ayıklayarak tahıl ununu yapan annesini hatırladı.

"Hey, dur orada. Dur dedim!"

O andan itibaren Eun Sang hemen Jay'i kovalamaya başladı. Malibu plajında tahıl ununu elinde tutan bir Amerikalı ile Asyalı bir kızın kovalamacısı güldürüden başka bir şey değildi.

Biraz sonra arkasından çıkan Tan, kaçan Jay'e bağırdı. Jay, "That*..." "Drug**" kelimesini kullanacakken etrafına bakındı.

"Ah, içimin sıkıntısından öleceğim."

"O esrar değil!"

Keşke Jay'e biraz Korece öğretseydim diye bir an pişmanlık yaşadı. Daha büyük bir aptallık yapmadan önce yakalamalıyım. Bu düşüncelerle Tan kovalamacaya katıldı.

---

*İng. "O"
** İng. "Uyuşturucu"

"Bırak onu, hırsız herif! Annem onu ne zorluklarla yaptı haberin var mı? Bırak onu! Ablama vereceğim! Ver onu dedim!"

Zar zor Jay'in ensesini tutan Eun Sang tahıl tozu poşetini tutup çekti. Kaptırmayacağım diyen ve kapacağım diyenin arasındaki zorlu kavga. Doğal olarak dayanıksız tahıl unu poşeti nihayet oracıkta parçalandı. Bu durum vazgeçmek için yeterliydi fakat taze esrara olan özleminden vazgeçemeyen Jay yere uzanarak dökülmüş olan tahıl ununu burnuna çekti.

"Allah aşkına ne yapıyordu bu? Amerikalılar tahıl ununu burunlarıyla mı yiyorlar?"

Durumun farkına varamayan Eun Sang sadece orada ne yapacağını bilemeyip ortalıkta duruyordu ki o sırada Jay hırıltılı bir sesle bayıldı. Eun Sang da geç gelen Tan da aynı şekilde şaşırmışlardı. Tan bayılan Jay'i kucaklayıp birkaç kere yanağına vurdu. Jay neredeyse nefesi durmuş, yüzü kızarmış şekilde zorlukla nefes alıyordu.

"Jay! Hey, manyak herif! Kendine gel! Telefonun var, değil mi? 911'i çağır hemen."

"Yok, telefonum."

"Aa, Korece?"

Aklı başından gitmiş olan Tan'ın sorusuna cevap veren Eun Sang şaşırıp tekrar Tan'a baktı.

"Koreli misin?"

"Bu şimdi önemli mi?"

Hastaneye kaldırılan Jay'in teşhisi tahıl alerjisinden dolayı krizdi. Kendi etmiş, kendi bulmuştu. Doğruyu söylemek gerekirse suç duyurusunda bulunmayı bile düşünmüştü fakat arkadaşı olan çelimsiz Koreli çocuk yüzünden Eun Sang gönlünce gülüp alay bile edemedi.

"Arkadaşın iyi, değil mi?"

"Neden böyle bir şeyi yanında taşıyordun ki?"

"Şimdi bana kızıyor musun? Onu çalan senin arkadaşın. Ayrıca esrar bile..."

"Sadece sarhoştu. Gerçekten esrar kullanan biri olsaydı tahıl unu ve esrarı ayırt edebilirdi."

"Yani bu benim suçum mu? Şu anda mağdur olan benim!"

"Rahatı bozulan kişi de benim!"

Gruplaşma denen şey bu gibi durumlarda mı kullanılıyor acaba? Şaşırıp dik dik bakan Eun Sang'a doğru korkunç görünümlü zenci bir polis yaklaştı. Sonra tahıl unu olan poşeti uzattı.

"Bu senin mi?"

Eun Sang şimdiye kadar duyup göremeyeceği Hollywood filmlerindeki gibi olan ortamı görünce gözlerine inanamadı.

"This is tahıl unu. Yani, bean powder. You know? Just food! My point is, it's not drug.*"

Sorunu Kore okuma ağırlıklı İngilizce öğretildiği içindi. Eun Sang günlük hayatta konuşma pratiği yapmayan kendine kıza-

---

*İng. "Bu tahıl unu. Yani, fasulye tozu. Bilirsin ya? Sadece bir yiyecek! Demek istediğim, bu bir uyuşturucu değil."

rak aklına geldiği şekilde ana sınıfı İngilizcesiyle konuştu. Esrar bulundurmaktan Amerika'da hapse giremezdi.

"Araştırınca anlayacağız. İnsanlar normalde yiyeceği burunlarıyla yemezler, değil mi? Nerede yaşıyorsun?"

"What? Aa, adres. I am from Korea. I'm Korean.*"

"Kore, pasaportunu göster. Yaşın küçük görünüyor, reşit misin?"

"... Pardon?"

"Pasaport."

"Aa, pasaport!"

Eun Sang pasaportunu bulup hemen uzattı. Polis pasaport ve Eun Sang'ın yüzüne kıyaslayarak baktı ve şüpheli bir şekilde sordu.

"Amerika'da nerede kalıyorsun? Yasa dışı yollardan gelen göçmen değilsin, değil mi?"

"Ne diyor bu adam? Deli olacağım. More slow please.**"

Kim bakarsa baksın şüpheliydi. Böyle giderse esrar bulundurmaktan değil yasa dışı yollardan göç etmekten tutuklanacaktı. Uzaktan bu manzarayı izleyen Tan mecbur kalmış gibi yaklaşarak Eun Sang'ın omzuna kolunu attı.

"Sorun mu var sevgilim? Bu kız benim kız arkadaşım ve tatil için..."

"Ah, Tan! Tabii ki senin de dâhil olduğun bir olay."

---
*İng. "Ne? Aa, adres. Kore'den geliyorum. Ben Koreliyim."
**İng. "Daha yavaş lütfen."

Boşuna araya girdim. Polisin yüzünü gördüğü an Tan 'Eyvah!' diye düşündü.

"Her neyse o esrar değil. Sen de biliyorsun zaten."

"Az önceye kadar öyle olmasa bile sen işe dâhil olduğun için konu değişir. Öyle değil mi?"

"Ne diyor? Kötü bir şeyler mi söylüyor?"

Eun Sang'ın profesyonel bir part-time çalışanı olarak öğrendiği tek şey önseziydi. Konuşulanların hepsini anlayamıyordu fakat üç aşağı beş yukarı ortamın ne olduğunu anlayabiliyordu. Umutlu bir konuşma olmadığı kesindi.

"Ürünün analiz sonuçları çıkana kadar kız arkadaşının pasaportuna el koyuyorum. Kaçmasan iyi edersin."

Polis memuru Eun Sang'a kartvizitini uzatıp soğukkanlılıkla arkasını döndü. Durumun ne olduğunu anlayamayan Eun Sang sadece garip bir şekilde kartviziti aldı.

"Neler oluyor? Neden pasaportumu götürüyor? Ne zaman geri verecek?"

"Zamanı geldiğinde."

"O zaman ne zaman?"

"Zamansal olarak uygun olduğunda."

"Ne zaman uygun olacak? Pasaportumu neden aldı ki?"

"İyi de neden çaktırmadan gayriresmî konuşuyorsun?"

"Amerika'da... Herkes gayriresmî konuşmuyor mu?"

"O İngilizce için geçerli."

"Öyleyse İngilizce konuşuyormuşum gibi düşün. Ayrıca

arkadaşının tedavi çizelgesinde yazılı olan yaşını gördüm, benimle aynı yaştaydı. O zaman sen de benimle yaşıtsındır, değil mi?"

"Burada dikilmeye devam mı edeceksin? Nerede kalıyorsun? Nerede kaldığını bileyim ki polisler aradığında bende sana haber verebileyim. Telefonum yok demiştin."

"Yani o yüzden telefonunu ödünç verir misin? Konuşma ücretini vereceğim. Ablam yakınlarda oturuyor."

"Senin telefonunu açacağını mı sanıyorsun? O kadar büyük bir kavgadan sonra?"

"Gördün mü?"

"Ne kadarını görmüştü acaba?"

"Evinde kalmak için aramayacaktın, değil mi?"

"O seni ilgilendirmez. Tekrar söylüyorum ki bu %100 benim hatam değildi. Bu yüzden eve giderken beni de lütfen eve bırak. Yol ücretini vereceğim."

"Her şeyi parayla halletmeye çalışıyorsun. Çok mu paran var?"

"Dilenci gibi olan aile yaşantımı önce bir kenara bırakalım. Çünkü şu anda bu çocuktan başka güvenebileceğim kimse yok."

"Beni öylece bırakıp gidersin diye. Rica ediyorum."

Eun Sang'ın korku dolu gözleri Tan'ın yüreğine takılmıştı.

"Sabah 8, öğlen 12, öğleden sonra 3'te olmak üzere 3 kere telefon edeceğim. Pasaportum geldiyse telefonu aç, gelmediyse açma. Rica ediyorum."

"Gereksiz yere ne çok konuştun!"

"Bıraktığın için teşekkür ederim."

Sonuç olarak eve güzelce bıraktı. Hem arabasına biniyor bir de üstüne telefon edeceğini söylüyor. Normal zamanda olsa sinirlenmesi kaçınılmaz olan Tan olağan dışı bir şekilde Eun Sang'a sinirlenemedi. Çünkü Eun Sang ile her göz göze geldiğinde sürekli yere oturup çocuklar gibi ağlayan Eun Sang'ın hâlini hatırlıyordu.

Evin bütün ışıkları kapalıydı. Eun Sang huzursuzlukla merdivenlerden çıktı.

"Hayır hayır. Uyuyordur."

Zorlukla gerçeği reddederek alçak sesle ablasına seslendi.

"Abla."

Cevap yoktu. Kapıyı çaldı. Tabii ki cevap yoktu. Kapıyı çaldığı andaki duyguları ilk geldiğindekiyle oldukça farklıydı. Umuda yönelik olan düşüncesini, umutsuzluk olmamasını dileyerek değiştirdi.

"Sesim çok mu kısık acaba?"

Eun Sang biraz daha yüksek sesle ablasına seslenerek kapıyı çaldı fakat kapının ardı sessizdi. Şoför koltuğunda oturup Eun Sang'ın bu hâlini izleyen Tan arabanın kapısını açıp indi.

"Evde kimse yok mu?"

"Gelecektir."

"Gelene kadar bekleyecek misin?"

"Yakın bir yere kısa süreliğine gitmiş olabilir."

"Amerika sokaklarının gece nasıl olduğu hakkında hiçbir şey duymadın mı?"

"Neden böyle yapıyorsun? Korkutma beni."

"Parayı alıp kaçan birinin eve döneceğini mi düşünüyorsun?"

"Gelecektir."

"İyi öyleyse. Bekle bakalım."

"Adamın içini sıkan kız. 100 gün bekle bakalım, geri dönecek mi? 3 yıl boyunca beklememe rağmen geri dön kelimesini bile duyamadım."

Tekrar arabaya binen Tan sertçe gaza bastı. Tan'ın kırmızı renkli spor arabası bir anda sokağın ilerisinde gözden kayboldu. Eun Sang sokağın ilerisine bakarken yavaş yavaş merdivenlere oturdu. Çok çaresizce derin bir nefes aldı. Ne düşünmesi gerektiğini, nereden itibaren bir plan yapması gerektiğini hesap bile edemiyordu. Uzaklarda bir yerlerden siren sesi duyuldu. Tan'ın Amerika'nın sokakları gece şöyle böyle dediğini hatırladı. Yolun sağını solunu korkuyla şöyle bir kolaçan eden Eun Sang'ın gözüne bir grup sarhoş zenci ve İspanyollar takıldı. Hemen tekrar başını öne eğdi fakat onlar da Eun Sang'ı fark etmiş gibi Eun Sang'a doğru ıslık çaldılar. Aniden korkan Eun Sang valizini çekip duvarın iç tarafına doğru yerini değiştirdi. Gruptakiler Eun Sang kendilerini fark edince daha çok eğlenmiş olacaklar ki açıkça Eun Sang'a hiç yapılmayacak şaka yaptılar. Eun Sang nefesini tutmuş şekilde iyice duvarın iç tarafına doğru saklanmıştı. Eun Sang hiçbir tepki vermeyince heyecanlarını kaybetmiş olacaklar ki kalabalık diğer tarafa doğru gitti. Onlar gözden kaybolsalar da Eun Sang'ın korkusu geçmemişti. Bu böyle olmayacak diye düşünen Eun Sang valizini sürükleyerek hiçbir şey düşünmeden yürümeye başladı. Tam o sıradaydı. Sokağın ötesinden Tan'ın kırmızı spor arabası kayarak gelmiş öylece Eun Sang'ın yanında durmuştu. Camın arasından sakin Tan ve şaşkın Eun Sang'ın bakışları gidip geldi. Sessizliği bozan kişi Tan'dı.

"Evime gelmek ister misin?"

Tan'ın derin bakışları Eun Sang'ın yüreğine takılmıştı.

02

Tan'ın arkasından giden Eun Sang'ın aklından kötü düşünceler kafasını kurcalayarak ortaya çıktılar. Öncelikle başka bir çaresi olmadığından Tan ile birlikte gitmeye gitmişti ama bu şekilde direk olarak başkasının evine, yani bir erkeğin evine gitmesi de olur muydu bilemedi. Artık kaçamazdı da. Zaten gidecek yeri de yoktu. Eun Sang birçok şey düşünürken garipseyerek Tan'ın evine girdi. Önce giren Tan lambanın düğmesine basıp evin ışıklarını açtı. Birden parlayan ışıkla gözlerini kısmak için fırsat bile olmamıştı. Eun Sang gözlerinin önüne serilen manzaraya görgüsüz gibi ağzı açık kaldı. Benden tamamen farklı bir dünyada yaşıyor. Yüksek tavanlı lüks yapı, büyüklüğünü kestiremediği geniş alan... Eun Sang birden garip şeyler düşünmeye başladı.

"Ailen yok mu?"

"Evet."

"Yalnız başına mı yaşıyorsun yani?"

"Yalnız yaşıyorsam ne olmuş?"

"Sen... Nesin?"

"Ne demek sen nesin?"

"Yoksa uyuşturucu satıcısı... Gibi bir şey misin... iz?"

"Uyuşturucu satıcısı olduğumdan emin oldun mu?"

"Polisle de tanışıyor gibiydin. Hem toz görünce içine çekmeye çalışan o çocukla da arkadaşsın."

"Doğru. İyi de..."

Tan garip bir ifadeye bürünerek Eun Sang'a bir adım yaklaştı. Eun Sang kendi de farkında olmadan bir adım geriye gitti.

"Pasaportunu alan kişi gerçekten polis mi acaba?"

Eun Sang'ın bakışları gözle görülür bir şekilde karardı.

"*Bütün bunlar planın bir parçası mıydı? Paramdan ya da vücudumdan faydalanmak mı istiyor? Böylece dünyaya veda mı edeceğim?*"

"Hâlâ böbreğin iki tane mi?"

"Seni uyarıyorum. Bir adım daha gelirsen..."

Tan'ın eli yavaş yavaş Eun Sang'ın belinin yanına doğru yaklaştı. Eun Sang gözlerini sıkıca kapattı.

"Senin kullanacağın oda. İhtiyacın olursa seslenirsin."

Tan, Eun Sang'ın arkasında duran kapının kolunu tutup açtı. Daha sonra Eun Sang'a sırıttı ve hiçbir şey olmamış gibi arkasını dönüp gitti.

"Neden beni böyle korkutup aklıma kötü şeyler getiriyor ki?"

Buz kesilmiş Eun Sang birden bağırdı.

Oda temiz ve düzenliydi. Eun Sang valizi ve çantasını köşeye düzgünce koyup yatağa oturdu ve önce spor ayakkabılarını çıkarttı. Artık biraz nefes alabilirdi. Biraz rahatladığı için karnı acıkmıştı. Düşününce bütün gün boyunca tek yediği uçakta verilen yemekti. Sessizce odanın kapısını açıp dışarıya göz attı. Salonun ışıkları kapalı ve sessizdi. Ev sahibi çocuk herhâlde uyumaya gitmişti. Olmaz diye aklından geçiriyordu fakat karnı gurulduyordu. Yapacak bir şey yoktu. Gözlerini kapatıp direkt mutfağa doğru yürüdü.

Eun Sang buzdolabını açıp önce yiyecekleri taradı. Sabah ekmeği, mısır konservesi, sosis, kutu içecekler gibi yiyecekleri çıkartarak yemek masasının üzerine koyup karanlıkta alelacele yiyip temizlemeye başladı. Kendini kaptırıp yemek yerken birden kapının arkasındaki bakışları hissetti. Eyvah, uğursuzluk hissetmişti. Tam açacağı kutu içeceği eline alıp heyecanla dönüp arkasına baktı. Tabii ki Tan yan durmuş şekilde dikilerek bu hâldeki Eun Sang'a zavallı der gibi bakıyordu.

"Ne yapıyorsun bu karanlıkta?"

"İzin almadığım için özür dilerim."

Tan cevap vermek yerine ışığı yaktı. Parlak şekilde ışıklar yanınca utancı ikiye katlandı.

"Sadece son kullanma tarihleri geçenleri yedim. Bu yüzden karşılık olarak bu kadar al lütfen."

Eun Sang önceden hazırladığı 5 doları yavaşça uzattı. Tan yaklaşarak Eun Sang'ın yediği yiyecekleri eline aldı. Yalan söylemiyordu. Gerçekten sadece son kullanma süreleri geçmiş yiyecekleri yemişti.

"Ne, nasıl yaşıyorsun da bunları yiyebildin?"

"Bunun da parasını hesaplamıştım."

Utancından ölecek gibiydi. Oradan ayrılmak isteyen Eun Sang yavaşça kaçmaya niyetlenmişti ki Tan, "Hey!" diyerek Eun Sang'ı durdurdu.

"Nereye gidiyorsun? Bunları temizlemeyecek misin?"

Ah, birden tekrar dönüp gelen Eun Sang masaya koyduğu şeyleri temizlemeye başladı.

"Çöpleri nasıl ayrıştırıyorsunuz?"

"Bilmiyorum. Daha önce hiç yapmadım. Adın ne?"

"Efendim?"

"İnsanlar seni ne diye çağırıyor?"

"Az önce söylemeye fırsatım olmadı. Bana evini açtığın için teşekkür ederim."

"Adın çok uzunmuş!"

Boş yere cevap vermekten kaçınan Eun Sang öylece Tan'ın bakışlarından kaçtı. Bu hâldeki Eun Sang'ın hissettiklerini anlayan Tan tekrar sormayıp doğal bir şekilde lafı değiştirdi.

"Teşekkür etmene gerek yok. Kibarlık değil telafi."

Bu da ne demek oluyor şimdi diye Tan'a bakan Eun Sang'a Tan önemli bir şey değilmiş gibi konuştu.

"Tahıl ununun bedeli olarak. Ablana vereceğini söylemiştin."

Daha sonra mutfaktan çıktı. Utanç ve mahcubiyet ayrıca Eun Seok düşüncesi yüzünden Eun Sang'ın yüreği sızladı.

"Anne? Benim. Geç aradığım için endişelendin, değil mi?"

Ahizenin öbür tarafında Hui Nam dinliyorum ifadesi olarak ahizeye tık tık diye vurdu. Konuşmaya nereden başlayacağı belirsizdi fakat kesinlikle doğruyu söyleyemezdi.

"Özür dilerim. Amerika'ya ilk defa geldiğim için aklım başımda değil. Her yerde İngilizceden başka bir şey olmadığı için. Ablamın boyu biraz daha uzamış, yüzü biraz bronzlaşmış. Biliyorsun işte. Kaliforniya'nın güneşini. Elvan taşından yapılan jjimjilbang* gibi bir hava."

Nasıl yalan söyleyeceğini bilmediği için konudan konuya geçip havaalanındaki kızın söylediklerini kendi de farkına varmadan olduğu gibi tekrar ediyordu.

"Şimdi ablamın evindeyim. Anne çimli bahçesi olan evleri biliyorsun ya, duvarı olmayan çim biçme makinesi olan evlerden. Ablamın evi işte o evlerden. Bu yüzden beni merak etme. Güzelce yiyip, rahat rahat uyu. Tamam mı?"

Hui Nam tekrar tık tık ahizeye vurdu.

"Öyleyse kapatıyorum. Sonra tekrar arayacağım."

Telefonu aceleyle kapatıp uzun bir süre aptallaşmış bir şekilde duvara bakıp kaldı. Tek başına uyanan, tek başına yemek hazırlayıp yiyen, tek başına uyuyan, öylece bırakıp geldiği annesini düşündükçe içi acıdı. Elinden bir şey gelmeyip gözyaşları

---

* Jjimjilbang: Kore'de sauna ve hamam kültürünün birleştiği 40 ila 80 derece sıcaklığın sabit tutulduğu, insanların terleyip rahatlaması için yapılmış bir yerdir. Geceyi orada geçirmek mümkün olup, yemek yemek için restoran ve küçük büfe tarzı yerler mevcuttur. Özellikle haşlanmış yumurta yiyip, sikhye (Pirinçten yapılan geleneksel Kore içeceği) içmek jjimjilbang'ın özelliklerindendir.

akıyordu ki, o anda odanın kapısı birden açıldı. Eun Sang şaşırıp hemen ayağa kalktı.

"Ne yapıyorsun, kapıyı da çalmadan..."

Eun Sang'ın söyledikleriyle Tan soğuk bir şekilde tık tık diye açık olan kapıyı çaldı.

"Sıralama yanlış oldu. Her ne kadar senin evin olsa bile..."

Eun Sang'ın sözünü keser gibi Tan elinde sandviç tuttuğu tabağı uzattı.

"Bu ne?"

"Kore'de böyle yiyecekler yok mu?"

"... Teşekkür ederim."

"Teşekkür etmene gerek yok. Bu böbreklerine iyi gelecek bir yemek."

"Yapma!"

Tan'ın dedikleriyle Eun Sang şaşırıp birden bağırdı. Tan bu şekildeki Eun Sang'ın tepkisi eğlenceli gibi göründüğünden gülerek konuşmaya devam etti.

"Çok iyi yalan söylüyorsun."

Ben ne zaman, diyecekti ki az önceki telefon konuşması birden aklına geldi.

"Her şeyi duydun mu? Neden dinledin?"

"Evde kadın sesi duymak ilginç geldi de ondan. Bu da ne böyle?"

Tan çenesinin ucuyla telefonun yanında duran 1 doları gösterdi.

"Telefon ücreti."

Tan biraz kaşlarını çattı.

"Parayı su gibi harcıyorsun!"

Öyle ya da değil Eun Sang valizini açıp karıştırarak bir şeyleri çıkartıp Tan'a uzattı.

"Bu da konaklama ücreti."

Düş kapanıydı.

"Amerika'da bir odam olduğunda odama asacaktım ama sana vereceğim."

"Çöpe atmak yerine bana vermiyorsun değil mi?"

Hem alıp hem de güzel bir çift söz etmedi. Eun Sang birden elinden geri almaya niyetlendi fakat Tan elini kaldırıp hafifçe kurtuldu.

"Ne bu?"

"Düş kapanı. Kötü rüyaları ayıklıyor. Deliklerin arasından sadece güzel rüyalar geçiyormuş."

"Güzel kızlar geçemiyor mu?"

"Boş ver. Bana geri ver."

Bir kere daha Eun Sang'ın eli boşluğa gitti.

"Biraz dinlen. Sandviçin hepsini ye. Böbreklerine..."

"Yapma dedim."

Tan sırıtarak dışarıya çıktı.

"Yanık mı yoksa?"

Eun Sang şüpheli bakışlarla sandviçe baktı.

Tan yüzme havuzuna giden kapının üzerine düş kapanını asıp açık yüzme havuzuna doğru yavaş yavaş yürüdü.

"Bu, güzel rüya görmeyi mi sağlıyormuş?"

Sandviçini çiğnerken yüzme havuzunun kenarında durarak düş kapanına bakarken Eun Sang'ın kaldığı odadan gacır gucur eşyaların yerini değiştirme sesi duyuldu. Arkasını dönüp baktığında yüzme havuzuna doğru bakan misafir odasının baştan aşağıya camla kaplı olan penceresinden Eun Sang'ın hızlı hareketleri göründü. Odanın içindeki bütün mobilyaları kapının önüne taşıyordu.

"Bu ne ya? Yiyecek verdiğim hâlde."

Bıyık altından gülerek hiçbir şey düşünmeden Eun Sang'ı izliyordu ki Eun Sang artık kendini güvende hissederek birden üstünü çıkartmaya başladı. Yemekte olduğu sandviç Tan'ın boğazına takıldı.

"Şu aptal! Sadece kapıya mı takıntılıymış? Pencere çok daha fazla büyük!"

Tan hemen arkasına dönerek salona girdi. Tan'ın başının üstünden düş kapanı şıngırdayarak sallandı. Gece hızlı bir şekilde geçiyordu.

Büyük cam pencereden güneş ışığı tam anlamıyla içeriye girdi. Uyuyan Eun Sang güneş ışığıyla vücudunu kımıldattı.

"Bu kadar parlak olan da ne?"

Bir anda ateşe değmiş gibi vücudunu yataktan kaldırdı.

MİRASÇILAR

"Delirmiş olmalıyım. Başkasının evinde bu kadar aklım başımdan gitmiş bir şekilde uyumuşum. Hem de uyuşturucu satıcısı olup olmadığını bile bilmediğim bir erkeğin evinde."

Şaşkınlığı çok kısa sürmüş, pencerenin ardındaki manzaraya büyülenmiş gibi Eun Sang'ın adımları otomatik olarak dışarıya doğru yönelmişti.

Gözlerinin önüne serilmiş Malibu manzarasıyla Eun Sang dilini yutmuştu. Aptallaşmış bir şekilde o manzaraya bakan Eun Sang bıyık altından ne yazık dercesine üzgünce gülümsedi.

"Bu kadar mükemmel bir yere geldim fakat gerçek karmakarışıktı. Benim gerçeğim nereye gidersem gideyim karmakarışık."

Görünen her yer çok mükemmel olduğu için daha da üzüldü.

Tan okula gitmek için hazırlanmakla meşguldü. Hazırlığını yaparken birden 1. kattaki yüzme havuzuna doğru bakışlarını çevirdiğinde dünkü kız güneşin altında dikiliyordu. Kısa bir süre önce çizilmiş ve dokunursa dağılacakmış gibi duran bir manzaraydı. Öylece Eun Sang'ın atkuyruğuna bakıyordu ki, Tan'ın bakışlarını hisseden Eun Sang başını kaldırıp 2. katın penceresine baktı. Tan ile göz göze gelince düzgün bir şekilde selam verdi.

"Yaşıtız, bu selam da ne?"

Eun Sang da refleks olarak selam verdikten sonra garipsemiş olacak ki samimi olmayan bir şekilde gülümsedi. O anda, Tan'ın yüreği o kıza vuruldu. Dikkatlice fakat çok belirgin.

"Gündüz gözüyle bakınca evin çok güzelmiş."

"Öyle mi?"

Tan bilerek ilgisizmiş gibi davranarak arabanın anahtarını aldı.

"Bir yere mi gidiyorsun?"

"Okula."

"Uyuşturucu satıcısı değil, uluslararası öğrencisin demek. Amerika dizilerinde ya da filmlerde gördüğümüz türden bir okula mı gidiyorsun?"

"Nasıl bir okulmuş o? Hogwarts Büyücülük Okulu mu?"

Tan'ın alakasız şakasına Eun Sang sesli bir şekilde güldü. Tan, Eun Sang'ın gülen yüzüne gözünü dikip baktı. Az önce belli belirsiz gülen Eun Sang'ın o hâlini hatırladı.

"Yine gülümsedin. Bu normalde gülümsediğin anlamına gelir."

"Ne? Sadece merak ettim. Uluslararası öğrencilerin nasıl bir okula gittiklerini. Biraz bekle. Hemen hazırlanıp geliyorum."

"Nereye gidiyorsun?"

"Sen çıkarken bende çıkmalıyım. Sadece dişlerimi fırçalayıp elimi yüzümü..."

"Kal o zaman madem."

Tan bekliyormuş gibi cevap verdi. Eun Sang şaşırıp o hâldeki Tan'a baktı.

"Ben okuldan dönene kadar kal. Gidecek yerin de yok zaten."

"Ablama..."

"Dükkânı açmalarına daha çok var. Öğleden sonra açılıyor. Geç vakitte."

"Ah... O zaman acaba..."

"Otobüs yok. Otobüse binecek kişiler bu mahallede yaşamaz."

"Yine de..."

"Yine de evde durmaktan rahatsız olacaksan istersen bizim okula gel."

"Ne?"

"Uluslararası öğrencilerin nasıl bir okula gittiklerini merak ediyorum demedin mi?"

Kaybedecek bir şeyi yoktu. Nasıl olsa gidecek yeri de yoktu. Kısa bir süreliğine gezdim diye düşünürdü. Eun Sang korku ve heyecan ile karışmış duygularla Tan ile birlikte gitti.

Nereden bakarsa baksın ilginç bir geziydi. Liseli bir öğrenci araba kullanıyordu. Eun Sang araba kullanan Tan'a çaktırmadan baktı. Pencerenin dışındaki manzara kesinlikle Kore'den farklıydı. Yayılan güneş ışığı da öyleydi. Bu kadar rahat olunabilir mi dercesine elini arabadan dışarıya bile çıkartarak dışarıyı izliyordu ki aniden Tan güneş gözlüğü uzattı.

"Ben böyle iyiyim."

"Irkını değiştirmek istemiyorsan tak. Şıklık için değil, burada genel ihtiyaç."

Eun Sang garipseyerek güneş gözlüğünü alıp taktı. Kendini New Yorklular gibi hissetti. New York olmasa da."

"Pencereden dışarı elimi uzatacağım ama utanç verici olursa söyle."

"Sadece bir dakika."

Eun Sang pencereden dışarıya elini uzattı. Parmaklarının arasından kayıp giden rüzgârla kendini iyi hissediyordu.

"İngiliz konseyi tarafından dünya çapında İngilizce konuşulmayan 102 ülke hedef alınarak dünyadaki en güzel İngilizce kelime hakkında anket yapıldı. Sizce 1. olan kelime neydi?"

Profesörün sorusunu öğrenciler, "Love?", "Money?*", "Beyonce?" diye şakalar yaparak cevaplıyorlardı ki Tan yarım yamalak dinleyerek defterine küçük parçalar hâlinde kelimeler karalıyordu. Dışarıda beklemekte olan Eun Sang'a bütün dikkatini verdiği içindi.

"Birinci gelen kelime 'mother**' oldu. Herkes hem fikir, değil mi?"

Mother. Öylesine karalamak için çok ağır bir kelimeydi.

"Öyleyse dünyadaki en üzücü kelime neydi?"

Anne. Tan boş yere çalışma masasının üzerinde duran kompozisyon defterine dokundu.

Amerika'nın okulları demek böyle. Eun Sang banka oturmuş kampüsteki öğrencileri izledi. Kaykaya binen çocuklar, üçerli beşerli gruplar hâlinde çimenlere oturup gülerek sohbet eden çocuklar, bankta kitap okuyan çocuklar... O çocuklardan biri olmak istedi. Kesinlikle olamazdı fakat öylece annesinin defterinin sayfalarını birer birer çevirdi. Yamuk yumuk el yazısıyla

---
*İng. "Aşk?", "Para?"
**İng. "Anne"

sayfalar dolusu yazılmış, "Dry cleaning only*" annesiyle kendi yaşamı olduğu için gözyaşları aktı.

"Bugünkü dersimiz bu kadar. Çıkarken kompozisyonlarınızı teslim etmeyi unutmayın."

Öğrenciler kompozisyonlarını teslim edip birer ikişer sınıftan dışarı çıktılar.

"Versem mi ki?"

Bir an düşünen Tan sonuç olarak kompozisyonunu çantasına koydu. Öylece kürsünün yanından geçen Tan'a profesör, "Tan, sen neden vermiyorsun?" diye sordu.

"Bu teslim etmek için değil."

"Onu teslim etsen yeni bir amaç bulabileceğini düşünmüyor musun?"

Her ne kadar uğraşsa da cevap bulamamıştı. Bu yüzden cevap yerine düzgün bir şekilde başıyla selam verip sınıftan çıktı.

Eun Sang boş bir ifade ile durup parti elbisesi giyinmiş Koreli yurt dışı öğrencisine bakıyordu.

"Neye bakıyorsun?"

"Hiç... İyi bir ailesi olanlara bakıyorum. Koreli yurt dışı öğrencileri kendi aralarında parti yapacaklar sanırım."

"Gitsen bile hiç eğlenceli değil."

"Ben artık gitsem iyi olacak. Beni okuluna getirdiğin için teşekkür ederim. Valizim bir süre daha kalabilir mi? Akşam gelip alacağım."

---

*İng. "Sadece kuru temizleme"

"Ablana mı gideceksin?"

"Gitmeliyim. Gidip annemin verdiği parayı tekrar almalıyım. O para sarhoş birine içki parası olup çarçur edilecek bir para değil."

Nasıl bir hayat yaşıyordu ki 18 yaşında birinin ağzından böyle kelimeler çıkıyordu? Tan öylece Eun Sang'a bakıyordu ki Eun Sang öyleyse goodbye*! Burası Amerika olduğu için, utanarak konuştu ve arkasını döndü. Olmaz, olamaz. Ne olursa olsun olmamalı. Dayanamayan Tan, Eun Sang'a seslenerek onu durdurdu.

"Hey!"

O şekilde seslenmek istemiyordu fakat adını bilmediği için "Hey!" diye seslenmekten başka çaresi yoktu. Eun Sang giderken durup döndü ve Tan'a baktı.

"Nereye gittiğini bilerek mi gidiyorsun bari?"

"Biliyorum."

Eun Sang gitmesi gereken yönün tersine doğru yönelmişti. Aptal!

"Biliyormuş!"

Aniden koşup Eun Sang'ın omzundan tutarak ters tarafa doğru yönünü çevirdi.

"Kendim gidebilirim."

"Beraber gidelim."

"Dersin yok mu?"

---

*İng. "Hoşça kal"

"Sevmediğim bir ders. Seni bahane edip asacağım."

"Hangi ders?"

"Matematik."

"Ben matematiği severim."

"Delirmiş olmalısın."

Tan, Eun Sang ile şakalaşırken çok eğlenmişti. Sanki kendisi eğlenceli olduğunu fark edemeyecek kadar.

Eun Seok restoranda yoktu. İş arkadaşının söylediğine göre işi bırakmıştı.

"Onun lafına inanıp da buraya kadar gelen ben ne yapacaktım? Geri dönecek bilet param da yok. O parayı alamaz."

Eun Sang ne yapacağını bilemeyip ayaklarının üzerinde tepindi. Tan'ın yapabileceği bir şey yoktu. Sadece boynu bükük yürüyen Eun Sang'ın arkasından sessizce takip ediyordu.

"O sensin, değil mi? Onun kız kardeşi!"

O anda alışık olmadığı yabancı bir ses Eun Sang'a seslendi. Eun Seok'un beraber yaşadığı adamdı.

"Aa! Şu adam! Where is Stella?"*

"Ben de onu öğrenmek istiyorum. Nerede o? Bütün paramı alıp ortadan kaybolan o kız nerede?"

Eun Seok'un beraber yaşadığı adam sertçe Eun Sang'ın yakasını tutup sıkıyordu ki Tan adamın bileğinden sıkıca tuttu.

"Sen de kimsin? Bırak elimi. Ölmek mi istiyorsun?"

---

*İng. "Stella nerede?"

"Ablama da böyle mi vurdun pislik herif? Tercüme eder misin lütfen?"

Eun Sang'ın söyledikleriyle Tan hemen adamı bileğinden çevirdi.

"Neden soruyorsun ki? Dövmüştür."

Daha sonra öylece diziyle adamın karnına vurup yere düşürdü. Sonra birden karşı taraftan "Chris!" diye seslenerek adamın arkadaşları gibi görünen adamlar tehditkâr şekilde yaklaştılar.

"Arkadaşları galiba."

"Sabah ayininden olmadıkları kesin. 1, 2, 3 dediğimde..."

Daha saymamıştı bile Eun Sang, Tan'ın bileğinden tutup birden koştu.

"Yakalayın şunları!"

Yerdeki adam bağırınca iki iri adam arkalarından şiddetle kovaladı.

"İyi de neden koşuyoruz?"

"Ne diyorsun? Sen demedin mi 1,2,3 dediğimde..."

"1,2,3 diye sayınca o adamın elini bırakacağım için sen de arkama geç diyecektim."

"Ne?"

"Bizi yakalayamazlar."

Duran Tan'ın ardından kendi de duran Eun Sang, Tan'ın bakışlarını takip ederek arkalarından gelen iri adamlara baktı. Yürüyorlar mıydı koşuyorlar mıydı doğru düzgün nefes bile alamayıp nefes nefese kalarak koşmaya çalıştıkları hâlleri gülünecek kadar vardı.

"Daha önce çok koştuğum için biliyorum ki çoktan perişan oldular."

"Yakalarsam seni öldüreceğim."

Kendi vücudunu bile kontrol edemezken sadece boşboğazlık ediyor.

"Yakala da ondan sonra konuş."

Tan basit bir şekilde cevap verdi.

"Seni Asyalı çocuk! Yemin ederim ki seni öldüreceğim."

"Kararlı olmanı anlıyorum fakat sen beni yakalayana kadar yaşlanıp da ölmem daha hızlı olur."

"Korece konuştuğunda seni anlıyorlar mı?"

"Nasıl olsa şimdi benim söylediklerimi duymazlar. Sen duy diye söylüyorum. Korkma diye."

"Sıradan bir şeymiş gibi konuşuyor gibiydi fakat içimin rahatlaması nedendi? Hayır, beni neden rahatlatmak istiyordu ki? Sıradan bir şeymiş gibi."

Eun Sang dik dik Tan'a bakıyordu ve Tan, "Bir dakika telefonum çalıyor." diyerek telefonunu çıkarttı. Telefonunun ekranına bakan Tan'ın yüzü bir anda ciddileşti. Rachel arıyordu. O sırada iri adamların yakınlarına kadar geldiklerini gören Eun Sang, Tan'ın kolunu alelacele tutup çekiştirdi.

"Eyvah! Şimdi telefona bakmanın sırası değil."

"Dünden beri hiçbir şeyin sırası değildi."

Nedense soğuk bir ses tonuydu.

"Ben sadece..."

Mahcubiyet hisseden Eun Sang'ı fark eden Tan hemen yüz ifadesini değiştirerek ortaya bir şaka attı.

"Uyuşturucu siparişi için arıyorlar. Organik uyuşturucu var mı diye. Gidelim. Artık gerçekten koşmalıyız."

Bu sefer Tan, Eun Sang'ın bileğinden tutup koştu. Küt küt ikisinin kalbi aynı anda atıyordu.

Yeong Do Otel Zeus'un restoranının mutfağında uzun zamandır bulaşıkları yıkıyordu. Mutfak çalışanlarının fısıltıları dört bir yanı kuşatmıştı.

"Müdürün oğlu mu?"

"Evet. Ortaokuldan beri tatillerde mutlaka gelip bulaşık yıkar. Otelin ona kalması için bir tür vâris eğitimi diyebiliriz."

"Yapması mı söylenmiş? Zengin aile çocuğu olmasına rağmen iyi huylu biri."

"İyi huylu mu, hiç de değil."

"Bu ne şimdi duy diye mi yapıyorlar, duyma diye mi?"

Bilerek tabakları ses çıkacak şekilde atınca o anda her yer sessizleşti. Sabit duyguları iyiye gidiyordu ki bu sefer yönetici engel oldu.

"Yeong Do Bey, ben kesinlikle tabaklar servise hazırlanırken ısıtmanı söylemiştim. Sen müşteri olsan, yemeğin tadına bile bakmadan önce soğuyan bir yemekle hizmet almak ister miydin?"

Yeong Do yöneticiye bile bakmadan sadece sessizce tabakları yıkadı. Yeong Do cevap vermeyince yönetici Yeong Do'nun daha da üzerine gitti. Sessizce geri dönmesi için bir fırsat vermişti ama bunu anlamamıştı.

"Ayrıca bu mutfağa girdiğim zaman görünüşünün temiz..."

"Sence şimdi havamda mı görünüyorum?"

"O zaman, herkes görevini yapıyor ve sırf başkanın oğlu olduğun için seni kayırmalı mıyım? Bu şekilde davranmaya devam edersen..."

"Rapor edin. Babama."

Yeong Do lastik eldivenleri çıkartıp fırlatırmış gibi lavaboya attı.

"Bu sizin göreviniz olduğu için en iyi şekilde yerine getirin. 10 yıl sonra ben bu otelin sahibi olduğumda tecrübeniz olsun ki yeni bir iş bulmak kolay olsun."

Bu genç ufaklık başkanın oğluyum diye her şeyi yapabileceğini sanıyor. Yöneticinin kaşları seğirdi. Ortam kızışıyordu ki personellerden biri aceleyle mutfağa girerek yöneticinin yanına geldi.

"Şimdi odaya başsavcı geldiler."

"Bana bulaşıktan daha çok yakışacak bir iş çıktı sanırım."

Yeong Do taktığı eteği çıkartarak yöneticinin kucağına verdi. Sonra hemen odaya doğru harekete geçti.

Hyo Shin nefesini daraltan yemek ortamı yüzünden her an kusacak gibiydi. Adalet bakanı dedesi, baş yargıç amcası, savcı amcası, bunlara ek olarak başsavcı babasıydı. Basitçe bir selam verirken bile kelimeler boğazına takılıyordu. Gülerek cevap verse de sürekli olarak boğazı kuruduğu için su içti. Bu soğuk yemek ortamına kapıyı çalarak Yeong Do girdi.

"Sayın bakanım ve yargıç bey burada olmanız bizim için bir onurdur. Başkanım ve savcı bey hakkınızda babamdan çok şey duydum."

"Başkan Choi'nin oğlu, baba. Hyo Shin'in İmparatorluk Lisesi'nden hoobae'si*."

"Başkan Choi genç biri olmasına rağmen oğlunun eğitimini de layıkıyla vermiş."

"Teşekkür ederim."

Yeong Do nazik bir şekilde selam verip bir köşede duran çaydanlığı alarak boşalan bardakları doldurdu. Kendi bardağını dolduran Yeong Do'ya Hyo Shin keskin bir şekilde baktı.

"Boğazınız çok kurumuş gibi görünüyordu."

Sadece Hyo Shin'in bardağını taşacakmış kadar doldurdu. Düpedüz saldırıydı.

Yeong Do her zaman kullandığı süit odasına giderek kıyafetlerini değiştirirken az önceki Hyo Shin'i hatırladı. Ölecekmiş gibi bir yüzü vardı ve sadece bakışları yaşıyordu. Formasını gelişigüzel çantasına tıkıştırıyordu ki kapının zili çaldı. Gelecek kimsenin olmadığı odanın kapısı çalmıştı. Kapının önünde Hyo Shin duruyordu.

"Lavabonu kullanacağım."

---

* Hoobea: Kore'de sosyal yaşamda okul, iş yeri, askerlik vb. yerlerde sizden bir gün bile sonra oraya başlamış kişiler için söylenen saygılı bir kelimedir. Yaş olarak küçük olan kişiler için de kullanılmaktadır. Tecrübesiz küçük kişiler için de kullanılır.

Hyo Shin hemen girip tuvalete doğru yönelip lavaboya yediği şeyleri olduğu gibi çıkarttı. Ardından su sesi duyulup Hyo Shin rahatlamış bir ifade ile çıktı. Yeong Do gülümseyerek kıyafetinin yakasını düzeltti.

"Yemekler o kadar iyi değildi sanırım."

"Kullandırdığın için teşekkür ederim."

Hyo Shin, Yeong Do'ya hiç bakmadan kapıya yöneldi. Yeong Do öylece gönderemem der gibi konuşmaya devam etti.

"Tuvalet 1. katta da var."

"Kusarken babamla karşılaşamazdım."

Hyo Shin cevap verdi.

"Bana yakalanman sorun değil mi?"

"Söz konusu yakalanmaksa senin bana yakalandığın çok daha fazla şey yok mu?"

"Oh, seonbea* tehdit ederken sesin çok hoş geliyor."

Sadece konuşması sakindi bir an önce boğazını kopartıp atmak istiyordu.

"Küfür ederken daha hoş oluyor. Duymak ister misin?"

Öyle olsa bile itaatkâr bir şekilde boyun eğen Hyo Shin değildi.

"Reddetmek zorundayım. Sigara ister misin?"

Hyo Shin her an Tan'ın tarafında olan biriydi. Bu yüzden

---

* Seonbea: Kore'de sosyal yaşamda okul, iş yeri, askerlik vb. yerlerde sizden bir gün bile önce oraya başlamış kişiler için söylenen saygılı bir kelimedir. Yaş olarak büyük olan kişiler için de kullanılmaktadır. Tecrübeli büyük anlamına gelmektedir.

olsa gerek Yeong Do sık sık Hyo Shin'e saçma şakalar yapmak istiyordu. Neden bu tarafta değil de o taraftasın diye sormak yerine azarlamak istiyordu.

"Ben vücuda zararlı olan şeyleri kullanmamaya dikkat eden biriyim. Gidiyorum."

Hyo Shin arkasını dönüp çıktı. Eğlenceli bir avı kaçırdığı için üzgündü. Yeong Do diliyle dudaklarını ıslatıp sırıtarak güldü.

"Tasarruf ediyorum diye düşüneyim bari. Üzgünüm fakat bir dahaki sefere."

Bir dahaki sefere sözü her zaman heyecanlandırıyordu.

"Al bakalım, benim ikramım."

Eun Sang bir bardak kahve uzattı. Tan bardağı alırken homurdandı.

"Neden bu kadar geç geldin? Kahveyi sen mi icat ettin?"

"Gelen sipariş telefonuna rahatça bakabil diyeydi. Organik uyuşturucunun hepsini sattın mı?"

Gereksiz yere utanan Tan konuşmadan kahvesini yudumladı. Tan'ın kahveyi güzel bir şekilde içtiğini görünce memnun olan Eun Sang da ardından bir yudum kahveyi dikkatlice içti.

"Oh, bu çok lezzetli."

Otomatik olarak ağzından çıkan ifadeyle Tan abartma diyerek sevimli bir şekilde takıldı.

"Biraz idare et. Amerika'ya kadar geldim, americano içip de dönmeliyim. Yoksa Amerika ile ilgili sadece kötü anılarım olacak."

"Sadece kötü anılarının olacağından emin misin?"

Tan, Eun Sang'ın kötü anılarına dâhil olmak istemiyordu. Sadece anılarda kalmayı reddetmek istiyordu.

"Yani biraz daha düşünecek olursam... Ne zamandır Amerika'dasın?"

"Ne düşünüyordun da yarıda kestin?"

Tan sinirlenmiş mi sinirlenmemiş mi umursamadan Eun Sang'ın bakışları Facebook'a fotoğraf yükleyen turistlere yöneldi. Birden Eun Sang'ın aklına bir şey geldi.

"Aa! Ben bunu neden düşünemedim?"

"Tanıdığın biri mi?"

"Tanımıyorum. Telefonunu verir misin? Eve dönmenin yolunu buldum."

"Ev derken, Kore mi?"

"Evet."

Eun Sang kibar bir şekilde ellerini birleştirerek Tan'a uzattı. Telefonunu vermek istemese de vermeye mecbur kaldı. Telefonu verir vermez Eun Sang hemen Facebook'a bağlandı.

"Sağ ol. Herhangi bir yorum alırsan bana gösterebilir misin?"

"Ne yapıyorsun?"

Eun Sang, Chan Yeong'un Facebook'una mesaj gönderdi. Çaktırmadan ekrana bakan Tan'ın keyfi kaçıp suratı asıldı.

"O da kim? Erkek arkadaşın mı?"

"Arkadaşım olan bir erkek."

"Ara o zaman! Ne zaman cevap verecek nasıl bileceksin?"

"Telefon numarasını yeni değiştirdiği için numarasını ezbere bilmiyorum. Bir yere gideceğini söylemişti. Kore de mi gitti mi onu da bilmiyorum."

"Nerede olduğunu bile bilmediğin bir heriften yardım mı istiyorsun?"

"Benim kalbimde ne olmuş! Senin herif diyebileceğin biri değil o!"

"Neyine bu kadar çok güveniyorsan?"

"Arkadaş olarak çok saygı duyduğum biri."

"Ülkeyi mi kurtardı, Hangul"u mu buldu? Arkadaşlar arasında saygı da neymiş? Ya cevap gelmezse?"

"Gelecek."

Eun Sang telefonu tekrar Tan'a uzattı. Tan telefonu alıp cebine koyarken birden kalkarak tek başına gitti. Gereksiz yere sinirlenmişti.

"Nereye gidiyorsun?"

Sebebini bilmeden Eun Sang, Tan'ın peşinden tıpış tıpış gitti.

Taksiyle gittikleri süre boyunca Tan'ın siniri geçmedi. Eun Sang gözüne bakıp dikkatli bir şekilde sordu.

"Cevap henüz... Gelmedi mi?"

Tan telefonu çıkartarak Facebook sayfasını açıp Eun Sang'ın gözünün önüne doğru uzattı.

"Gelmedi dedim ya! Yakın olduğunuza emin misin?"

---

* Hangul: Kore alfabesinin adıdır.

"Hayatımın yarısını onunla geçirdim."

"Çıkıyor musunuz?"

"Öyle bir şey değil."

"Çıktınız mı?"

"Aa, neden sürekli başkalarının dostluğunun geçmişini ortaya atıyorsun? Bir insanın hayatını kurtaracağım diye düşünerek mesajlarını sürekli kontrol et ve cevap gelince de bana söyle. Şu anda ondan başka umudum yok. Lütfen, rica ediyorum."

Tan cevap vermekten kaçmak istediği için bakışlarını arabanın camından dışarıya yöneltti. Tan, Eun Sang'ın kendisi değil de bir başkasından yardım istemesi doğal olsa da sinirlenmişti.

Taksi Tan'ın evinin önünde durdu. Önden inen Eun Sang'a Tan evin anahtarlarını attı.

"Anahtarlar burada. İçeri gir."

Hesapta olmayan bir şekilde anahtarları alan Eun Sang garip bir ifade ile, "Sen nereye gidiyorsun?" diye sordu.

"Kaçtığımız için arabamı orada bıraktık. Gidip almalıyım."

"Aa, doğru."

"Uzun sürmez."

Tan'ın bindiği taksi hareket etti. Sap gibi tek başına kalan Eun Sang oradan ayrılan taksinin arkasından baktı. Bir şeylerden huzursuzluk hissetmişti.

Tan taksiye binip giderken Eun Sang'ın Facebook'una göz atmaya başladı. Profilinde net olan Eun Sang'ın fotoğrafında bakışlarına yakınlaştı.

"Cha Eun Sang..."

Demek adı Cha Eun Sang. Eun Sang'ın adının altında az önce Eun Sang'ın Chan Yeong'a yazdığı mesajı gördü.

Cha Eun Sang, Whitehacker Yoon'a şunu yazdı:

"İnanması zor fakat ben şu anda Amerika'dayım ve bir sorunum var. Yardımın gerekiyor. Mesajımı görünce cevap yaz."

Taksiden inen Tan arabasının olduğu yere doğru yürürken sürekli ekranı aşağıya doğru kaydırdı. Ayda 2 milyon won maaşla ofis işi, *Freddy ile Jason, Texas Katliamı, Testere*, seri cinayetler, Jessica Alba'nın da ağlayarak gittiği Jeshikyo Alba*. Ne diyor bu kız? Bıyık altından gülümsedi. Arabasının şoför koltuğuna oturduğunda da sürekli olarak bakmak istediği için elini durduramıyordu. Devam ederek ekranı kaydırdığında sonunda saygı duymanın bile az olacağı o arkadaşının resmi çıktı.

"Aha, demek sensin."

Düzgün görünüşü hoşuna gitmedi. Vay canına. Hoşnutsuzca ve sinirli bakarken, "En gıcık müşteri 1 numara" yazılı metnin altında karşılıklı verilmiş cevaplara göz attı.

"*Whitehacker Yoon: Gıcık müşterin bu kadar yakışıklı mı?*"

"Yakışıklı mı? Delirmiş olmalı!"

Aptal gibi kendi kendine konuşuyordu.

"*Cha Eun Sang: Defol!*"

---

*Burada Alba kelimesi part-time iş anlamındadır. Fakat kullanılırken Jessica Alba'nın soyadı ile sesteş olduğu için kelime oyunu yapılıp espri olması için böyle kullanılmıştır. "Jessica Alba'nın da ağlayarak gittiği o kişiye part-time'ı emret." gibi bir cümledir.

"Aynen öyle!"

"Whitehacker Yoon: Bugün de çok çalıştın. Güçlü ol Cha Eun Sang! Artık defoluyorum."

"Tabii ki. Sadece arkadaş olamazlar."

Tan gereksiz yere sinirlenerek ekranı hızlıca kaydırdığında alışkın olduğu bir kelime gözüne çarptı.

"*Annemin zorluk çekmesinden nefret ediyorum. İmparatorluk Grup iflas etsin.*"

"İmparatorluk Grup mu?"

Beklenmedik kelimeyle şaşıran Tan durmuştu ki biri Tan'ın arabasının camına tık tık diye vurdu. Eun Sang'ın pasaportunu getiren polis memuruydu.

"Bazı yanlış anlaşılmalar olmuş."

Açtığı camın boşluğundan polis memuru Eun Sang'ın pasaportunu uzattı.

"Bu ilk kez yaptığın bir şey değil."

Tan ne zaman böyle olmadı ki der gibi soğuk bir yüzle pasaportu alıp arabasını çalıştırdı.

Bo Na az önceden beri bayılmışçasına kanepede uzanmış mahvoldum diye tekrar edip duruyordu.

"Sanırım mahvoldum. Mahvoldum! Chan Yeong telefonunu açmıyor."

"Bittin sen. Düşünsene. Amerikan kızları ne kadar seksiler! Senin gibi çöp kızın birine baktıktan sonra Amerika'daki vücut hatları tamamen belirgin kızları görünce, o kızlar ne kadar güzeldir kim bilir?"

Baskı olan resimleri duvara asmış olan Myeong Su bilerek Bo Na'yı sinirlendirdi. Bo Na'yı sinirlendirip dalga geçmek Myeong Su'nun küçük hobilerinden biriydi. Baygınlık geçiren Bo Na birden kalktı.

"Hey, Chan Yeong'u kendin gibi mi sanıyorsun?"

"Sorun da bu zaten. Benim gibi değil ama neden telefonlarını açmıyor?"

"Çok meşgul olmalı ya da telefonun geldiğini görmemiştir!"

"Kızlar neden doğru cevabı bildikleri hâlde sabırsızlanıp endişelenirler?"

"Böyle hissetmek hoşuma gidiyor da ondan!"

"Aman Tanrı'm... Sapık!"

Bo Na tekrar sırtüstü kanepeye devrildi. O anda, kapının şifre sesiyle birlikte Yeong Do içeriye girdi. Bo Na ilgilenmiyormuş gibi Yeong Do'nun olduğu tarafa bakmadı bile.

"Oo part-time Choi! İşin bitti mi?"

"Seni şanslı! Hukuk şirketi sahibinin oğlusun. Çalışkan olmadığından hukuk bölümüne gitmene gerek yok. Yani bu yüzden ileride hukuk şirketinin mirasçısısın diye part-time çalışmana da gerek yok. Onun neyi var?"

Yeong Do çenesinin ucuyla Bo Na'yı gösterince, "Bo Na bilmesen de olur." diye tersleyerek cevap verdi.

"Pozuna bakılırsa birçok sebep göründüğü için sordum."

"Benimle ilgilenmeyi bırakır mısın?"

Tekrar aniden kalkan Bo Na'ya Yeong Do sinsice güldü.

"İlgileniyorum işte, nasıl bırakayım? Çok güzelsin, ne yapayım?"

Bo Na'nın tepkisi onları tek bir sefer bile hayal kırıklığına uğratmamıştı. Atılan yeme yakalanıp, açık sözlü olduğu gibi görünüyordu. Bu hâli çok sevimliydi.

"Haklısın. Güçlü bir rakibim. Bu yüzden onu aramalıyım."

Bo Na az önce hiç üzülmemiş gibi neşelenerek Chan Yeong'a telefon etti. Bu şekildeki tahmin edilemeyen tepkileri Bo Na'nın uzmanlığıydı.

"Tamam. Bakacağım. Tamam, eve gidince seni arayacağım. Bekle."

Chan Yeong Amerika'da tek başına olmasına rağmen yalnızlık çekmemesinin tek sebebinin Bo Na olduğunu söylese abartmış olmaz. Zaman zaman telefon ederek söylenen Bo Na sayesinde yalnızlık hissedecek boşluğu kalmıyordu. Bu seferki telefonun amacı ağlıyorken olan özçekimi yüzündendi. Ağlıyorken çektiğim özçekimime bir bak diye söylenen Bo Na'yı tekrar hatırlayınca yüzünde gülümseme belirdi. Bu kadar güzel olan Bo Na'yı nasıl olur da sevmezdi?

"Şanslıydın, Yoon Chan Yeong."

Bo Na'nın gözyaşı özçekimindense Eun Sang'ın bıraktığı mesaj önce gözüne çarptı.

"Amerika mı?"

Hemen telefon etti. Fakat ahizeden müşterinin isteğine bağlı olarak aramaların reddedildiği mesaj duyuldu.

Önce anahtarı alıp eve girmeye girmişti fakat sürekli bu şekilde yardımını alamazdı. Geri döndüğünde teşekkür edip, artık gerçekten vedalaşalım, diye karar veren Eun Sang eşyalarını hazırladığı sırada 2. katın merdivenlerinde birinin varlığını hissetti.

"Geldin mi? Çabuk gelmişsin. Ben de gitmek üzereydim."

Başını kaldırdığı anda ilk önce görünen şey güzel bir yüksek topuktu.

"Kimsiniz?"

"Bunu senin değil benim sormam gerekiyor. Kimsin sen?"

Yiyecek paketini elinde tutan Rachel merdivenlerin üst tarafında durup Eun Sang'a korkunç bir şekilde baktı.

"Ah, sanırım daha önce karşılaştık biz. Havaalanında, değil mi?"

Havaalanındayken telefon görüşmesi yapan o kız olduğu kesindi.

"Doğruysa ne olmuş? Memnun mu oldun? Kimsin diyorum sana?"

"Peki ama... Siz kimsiniz?"

"Bu evin sahibinin nişanlısıyım."

"Nişanlısı mı? Bu evin sahibi lise öğrencisi."

"Geçen sene 17 yaşımızdayken nişanlandık."

"Bu evde yalnız yaşadığından normal bir yaşantıya sahip biri olmadığını düşünmüştüm ama 17 yaşında nişanlanmak mı?"

Eun Sang böyle bir hayatın nasıl bir hayat olduğunu tahmin etmeye cesaret bile edemedi.

"Artık cevap versen diyorum. Kimsin sen? Neden burada olduğunu kaç kere daha sormam gerek?"

Nişanlısı ise gerçekten rahatsız olacağı bir durumdu. Mümkün olduğunca yanlış anlaşılmadan cevap vermeliydi.

"Bir durumdan dolayı bir geceliğine burada kaldım. Eşyalarımı aldım, şimdi çıkmak üzereydim."

"Yani burada mı uyudun?"

"Yanlış anlaşılacak öyle bir durum..."

"Kes!"

Rachel, Eun Sang'ın sözünü kesip merdivenlerden inerek Eun Sang'ın elinde tuttuğu anahtarları çekip aldı.

"Bunlar neden senin elinde?"

"Eşyalarımı burada bırakmıştım."

Eun Sang'ın sözleri biter bitmez Rachel, Eun Sang'ın valizini tutarak merdivenlerden aşağıya yuvarladı. Şaşıran Eun Sang koşarak indi ve valizine göz attı. Valizin köşesi kırılmıştı.

"Ne yaptığını sanıyorsun?"

"Hataydı. Senin bu evde benimle karşılaşmanla aynı şey."

"Sana yanlış anlamanı gerektirecek bir durum yok dedim!"

Eun Sang dişlerini sıktı.

Sabret, sabret.

"Kalmama izin veren ev sahibini düşünerek sinirlerime hâkim olup gidiyorum."

"Dalga mı geçiyorsun? Öylece gideceğini mi sandın? Sahibi evde yokken anahtarlar elinde duruyor. Bir şeylerin çalınmadığını nereden bileyim? Aç!"

Rachel çenesinin ucuyla Eun Sang'ın valizini işaret etti. Bu sefer daha fazla sabredemezdi.

"Bana bak!"

"Yanlış anlaşılmak istemiyor muydun? O zaman aç şunu!"

"Tamam, peki. Açacağım. Ama açtığımda hiçbir şey bulamazsan o zaman ne yapacaksın?"

"Olmama gibi bir ihtimal yok."

Ne derse desin anlaşabileceği bir durum değildi. Eun Sang derin bir nefes aldıktan sonra valizini açtı.

"Oldu mu?"

Rachel tak tuk diye yürüdü ve öylece valizi kaldırıp boşalttı.

"Bu da ne şimdi?"

"İyice bakıyorum."

Dimdik durarak yere dökülen Eun Sang'ın eşyalarına bakan Rachel memnun kalmışçasına güldü.

"Yokmuş. Gidebilirsin. Şu çöplüğü temizledikten sonra."

Rachel yürürken Eun Sang'ın eşyalarına ayağıyla vurdu. Daha fazla sabredemeyen Eun Sang, "Hey!" diye bağırdı.

"Ev sahibi gelmeden önce, hemen!"

Rachel o şekildeki Eun Sang'a tepeden bile bakmadan mutfağa doğru yavaş yavaş gözden kayboldu. Kırılan valizindense kırılan gururu canını daha çok yakmıştı.

Eun Sang banka oturup Malibu plajına baktı. İlk defa buraya gelip baktığı zaman sadece çok güzel görünen bir denizdi fakat şimdi baktığında çok genişti ve kendini yalnız hissetti. Eninde sonunda çıkmaya çıkmıştı ama nereye gideceğini, ne yapması gerektiğini tahmin edemiyordu. Öncelikle olması gerektiği gibi Koreli turizm şirketlerinin olduğu yere gitti.

"LA'den Incheon'a kadar tek kişi ne kadar?"

"LA-Incheon, vergi dâhil 1040 dolar."

"Çok eksiğim var. Yine de ayırınız lütfen."

"Pasaportunuzu verir misiniz?"

"Tabii. Tabi ya pasaport!"

Aklı başında olmadığı için aklından tamamen çıkmıştı.

"Unutulması gerekenleri unutmalısın, seni aptal!"

Kendi kendini azarladı fakat başka yolu yoktu. Tekrar geri dönmekten başka...

"Gitti mi? Nereye? Eşyalarının hepsini aldı mı?"

Tan deminden beri sürekli o kız hakkında konuştuğu için Rachel'ın keyfi kaçmıştı. Zaten Tan'ın yanına önce kendi geldiği için gururu incinmişti. Rachel vazoya koyduğu çiçekleri masaya tak diye bıraktı.

"Hey, Kim Tan! Neredeyse 6 aydır birbirimizi görmüyoruz ve sen beni böyle mi karşılıyorsun? Nereden geldiğini bile bilmediğim bir kızın nereye gittiğine kadar bilmek zorunda mıyım?"

"Güzelleşmişsin."

"Biliyorum."

Ani olan Tan'ın sözlerine Rachel soğuk bir şekilde cevap verdi. Tan kendisinin, bir başkasını bir anda sinirlendirip sinirini bir anda yatıştırabilen biri olduğunu unutmuştu.

"Onu sen mi kovdun?"

"Nişanlının bunu yapmaya hakkı olduğunu bilmiyor muydun?"

"Ona söyledin mi? Nişanlı olduğumuzu."

"Olması gereken bir şey değil mi? Ben söylemeden önce senin söylemen gerekirdi."

"O zaman onun burada kalmasını sağlamalıydın. Eğer öyle yapmış olsaydın seni ben tanıştırırdım."

Tan daha fazla konuşmak istemiyorum der gibi salona çıkınca Rachel onu elden kaçıracağını düşündüğü için hemen arkasından gitti.

"Geleceğimi bilmiyor muydun?"

"Biliyordum."

Tan arabasının anahtarını ve telefonunu masanın üzerine fırlatıp kanepeye yaslanarak oturdu.

"O zaman neden havaalanına karşılamaya gelmedin?"

"Sıcak olduğu için."

"Sıcaksa Kore'ye gelmelisin. Şu an orası sonbahar."

"Çok uzak."

"Yarın nişanlılığımızın 1. yıl dönümü olduğunu biliyor musun?"

"Evet."

"Evet mi? Bütün söyleyeceğin bu mu? Böyle davranacaksan neden benimle nişanlandın?"

"Daha sonra seninle evlenmemek için."

Keskin soru ve cevaptan sonra kapının zili birden araya girdi.

Eun Sang kapıyı çalmış endişeli bir şekilde kapının önündeydi. Ne diye lafa başlayacağını bilemediği için çok gergin bir şekilde duruyordu ki merdivenlerden yukarıya çıkan Tan ile göz göze geldiler. Eun Sang kendi de farkında olmadan vücudunu çevirdi.

"Nereye gidiyorsun? Gideceksen en azından gideceğini söylemen gerekmez mi?"

"Eve geldin demek."

Neden kaçmaya çalıştığını bilmiyordu fakat kaçmaya çalışması yanlış bir davranıştı. Rachel, Tan'ın arkasından ön kapıyı açıp çıktı.

"Kartviziti burada unutmuşum. Polisin kartvizitini."

Gereksiz yere Rachel'ın bakışları üzerlerinde olduğundan dikkatsizce konuşamazdı.

"Evi temizlerken onu çöpe attım."

Rachel çok doğal bir şekilde konuştu.

"Hangi çöpe?"

"Kapının dışındakine."

Valizini alıp alelacele koşacak olan Eun Sang'ı Tan tuttu. Eun Sang'ın valizini tutmuş şekilde Tan, "Boş ver, bulmana gerek yok." dedi.

"Neden gerek yokmuş? Onu bulmalıyım ki pasaportumu geri alabileyim."

Tan'ın bir şey demesine fırsat kalmadan Eun Sang dış kapıya doğru yönelerek koştu. Sinirlenen Tan dönüp Rachel'a baktı.

"Attın mı?"

"Ne atması, görmedim bile!"

"Şu andaki durumun senin için can sıkıcı olduğunu anlayabiliyorum fakat o kız benim yüzümden pasaportunu polise kaptırdı ve Kore'ye de gidemiyor."

"Bunun benimle ne ilgisi var?"

"Seninle ilgisi yok ama benimle ilgisi var. Bu yüzden işime karışma."

Rachel, Eun Sang'ın peşinden koşan Tan'a soğuk bir yüz ifadesi ile baktı. Eun Sang meraklı bir şekilde çöpü karıştırıyordu. Bu şekildeki Eun Sang'ın hâlini görünce Tan'ın içinden bir şeyler yükseldi.

"Orada yok."

"Evet, yok. Ne kadar baktıysam da yok."

"Ağlıyor musun?"

"Ağlamamaya çalışıyorum ama durumum sürekli... Başlangıç ve bitiş nasıl aynı olabilir ki? Gerçekten!"

"Ne?"

"Daha iyi bir hayat sürmek için Amerika'ya kadar geldim fakat sonuç olarak yine çöp kutusunun yanındayım. Nasıl olur da hayatımda hiçbir değişiklik olmaz."

"... Özür dilerim. Ayağa kalk."

"Sen neden özür diliyorsun?"

Tan, Eun Sang'ın pasaportunu uzattı.

"Ne? Buldun mu? Ne zaman?"

Tan az önce, diye cevap verdiği an Tan'ın evinin önüne bir taksi gelip durdu. Taksiden güçlü zenci adamlar ve alışkın oldukları bir kadın indi. Her zaman aynı şeylerdi. Jay tekrar erkek arkadaşı olan bir kızla beraber olmuştu. Tan hemen Eun Sang'ı tutup çekerek çöp kutusunun arkasına saklandı.

"Neler oluyor?"

"Şişt!"

"Onlar kim? Yoksa gangsterler mi?"

"Ofis çalışanına benzemiyorlar."

Tan'ın söyledikleriyle meraklanan Eun Sang başını hafifçe çıkarttı. Daha sonrası çok kötü bir şanssızlıktı çünkü zenci adamla göz göze gelmişti.

"Gördü. Ne yapacağız?"

"Eyvah. Çok güçlüler. Koş!"

"Yine mi? Neden?"

Tan, Eun Sang'ın elinden tutup koşmaya başladı. Arkalarından güçlü adamlar çok sert küfürler ederek ikisini kovaladılar. Kesin olarak önceki güçten farklıydı. Adamlardan kurtulmak için Eun Sang ve Tan bilerek insanların arasına koştular. Bu şekilde uzun bir süre koştuktan sonra sokakta aniden önlerine eski bir sinema salonu çıktı. İkisi sözleşmiş gibi öylece merdivenlerden yukarıya çıkarak sinema salonuna girdiler. Çok insan olur, saklanacak yer de çok olur diye düşünmüşlerdi. Adamlar Tan ve Eun Sang'ı gözden kaçırmış olacaklardı ki sinema salonunun önüne kadar takip edemediler.

Eski bir sinema salonu olduğu için olsa gerek görevli kimse de yoktu. Herhangi bir salona rastgele giren Tan ve Eun Sang köşede bir yere oturup dinlendiler. Gösterilen film başlayalı epey olmuştu. Eun Sang sürekli etrafına bakınıyordu.

"Ne yapıyorsun?"

Tan'ın sorusuna Eun Sang dikkatli bir şekilde fısıldadı.

"Katiller genelde arkanda olur."

O an Tan'ın aklından Eun Sang'ın Facebook'u geçti.

"Garip filmleri gereğinden fazla izlemeyi bırak."

"Seni neden kovalıyorlar? Gerçekten uyuşturucu satıcısı mısın?"

"Hayatımı böyle boşa harcamak istemiyorum."

"İyi de o zaman neden kovalıyorlar?"

"Sana ne demeli? Sen neden kovalandın?"

"Hımm..."

"Madem girdik filmi izle. Ben biraz uyuyacağım."

Tan gözlerini kapatarak koltuğun arkasına doğru yaslandı. Eun Sang yavaş yavaş dönüp etrafına bakındı. Aralıklı olarak insanlar oturmuş filmi izliyorlardı. Eun Sang da onlar gibi ekrana odaklandı. Fakat alt yazısı olmayan filmi anlamak kolay bir iş değildi.

"Ne diyor?"

" 'Seni gözetlemiyor olduğundan emin olmak için geldim.' diyor."

Sıkıldığı için kendi kendine konuşmuştu fakat uyuduğunu sandığı Tan birden cevap vermişti.

" 'Sana inanacaksam kim olduğunu bilmeliyim.' diyor."

Tan gözlerini açıp ekrana bakarak senaryoyu sesli bir şekilde çevirdi.

"Uyumadın mı?"

"Dün bir kızla karşılaşmış. O kızın adı Cha Eun Sang'mış."

Devamlı olarak gözünü ekrandan ayırmıyordu.

"Adımı nereden biliyorsun?"

"Cha Eun Sang hakkında merak ettiğim şeyler var."

Eun Sang anlayamadığı heyecanla Tan'ın yandan görünüşüne öylece bakakaldı.

"Yoksa..."

Sadece ekrana bakmakta olan Tan yavaşça başını çevirip Eun Sang'ın yüzüne baktı.

"Senden hoşlanıyor muyum?"

Şaşıran Eun Sang'dan farklı olarak, Eun Sang'a bakan Tan'ın bakışları sakin olamayıp yorgundu. Şu anda hızlı çarpan kalbini teselli ettiği için olmalıydı, garip sinema salonu yüzünden, hayır sadece hiçbir sebebi olmadığından Eun Sang böyle olduğuna inanmak istedi. Böyle olduğuna inanmak zorundaydı.

03

"Muhtemelen hayır."

Öylece Tan'a bakarken Eun Sang ağzını açtı. Eun Sang'ın cevabı ile de Tan'ın yorgun bakışları değişmedi.

"Neden?"

"Nişanlısın da ondan."

"Öyle olmasına rağmen yine de olamaz mı?"

"Bu fazlasıyla film gibi."

"Hollywood'dayız. Bu tür şeyler gerçekte de oluyor."

"Gerçekten mi? Burası... Hollywood mu?"

"Ne?"

Normalde 18 yaşındaki kızlar böyle mi oluyorlar? O anda heyecanlanırlar ya da şaşırırlar fakat soruya cevap vermek şöyle dursun dikkatini bile vermemişti. Tan çok şaşırmış olsa da

Eun Sang'ı çekiştirip dışarıya çıkarttı. Hollywood işaretinin iyi göründüğü bir noktaya götürdüğünde Eun Sang'ın gözleri kamaştı.

"Gerçekten Hollywood. Çok ilgi çekici. Bunu filmlerde görmüştüm."

"Sinemada sana söylediğim şey bundan daha az ilgi çekici olamaz!"

"Amerika'ya gelirsem buraya mutlaka gitmeliyim demiştim."

"Acaba ben şimdi kendi kendime mi konuşuyorum?"

"Buradan yakın gibi görünüyor ama uzaktır, değil mi?"

"Zaten uzak görünüyor. Eve gidip önce duş aldıktan sonra arabayı alıp gidelim. Yürüyerek gidemezsin."

"Ben gitmeyeceğim ki."

"Neden? Seni oraya götüreceğim."

"Hayır, şimdiye kadar yaptıkların için de minnettarım. Sana daha fazla bela olmak istemiyorum."

"..."

"Eve gidelim. Valizim hâlâ sizde. Ne tarafa gidiyoruz?"

Neden olduğunu bilmediği bir yokluk hissetti. Tan, Eun Sang'a öylece bakarken birden arkasına dönüp kendi başına yürüdü. Eun Sang bu hâldeki Tan'ın hissettiklerini kendini zorlayarak anlamıyormuş gibi yaptı ve sessizce arkasından gitti.

Valizi bıraktığı yerde olduğu gibi duruyordu. Önden varan Tan durarak Eun Sang'ın valizine sessizce baktı. Arkasından gelen Eun Sang o şekildeki Tan'ın hâline bakarken cesur bir şekilde valizine doğru yöneldi. Valizini sürükleyerek önüne gelen Eun Sang, Tan'a sadece baktı.

"Rahatsızlık verdiğim için özür dilerim ama... Cevap gelmiş mi diye son bir kez daha bakabilir misin?"

Eun Sang'ın sorusuna Tan'ın cevabı yoktu. Bakmayacak demek. Vazgeçen Eun Sang veda konuşmasını yaptı.

"Her şey için teşekkürler. Öyleyse hoşça kal."

Vedalaşması bitmeden önce Tan valizi kaptı. Sonra tutması için fırsat bile vermeden eve giriverdi. Eun Sang kolayca arkasından gidip eve giremezdi. O kız! Nişanlısı olan o kızı hatırladığı içindi. Yine de valizini alması gerektiği içindi. Eun Sang biraz düşündükten sonra dikkatlice merdivenlerden indi. O kız ortalıkta görünmüyordu. Tan önce masanın üzerine bırakıp gittiği telefonunu eline aldı. Eun Sang'ın bıraktığı Facebook mesajına cevap gelmişti. O, 'Whitehacker Yoon'dan.

"Whitehacker Yoon: Amerika mı? Amerika'nın neresindesin? Ben de Amerika'dayım."

Bu çabuk cevap vermek de neydi? Daha önce hiç görmese de görmek istemeyeceği çocuk. Tan telefonunun ekranına dik dik baktığı anda Eun Sang, Tan'a doğru yaklaştı.

"Valizim nerede?"

"Her yeri kırıktı, neden öyle?"

"Nerede?"

"2. katta benim odamda."

Eun Sang tekrar 2. kata çıkmaya niyetlenince Tan hemen Eun Sang'ın önünden gitti.

"Ben duş alacağım, istersen girip alabilirsin."

"Bu nasıl bir şaka böyle?"

Eun Sang kaşlarını çatıp baksa da Tan hiç ilgilenmedi.

"Senin arkadaşın mıdır nedir sadece ondan haber gelene kadar burada kal. Tamam mı? Ben duş alacağım."

Tan çok hızlı bir şekilde merdivenlerden çıkarak odasına girdi. Eun Sang'ın cevap vermesine bile fırsat vermemişti. Eun Sang o şekildeki Tan'ın hâline hem minnettar hem de mahcup olmuştu.

Tişörtünü çıkarmak üzereyken Tan birden durup yatağın başına doğru yaklaştı. Önceden olmayan bir çerçeve duruyordu. Tan ve Rachel'ın nişan fotoğrafıydı. Çerçevede Rachel'ın el yazısı ile yazılmış bir not vardı.

"Öğle yemeğini tek başıma yedim. Akşam yemeğini beraber yiyelim."

Rachel notu bırakıp gitmişti anlaşılan. Karışık ruh hâli ile nota bakarken cebindeki telefonu çaldı. Jaeho'nun telefonuydu.

"Efendim sekreter bey."

"Şu anda müdür bey Amerika'da."

"Ağabeyim mi?"

"Amerikan hissedarlarla bir aile partisi var. Çiftlik evinde. Başkan senin de katılmanı istiyor. Yarın öğle yemeği vaktine kadar gitmelisin. Müdür şu anda çiftliğe varmış olmalı."

"Ağabeyim... Benim gideceğimi biliyor mu?"

"Başkan gitmeni istiyor."

"... Peki ya ağabeyim, istemiyor mu?"

"Müdür beyin ne düşündüğünü merak ediyorsan gitmelisin. Gidip kendisine sormalısın. Benim mesajım bu kadar. İyi şanslar."

"Teşekkür ederim."

Telefonu kapatan Tan alelacele takım elbisesini giydi. 3 yıldır görmediği ağabeyini görebilmek için iyi bir fırsattı. Tekrar salona inen Tan, Eun Sang'a garip bir şekilde baktı.

"Hollywood'a daha sonra gidelim. Şimdi acilen gitmem gereken bir yer var."

"Neler oluyor? Kötü bir şey mi var?"

"Hiçbir yere gitme, burada kal!"

"Hayır. Gitmeliyim. Şimdiye kadar yeterince zahmet verdim."

"Ağzını her açtığında sürekli gitmeliyim diyorsun! Üstelik gidecek bir yerin olmadığı hâlde! Sakın bir daha gitmekten bahsetme. Yoksa seni satarım!"

Bu kadar tehdit ettiğim için sürekli burada bekleyecektir, dediği an, "Selam gençler." diye selam vererek 2. katta Jay göründü.

"Hey, sen!"

Tan yukarı çıkmadan önce Jay merdivenlerden inerek koştu ve Eun Sang'ın yanına geldi.

"Aha, benim sevimli meleğim bu evde miymiş?"

Şu anda melek falan olamazdı. Tan, Jay'e, "Dün gece burada..." diye fısıldayınca, şaşıran Jay öne fırlayıp ilk önce konuştu.

"Tammy ve onun sevgilisi buradaydılar, değil mi? Hastaneye de geldiler. Endişelenme, ben halledeceğim. Her neyse bir yere mi gidiyorsun? Öyleyse sevgili meleğim benimle mi kalıyor?"

Jay'in kurnaz ifadesi ve Eun Sang'ın şaşkın ifadesi. O hâllerini gördükten sonra daha fazla ikisini bir arada bırakamazdı. Kısa bir süre düşünen Tan, Eun Sang'a, "Araba falan tutuyor mu seni?" diye sordu.

"Hayır."

Cevap vermesinin hemen ardından Eun Sang sebebini bile bilmeden Tan'ın yan koltuğunda oturuyordu. Sadece önüne bakarak şoförlük yapan Tan'ın yandan görünüşüne çaktırmadan bakan Eun Sang dikkatlice sordu.

"... Şimdi nereye gidiyoruz?"

"Uykun geldiyse uyu. Yol uzun sürecek."

Issız yolda uzun bir süre giden araba hiç farkına bile varamadan güzel bir köy yoluna girmeye başladı. Ucu bucağı olmayan yeşil tepe, onun üzerinde ahşap köy evlerinin bir araya geldiği manzara ile Eun Sang kendini sanki tatil kartpostalının içine dalıyormuş gibi hissetti. O yeşilliklerin bir yerinde Tan'ın arabası durdu.

"Geldik mi?"

"Gidip geleceğim."

Tan arabanın anahtarlarını çıkartıp Eun Sang'a uzattı. Eun Sang hiç beklemediği bu hareketle şaşırarak anahtarları aldı.

"Ne kadar sürer?"

"Ben de bilmiyorum. Beş dakika içinde kovulacağım ya da biraz daha sabredip kovulacağım. Sıkılırsan etrafı dolaşabilirsin, sadece tek bir kişiye dikkat et."

"Kim?"

"Buradaki en soğuk görünümlü kişi."

Bu şekilde konuştuktan sonra Tan partinin olduğu tarafa doğru yürüdü.

"Ağabeyim burada. Beni buraya sürgün eden ağabeyim, yine de sevdiğim ağabeyim, görüşemediğim ağabeyim burada. Beni görünce ne diyecek acaba? Memnun olmasa bile az da olsa görüşmez mi? 3 yıldır ağabeyimin dediği şekilde yaşadığım için bu şekilde yaşayan bana birazcık olsun cömert davranmaz mı?"

Tan tereddüt etmeden hemen parti salonuna girdi. Önünde hissedarlar ile gülümseyerek sohbet eden Won göründü. Hissedarların bakışları birden ortaya çıkan Tan'a doğru yönelince bunu fark eden Won arkasına döndü. Won'un ifadesi bir anda soğuk bir şekilde ciddileşti. Yavaş yavaş Tan'a yaklaştı.

"Ağabey."

"Benimle gel."

Tan'ı burada görmeyi düşünmüyordu. Bir süre önden yürüyen Won badem tarlasının yakınlarında durdu. Daha sonra dönerek kupkuru bakışlarla Tan'a baktı.

"Uzun zaman oldu, ağabey."

"Seni kim aradı? Sekreter Yoon mu?"

"Görüşmeyeli nasılsın?"

"Sonuç olarak kiminle haberleştin? Buraya gelebileceğini mi düşündün?"

"Nasıl olur da gelmem. Sen buradayken..."

Won'un yüzü bir anda ekşidi.

"Sen ne dersen de, ben seni gördüm ya..."

"Çocuklar bu yüzden zordur. Sadece birini özlemek gibi bir sebeple nasıl harekete geçersin? Bunun ne anlama geldiğini bile bilmiyorsun!"

"... Görüşmeyeli 3 yıl oldu. Boyum daha da çok uzadı."

"Hepsi bu değil mi? Amerika'da tüm yaptığın bundan ibaret. Sadece boyun uzasın, başka bir şey yapma. Çünkü buraya gelmen suyu taşıran son damla."

"Ağabeyim, 3 yıl öncesindeki ile aynıydı, değişen bir şey yoktu. Bana karşı hâlâ çok soğuk, hâlâ benden nefret ediyor. Ben hâlâ ağabeyim için kardeş değil, düşmanım. 3 yıl geçse de, hatta 30 yıl geçse de bu gerçek belki de hiç değişmeyecek. Tahmin etmiştim fakat zaten biliyordum diye acı çekmeden duramazdım."

Tan konuşmadan Won'un yüzüne baktı.

"Git."

Uzaklaşan Won'un arkasından görünüşüne, sanki orada durup bakmaktan başka elinden başka bir iş gelmiyormuş gibi baktı. Kovmaya da çağırmaya da cesaret edemeyen Tan sadece öylece duruyordu.

Eun Sang ağacın arkasına gizlenmiş bir şekilde ikisini izledi. Tan'ın kalbinin kırıldığını uzaktan bile olsa açıkça hissedebiliyordu. Eun Sang'ın kalbi kendi de farkında olmadan acıdı. Bu sıkışan duygularını nasıl açıklayacağını bilemiyordu. O anda pat diye sulama sistemi patladı. Masmavi gökyüzü, tenini yakan bir güneş, onların arasından dağılıp puslu bir şekilde yayılan su damlaları... Onların arasında Tan sanki birini bekliyormuş gibi duruyordu. Eun Sang dikkatlice yürümeye başladı. Tan'ın bakışları uzaklara bir yerlere dalmışken dönüp, karşısında duran Eun Sang'a baktı.

"... İyi misin?"

"Değilim."

"Islanacaksın."

"Neden dinledin?"

"Eğer tehlikedeysen bir, iki, üçe kadar sayıp elinden tutup koşacaktım."

"Öyleyse neden yapmadın? İzlediğin süre boyunca tehlikedeydim."

Eun Sang'ın öylece durup kaldığı anda Tan dönüp önden yürüdü. Eun Sang, Tan'ın nemlenmiş saçları ve yalnız görünen arkadan görünüşüne öylece baktı. Onun da yakalanmak istemediği hüzünleri olmalı. Bu yüzden bilerek zaman verip, arkasından gitti. Tan'ın yeterince üzülüp, üzüntülerini tekrar saklayabilmesi için.

Tan az önce olanları unutmak için sadece araba kullanmaya odaklandı. Sadece camdan dışarıya bakan Eun Sang arabayı kullanan Tan'ın yüzüne çaktırmadan yandan baktı. Eun Sang'ın bakışlarını hisseden Tan önüne bakmaya devam edip, "Ne oldu?" diye sordu.

"Öylesine... Çok sessiz. Radyo mu dinlesek?"

"Az önce gördüklerini unut."

"Söylemesen de zaten unutacağım."

Sakin bir cevaptı. Eun Sang geçtikleri manzaraya bakışlarını çevirip sessizce mırıldandı.

"Nasıl olsa hepsi bir rüya. Uyandığımda yok olacak bir yaz gecesi rüyası..."

Eun Sang'ın üzgün görünen yüzüyle Tan'ın yüreği hızla çarpmaya başladı. Bu hislerinden dolayı yakalanacağını düşündüğünden bir anda bakışlarını çevirince hemen önündeki kayalıkları fark etti.

"Kahretsin!"

Bir anda direksiyonu kırdı. Tamamen büyük bir sarsıntı yaşayınca Tan içgüdüsel olarak sağ kolunu gererek Eun Sang'ı korudu. Pat, sesi ile birlikte Tan'ın arabası çamura saplandı. Araba durunca Tan önce Eun Sang'ı kontrol etti.

"İyi misin?"

"... Evet. O neydi?"

Evetmiş. Aslında korkudan ölüp tekrar dirilmişti.

"Kaya yuvarlanması. Burada sık sık olur."

Tan çamurun içinden çıkmaya çalışırken geri vitese takıp gaza bastı. Ne kadar gaza bassa da tekerleklerden sadece ses çıktı ama araba hareket etmedi.

"Ne oldu? Araba mı bozuldu?"

"Arabada kal. Güneş battığında işimiz zorlaşacak."

"Ne? Bu ne böyle? Korku filminin ilk sahnesi gibi."

Tan arabanın durumuna bakıp bir yerlere telefon etti.

"Ne yapacağız?"

"Uff telefon da çekmiyor. Araba kullanamıyorsun, değil mi?"

"Ne?"

"Arabayı itekle."

Eun Sang şaşırıp arabadan indi. Tan hiçbir şey olmamış gibi tekrar şoför koltuğuna oturup arabayı çalıştırdı.

"Ne yapıyorsun? İtekle dedim sana."

"Ne? Tamam."

Eun Sang arabanın ön tarafına gidip bütün gücüyle arabayı itekledi. Aynı anda Tan geri vitese taktı. Araba asla kımıldamıyordu.

"Bir kere daha."

"Lanet olsun!"

"Daha güçlü it."

"Zaten güçlü itiyorum!"

Araba hareket etmeyip iyice çamura battı.

"Böyle olmayacak. Şimdilik arabadan vazgeçelim. Çantanda değerli bir şeylerin varsa yanına al. Pasaport gibi."

Eun Sang ön tarafına astığı çantasına vurdu.

"Hepsi burada, iyi de neden?"

"Güneş batmadan önce civarda kalacak bir yerler bulmalıyız. Yardım çağırmanın tek yolu bu."

Çoktan hava kızıla dönmüştü. Eun Sang aniden kötü bir hisse kapıldı.

"Burada kalsak olmaz mı? Filmlerde hep böyle bir yere gidip ölürler. *Teksas Katliamı, Testere 13. Cuma, Çığlık, Merhaba Sydney...* Bilmiyor musun?"

"Öyleyse sen burada kal."

Tan arabanın kapısını kilitleyip arkasına bakmadan tek başına yürüdü.

"Ah! Beraber gidelim! Tek başıma kalırsam ölürüm!"

"Çoktan ölmeye karar mı verdin?"

"2. sezon için bir kişi hayatta kalmalı."

Bu şekilde konuştuktan sonra Eun Sang, Tan'ın biraz daha önünden yürüdü. Eun Sang'ın saçma hâline Tan, çok güldü. Yan yana asfalt yolda yürüyüp aşağı doğru inerlerken birden Tan konuşmaya başladı.

"Yardım istediğin şu çocuk var ya..."

"Cevap yazdı mı?"

"Daha sözüm bitmedi."

"Söyle."

"Cevap gelirse ne yapacaksın?"

"Önce ödünç para almalıyım. Ablam bütün paramı aldığı için Kore'ye dönecek param bile yok."

"Ben de borç verebilirim."

"Böbreklerimi teminat sayarak mı? Henüz o kadar cesaretim yok."

"Cesaretli olmalısın."

"Sana güvenilir biri gibi görünüyor olmalıyım?"

"Cevap geldi."

"Gerçekten mi? Cevap yazdı mı? İyi de neden bunu şimdi söylüyorsun? Telefonuna bakayım. Burada internet çekiyor mu?"

"Telefon bile çekmezken internet nasıl çeksin?"

"Öyleyse ne yapacağız?"

Konuşurken Eun Sang bir an durup bir yeri işaret etti.

"Ah, bir ışık!"

Evin ışığıydı. Eun Sang ve Tan artık hayatta kalacağız diye düşünerek ışığın olduğu tarafa doğru yürüdü.

Öncelikle keşke yanıma yedek kıyafet alsaydım diye düşündü. Eun Sang odada, çamurla berbat olmuş kıyafetine eğilip baktı. Bu kıyafetle uyuyamazdı. "Yalandan da olsa yıkasam mı?" diye düşünüyordu ki kurtarma aracı rezervasyonunu yaptırmak için dışarıya çıkmış olan Tan odaya girerek bir tane tişört fırlattı.

"Bu ne?"

"I love California..."

Eun Sang tişörtteki baskıya göz ucuyla şöyle bir baktı.

"Hediyelik eşya dükkânından aldım. Giy. Üzerimizdekilerle uyuyamayız."

Tan üzerindeki kıyafeti birden çıkarttı. Tan'a bakmakta olan Eun Sang korkarak arkasına döndü.

"Amacın çift olduğumuzu düşündürmek mi?"

"Hayal kurma. Üstünü değiştirip gel. Bir şeyler yiyelim."

Tan tişörtünü değiştirip dışarıya çıkar çıkmaz Eun Sang alçak sesle söylendi.

"Tüh, yazık oldu. Bari biraz daha baksaydım."

Sağlıklı 18 yaşındaki bir gencin düşüncesiydi.

Bardaki o hâllerine kim baksa ikisini çift sanırdı. İkisinin önünde de sosis ve patates kızartması ve pişmiş yumurtanın olduğu basit bir tabak duruyordu. Bar kapanmak üzereydi.

"Kapanma saati olduğu için yapabileceklerinin en iyisi bu."

"Daha ne olsun. Afiyetle yiyeceğim. Şurada içki de var."

Çabucak sosisi çatala batırıp Eun Sang, barın sağına soluna göz attı.

"İçki içiyor musun?"

"Ellerimin sürekli nasıl titrediğini görmedin mi?"

"Çok şirinsin."

"Anladın demek."

Tan yemek yerken birden durup Eun Sang'a uzun uzun baktı.

"Bakmayı kes. Devam edersen ben de sana cevap vermek istemeyeceğin sorular soracağım."

"Cevap vermek istemeyeceğim o sorular neymiş? Az önce çiftlikte görüştüğün adam kimdi? Bunun gibi sorular mı?"

"Evet."

"Benim bu dünyada en sevdiğim kişi."

Mutlu bir şekilde cevap veren Tan için üzüldü.

"Başka merak ettiğin bir şey var mı?"

MİRASÇILAR

Umursamıyormuş gibi yaptığı için ben de umursamıyor gibi davranmalıyım. Eun Sang yüz ifadesini birden değiştirip şaka yaptı.

"Yoksa sen... Boş ver."

"Benim öyle olduğumu düşünsen de ağabeyimi bu işe karıştırma."

"Aha, ağabeyindi demek. O zaman ağabeyini..."

"Hey!"

Eun Sang korkup, "Ay!" diye bağırarak geriye düştü. Tan alelacele Eun Sang'ın sırtına kolunu dolayıp onu tuttu. Sanki sarılıyor gibiydi.

"Aptal mısın?"

"Ne?"

"Az kalsın sakatlanacaktın."

Uzun bir süre sarılıyormuş gibi tutan Tan'dan Eun Sang garip bir şekilde kendini çekti.

"Senin yüzünden... Sadece şaka yapıyordum."

"Yüzün neden kızardı? İçin fesat!"

"Ne kızarması! Haksızlık olduğu için yüzüm öyle. Amerika'ya kadar geldim bir krep bile yiyemedim."

"Krep mi?"

"Amerikan filmlerinde krebe şurup döküp yerler ve birlikte portakal suyu içtikleri sahne çoktur. Bu çok Amerikan tarzı gibi görünüyor. En azından benim için öyle."

"Çok sıradan. Melrose'da iyi krep yapan bir yer var. Los Angeles'a döndüğümüzde beraber gidelim."

"Aa, gerçekten! Böyle sözler verme. Söz verirsen sözünü tutamadan ölürsün! Boş ver. Böyle şeyleri bilinçaltıma yerleştirirsem daha korkunç oluyor. Sosise odaklanayım."

"Sen daha korkunçsun."

İkisi tartışsalar da karşılıklı olarak şu anda burada oldukları için şanslı olduklarını düşündüler. Yalnız olduklarında unutamadıkları şeyleri birlikte unutabildikleri için. Yalnızken korkacakları gece, birlikte oldukları için eğlenceli gece hâline gelmişti. Bu gece ağlamasalar da olurdu.

Yemeğini bitirip odaya dönen Tan yatağa doğru yöneldi. Eun Sang tabii ki öyle olmalı der gibi kanepeye yastık ve yorganı hazırladı.

"Yatağı ben kullanacağım."

Tan konuşmadan önce Eun Sang kanepeye uzandı.

"Elbette. Burada kalmamı sağladığın için teşekkür ederim."

"Nasıl bu kadar pozitifsin? Benim yüzümden can sıkıcı bu durumla karşılaştın."

"Neden senin yüzündenmiş? O kayalar yüzünden buradayız. İyi geceler."

Eun Sang gözlerini kapatıp derin bir uykuya dalacakmış gibi pozisyon aldı. Ne olursa olsun çok umursamaz değil miydi? Kesinlikle heyecanlanmayan Eun Sang yüzünden gereksiz yere Tan'ın keyfi kaçtı. Tan yatağa pat diye oturdu.

"Uyudun mu?"

Eun Sang hareket bile etmedi.

"Gerçekten uyudun mu?"

Hâlâ cevap yoktu. Huysuzluk yapan Tan boş yere etrafındaki eşyalara vurarak gürültü çıkarttı. Eun Sang hemen horul horul horladı. Tan bu sefer Eun Sang'ı dürttü.

"Rol yapmada iyi değilsin. Kalk. Soracaklarım var. Eğer kalkmazsan..."

"Ne? Ne var?"

Eun Sang birden vücudunu kaldırdı.

"Neden İmparator Grup'un iflas etmesini istiyorsun?"

"Ne? Yoksa benim Facebook profilime mi baktın?"

"Bakmasa mıydım? Giriş yapmıştın."

"Ya, neden baktın? Güzellikle söylerken hemen çıkış yap."

"Gerçekten iflas etmesini istiyorsun sanırım. İyi de neden?"

"Seni ne ilgilendirir? İmparatorluk Grup'un hissedarı mısın?"

Şaşkınlıktan kendini geri çekmişti. Sözün ucu dokunan Tan lafı çevirmek için gidip yatağına yattı.

"Boş ver. Ben uykuya dalana kadar bana göz kulak ol."

"Ne?"

"Sürekli katillerden bahsettiğin için korktum. Ben uyuduktan sonra uyu. Bu odanın bedeli."

"Odanın bedeli mi? Senin yüzünden bu can sıkıcı duruma düştüğümü kendin söylemiştin."

"O, kayaların yüzünden."

Tan rahat bir şekilde gözlerini yumdu.

"Off..."

"Sadece izle. Fesat bir şeyler yapmayı aklından bile geçirme."

"Hey, sen tipim bile değilsin!"

"Kesin öyledir. Uykuya dalmam biraz uzun sürer."

Tan duvara doğru döndü.

" O yüzden önce ben..."

"Kafamda çok düşünce var ."

"Benim de çok uykum var."

"O çocukla haberleşirsen Kore'ye ne zaman döneceksin?"

"En... Kısa... Zamanda."

"Eğer ben..."

Tan tekrar Eun Sang'a doğru vücudunu çevirdi. Eun Sang pineklemiş bir şekilde oturarak uyukluyordu.

"Vay canına! Böyle bir durumda her yerinden uyku akıyordu."

Kalkıp Eun Sang'ı düzgünce yatırmak için Eun Sang'a yaklaşıyordu ki Eun Sang o zamana kadar dayanamayıp yana doğru devrildi. Tan refleks olarak koşup Eun Sang'ın başını tuttu. Çok yorulmuş olmalıydı. Tan dünyadan bir haber uyuyan Eun Sang'ın yüzüne öylece bakakaldı. Sadece, hoşuna gitmişti. Bu kız. Sanki hoşlanmıştı. Dikkatlice Eun Sang'ı yatırıp üstünü örttü. Daha sonra uzun bir süre Eun Sang'ın yanında durdu. Gece derinleşiyordu.

Sabah erkenden arabanın tamiri bitti. Sonunda döneceklerini düşününce garip bir şeyler hissetti. Eun Sang, bunun nedenini dünün çok uzun ve baş döndürücü olmasına bağlayarak kendini kandırdı. Tan'ın evine yaklaştıkça hisleri ağırlaşmaya başladı.

Yine de daha fazla iyilik alamayacağından, zorluk çıkartırsa hiç iyi olmayacağı için Eun Sang tekrar yüreğini tuttu.

"İnelim."

"Telefonunu bir dakikalığına verir misin? Arkadaşımla haberleşebilirsem..."

"Haberleşseniz bile bir yerlerde buluşursunuz. Sokakta mı bekleyeceksin?"

Eun Sang mecbur arkasından indi.

"Cha Eun Sang!"

Eun Sang refleksle başını çevirdi. Tan da Eun Sang'ın valizini indirirken durup sesin geldiği tarafa doğru dönüp baktı. Eun Sang'ın Facebook profilinde gördüğü o çocuktu. Henüz durumu tam olarak anlayamamış olan Eun Sang şaşırıp öylece Chan Yeong'a bakakaldı.

"Bu da ne? Çok saçma. Chan Yeong neden burada?"

O anda birden aklı başına geldi.

"Chan Yeong! Yoon Chan Yeong. Neler oluyor? Buraya nasıl geldin? Bir yerlere gideceğini söylediğin yer yoksa Amerika mıydı?"

"Asıl sen nasıl geldin? Neden haber vermedin? Yazdığımı görmedin mi? Senin için çok endişelendim."

"Özür! Daha sonra açıklarım. Ah, sonunda rahat nefes alabildim. İnanamıyorum Chan Yeong."

Aşırı fazla mutlu olan ikisinin o hâline sinirlenen Tan indireceği valizi tekrar arka koltuğa fırlatıp arabanın kapısını sert bir şekilde kapattı. Eun Sang, Tan'ın gözünün içine bakarak, "Şey..." diye laf attı.

"Sıcak. Bir şey söyleyeceksen içeriye gel de söyle."

Tan hızla içeriye girince o anda Chan Yeong, Tan'ın varlığından haberdar olmuş gibi sordu.

"O kim? Bu kıyafetin de ne? Burası neresi?"

"Daha sonra. Önce içeriye girip vedalaşıp çıkalım."

"Ama o?"

Chan Yeong hızlıca yanından geçip giden Tan'ın yüzüne aşina olduğunu düşündü.

"Yoksa! Değildir herhâlde. Öyle olsa bile o çocuğun burada Eun Sang ile ne işi var? İçeriye girince anlarız."

Bu düşüncelerle Chan Yeong merdivenlerden indi.

"Ah içim yandı!"

Tan içme suyunu şişesiyle tepesine dikip içti. Tan'ın hissettiklerini bilmeyen Eun Sang merdivenlerden koşarak inip Tan'ın önünde durdu. Eun Sang'ın arkasından o saygı duyduğu arkadaşı mıdır nedir o da indi.

"Her şey için teşekkür ederim."

Tan lıkır lıkır su içip Eun Sang'a cevap bile vermedi. Kendince isyan ediyordu.

"Ben artık arkadaşımın evine gideceğim."

"Neden?"

"Ne?"

"Kal işte burada. Sadece ödünç para alman gerekmiyor muydu? Mutlaka gitmeni gerektirecek sebep ne?"

"Burada kalmam için bir sebep yok."

"O zaman şuna ne dersin? Arkadaşım yüzünden karakola gitmek zorunda kaldın. Beni tanıyan polis yüzünden senden de şüphelendiler ve pasaportunu kaptırdın. Pasaportun olmadığı için otel olsun uçak bileti olsun hiçbir yerde rezervasyon yaptıramadın."

"... Gerçekten mi?"

"Senin bu evde kalman yük değil, sana ödemek zorunda olduğum telafi. Bu yüzden gitmene gerek yok."

Eun Sang hiçbir şey söyleyemedi. O anda, arkasında duran Chan Yeong araya girdi.

"Bir sorun mu var?"

"Varsa ne olmuş?"

Tan ile Chan Yeong'un arasında garip bir gerilim oluştu.

"Hayır, hayır yok bir şey."

Hisleri kuvvetli olan Eun Sang hemen ortamı yumuşattı.

"Söylediklerinin hepsi doğru olsa bile yine de yaptıkların için minnettarım. Pasaportumu da geri aldın."

Daha fazla onu tutabileceği sözü yoktu. Tan'ın yüzünde üzgünlüğü belirdi.

"Yoksa sen? Kim Tan mısın?"

"... Beni tanıyor musun?"

Birdenbire gelen Chan Yeong'un sorusuyla Tan ne yapacağını bilemeden sordu. Ne kadar bakarsa baksın tanımadığı biriydi. Gariplesen Tan'ın aksine Chan Yeong rahat bir şekilde güldü.

"Sen de beni tanıyorsun."

"Sen kimsin? Yoksa ortaokulda seni hırpaladım mı?"

"O kadar basit tarif edilebilecek bir şey değil. Gidelim. Taksi geldi."

Chan Yeong taksi şoföründen gelen telefona bakarak merdivenlerden önce çıktı.

"Öyleyse ben gidiyorum."

Göndermek istemiyordu. Göndermek istemese de göndermemek için yapabileceği bir şey yoktu. Bu şekilde gönderirse tekrar nasıl görüşecekti? Tan bunları düşündüğü sırada Eun Sang hafifçe gülümseyerek Tan'a veda etti.

"... Hoşça kal."

Arkasını dönüp merdivenlerden çıkan Eun Sang'a Tan sadece bakakaldı. Zaten olmayan bir şey tekrar yok oluyordu fakat neden öyle her şeyi yok oluyormuş gibi hissetmişti? İlk olarak buraya geldiği güne benziyordu. Tan salonda durup öylece evin içinde dolandı. Her şey çok büyük ve yabancıydı.

Chan Yeong'un evine gelen Eun Sang, Chan Yeong ile görüşmedikleri zamanlarda neler olduğunu paylaştı. Chan Yeong, Eun Sang'a Tan'ın adını öğretti ve hatta iyi biri olmadığından da bahsetti. Ayrıca Eun Sang'ın başına gelenleri dinleyip, endişelenip onu rahatlattı. Uçak bilet parasını ödünç alıp, bir süreliğine rahatça kalacak yer bulan Eun Sang, ablası olsun para olsun hiçbir şeyi düşünmeyip öncelikle Chan Yeong ile Amarika'ya gelmiş olmanın tadını çıkartmaya karar verdi. Belki de tekrar gelemeyeceği bir yerdi o yüzden bu şekilde geri dönerse çok pişman olacaktı.

Eun Sang yolda yürüyerek rahatça gezinen turistler gibi eğlenceli bir şekilde Chan Yeong ile özçekim fotoğraf çekti. Chan Yeong fotoğrafı kontrol ettikten sonra Facebook'a yükledi.

"Facebook'a mı yükledin?"

"Evet. Sana eğlenceli bir şey göstereceğim."

"Neymiş o?"

"Üçe kadar say."

Chan Yeong telefonu kaldırıp Eun Sang'a gösterdi.

"Bir, iki, üç."

Üç der demez Chan Yeong'un telefonunda, "Bo Na" nın adı göründü.

"Şuna bak. Sence de çok tatlı değil mi?"

"Ölmek ister misin? Sonunda Lee Bo Na'nın saçlarımı yolmasını görmek mi istiyorsun?"

"Oo, bu çok eğlenceli olur."

"Öldüreceğim seni!"

"Alo."

Ahizenin ardında Bo Na'nın aşırı öfkesi hissedildi. Eun Sang bizzat telefona bakmasa da hissedilecek kadar...

"Delirdin mi sen? Cha Eun Sang'ın orada ne işi var? Cha Eun Sang ile ikiniz ne yapıyorsunuz?"

"Cha Eun Sang ile buluşup seni düşünüyorum, başka ne yapacağım?"

Chan Yeong, Eun Sang'a işaret yapıp anlayış bekleyerek bir taraftaki köşeye çekildi. Tek kalan Eun Sang tekrar ne zaman geleceğini bilmediği bu yola daha ayrıntılı olarak baktı. Hediyelik eşya dükkânında asılı olan tişörtler hemen gözüne çarptı. Şunlar o kıyafetten. *I love California** yazılı olan tişörtü görünce rastgele tişörtü atan Tan'ın yüzünü hatırladı. Birden Eun Sang tek kalan Tan'ı düşündü.

Anlamsız televizyon kanallarını değiştiren Tan başını yaslayıp kapıda asılı olan düş kapanına baktı. Rüzgârla sallanan düş kapanı çok güzeldi. Karnı acıkan Tan sandviçi alıp dışarı çıkarak Eun Sang'ın durduğu havuzun kenarında durdu. Bugün yediği sandviçin tadı yoktu. Yine de kocaman lokmalar hâlinde ağzına attı. Karnı aç olunca kendini daha yalnız hissediyordu.

Kompozisyon yazarken alışkanlık gibi telefonunu açıp Eun Sang'ın Facebook'una bağlandı. Chan Yeong ile Eun Sang'ın özçekimleri en üstte çıkmıştı."

"Vay canına!"

Rastgele telefonu koydu. Tekrar kompozisyon yazıyordu ki bir şeyler Tan'ın içinde patlak verdi.

"Ah, çok sinir bozucu!"

Kompozisyon falan yazacak havasında değildi. Yine bırakıp hemen yatağa gidip kendini attı. Tavana bakıp boş şeyler düşünürken birden bakışları çerçeveye döndü.

"... Yarın."

Yarın nişan yıl dönümüydü.

---

*İng. "Kaliforniya'yı seviyorum"

Güneş doğar doğmaz Rachel önce eşyalarını topladı. Şimdiye kadar görüp duymadığı bir kız yüzünden kenara atıldığı bir durumdu. Bu kadar feci bir nişan yıl dönümü olacağını bilmiyordu. Lobide durup personelin eşyasını taşımasını izlerken içinde bulunduğu duruma inanamadı. O anda, Rachel'ın telefonu çaldı. Arayan Tan'dı. Rachel bir süre Tan'ın adına bakıp telefona cevap verdi.

"Ne var?"

"Neredesin?"

"Ne yapacaksın?"

"Şu anda sinirlenmiş Kore'ye dönmek üzere eşyalarını toplamak üzeresindir sanırım."

"Yanılıyorsun. Çoktan Kore'ye döndüm."

"Öyle mi? O zaman tekrar Amerika'ya gel."

Bu şekilde konuşan Tan'ın sesi hemen yanında duyuldu. Tan köşedeki bir sütuna dayanmış duruyordu. Rachel bir süre Tan'a bakarken eşyalarını yükleyen personele seslenip durdurdu.

"Eşyalarımı tekrar indirin. Uçağımı da yarına erteleyin."

"Yarın mı?"

"Ertesi gün beni göreceğini sanmıyorum."

Bakışları Tan'ın üzerindeydi. Tekrar Rachel'ın telefonu çaldı. Bu sefer Esther'den gelen bir telefondu.

"Evet, benim."

"Tan ile mi berabersiniz?"

"Evet. Beraberiz. Çok hoş giyinip beni görmeye gelmiş."

Tan, Rachel'ın bu düşüncesiyle ağırlık hissedip üzüldü.

"Öyleyse sadece beni dinle. İnsanlara senin Amerika'ya gitmek isteğin için gittiğini değil, Tan seni çağırdığı için gittiğini söyleyeceğim. Tamam mı? Kapatıyorum. Kayınvaliden geliyor."

Esther telefonu kapatır kapatmaz Ji Suk kafeye girdi.

"Geldiniz mi? Sabah erkenden buluşmak istediğim için zor oldu değil mi?"

"Meşgul birisiniz. Bu saatte görüşelim deseniz de yapacak bir şey yok. Yine de biraz zor oldu tabii."

Ji Suk gelip masaya oturdu. Sinirli hâli apaçık belliydi.

"Ne yapsak ki? Ne zaman buluşsak moda sektöründe çalışan biri olarak mahcup oluyorum. Tan'ı geç doğurmanıza rağmen vücut hatlarınızı nasıl böyle koruyabiliyorsunuz?"

"Bir kısmı doğuştan, bir kısmı da para ve zaman harcayarak. Rachel'ın Amerika'ya gittiğini duydum. Okullar tatile girer girmez okyanusu aşıp nişanlısını görmeye gitmiş. Rachel çok güzel bir kız."

"Tan kaç defa aramış özledim diye. Mecbur izin verdim."

"Tan'ın böyle yanları da mı varmış?"

"Bu yüzden aileler kendi çocuklarını çok iyi tanıyamıyor. Tan çok tatlı."

"Sadece bana karşı sevimli olduğunu sanıyordum, üzüldüm şimdi."

"Bugün görüşmek istememin sebebi, zaten duymuşsunuzdur ama ben tekrar evleniyorum. Dünürlerime önce haber vermek daha uygun olur diye düşündüm."

"Duymuştum. Zeus Otel'in Başkanı Choi Dong-uk Bey. Tebrik ederim."

"Teşekkür ederim."

"Choi başkanın oğlu da bizim okulun öğrencisi."

"Evet, Yeong Do. Bu arada zaten size sormak istiyordum. Tan ile Yeong Do arasında ne oldu? Rachel'ın söylediğine göre ikisi artık arkadaş değillermiş."

Hiç duymadığı bir konuydu. Doğrusu Tan'ın Amerika'ya gittiği üç yıl boyunca doğru düzgün telefonla bile görüşmemişlerdi.

"Tan'ın Amerika'ya gidişine kadar ikisi çok yakın arkadaşlardı."

Ji Suk şaşkınlığını saklayıp güzelce gülümsedi.

Duvara fırlattığı top pat diye zıpladı. Yeong Do topu tutup tekrar duvara fırlattı.

Pat!

Yeong Do topu fırlatmayı tekrarladığı sürece Myeong Su'nun bastığı resimlere bakmaktan başka düşüncesi yoktu.

"Çok önemli bir anda kapıyı açtığın için hepsi mahvoldu. Şu giren ışığa bak. Çok yazık! İkinci Bresson* olarak doğabilirdim."

---
* Henri Cartier Bresson: Ünlü Fransız fotoğrafçı.

Yeong Do zıplayarak gelen topu yakaladı. Bu sefer fırlatmadı.

"Hayatımın tamamını en önemli anı yakalamak için uğraştım fakat hayatın her anı en önemli andı."

Bu şekilde konuştuktan sonra başını yaslayıp arkasındaki duvara baktı. Duvar tamamen Myeong Su'nun yapıştırdığı resimlerle doluydu. Duvara göz atan Yeong Do'nun bakışları ortaokulda Tan ile birlikte çekildiği fotoğrafta durdu. Birer tane dondurmayı ısırmış içten gülümseyen ikisinin yüzü aşırı parlaktı.

"Neden bahsediyorsun, seni deli herif?"

"Senin manevi destekçin Henri Cartier Bresson'dan alıntı. Önce onun kim olduğunu bilip doğman gerekmez mi sence de?"

Myeong Su cevap veremeyip sadece gözlerini kırpıştırdı.

"Dehed."

Myeong Su garip bir ses çıkartarak Yeong Do'ya göz kırptı. Ortamın havası değiştiğinde ya da cevap vermekten kaçmak istediğinde kullandığı Myeong Su'nun her zamanki yeteneğiydi.

"Öldüreceğim seni!"

O yeteneğe karşı Yeong Do'nun tepkisi de her zaman aynıydı. Myeong Su'nun kıkırdayarak gülmesiyle Yeong Do'nun telefonunun çalma sesi birbirine karıştı. Telefonun ekranında, "Babam" yazan yazıyı görür görmez Yeong Do'nun yüzü bir anda asıldı.

Yeong Do bir kere daha mindere düştü. Dong-uk tek sefer bile tereddüt etmeden defalarca, mücadele eden Yeong Do'yu

MİRASÇILAR

minderin üzerine fırlattı. Ayağa kalktığında yere indirip, saldırdığında öylece fırlatıyordu. Yeong Do sürekli Dong-uk'un boşluğunu aradı fakat Dong-uk hiç fırsat vermedi. Tekrar yere fırlatılan Yeong Do ayağa kalkmayı düşünmeden nefes nefese soluklandı. Dong-uk'un bakışlarından memnun olduğu görülüyordu. Minderin etrafında dikilen sekreterlerden biri Dong-uk'a su uzattı. Dong-uk sakince suyu içti.

"Otel yöneticisi bile değil, bir mutfak görevlisini idare edemedin mi de laf getirtiyorsun? Kalk ayağa!"

Yeong Do dağılmış judo elbisesini düzeltip bütün gücünü kullanarak ayağa kalktı.

"Neden sürekli kaybettiğini söyleyeyim mi? İlk olarak beni bir kere bile yenemediğin için."

"Belki sana çekmem gerekirken anneme çektiğim içindir."

Yeong Do imalı olarak konuştu ve Dong-uk'a selam verip arkasını döndü.

"İkinci olarak, gereğinden fazla saldırıyorsun. Minderin içinde ya da dışında."

Yeong Do sert bir ifade ile durdu.

"Yarından sonraki gün Rachel gelecek. Havaalanına git ve karşıla."

Dong-uk duran Yeong Do'nun yanından öylece geçti. Sekreterler Dong-uk'un arkasından gidince Yeong Do o anda yumruğunu sıkıca sıktı.

Rachel ve Tan alışverişi bitirip çıktılar. Rachel alışveriş çantalarını kaldırıp göstererek formaliteden Tan'a gülümsedi.

"Teşekkür ederim. Güzel günlerde kullanacağım. Her zaman almak istediğim bir şeydi."

"Biraz daha samimiymiş gibi davran."

"Sen de ben de para ile satın alabileceğimiz şeylerden etkilenebilir miyiz? Bugün bana verdiğin hediye bu kıyafet değil zamanındı. Beraber alışveriş yaptığımız zaman."

"Nasıl olur da her zaman aynı olabilirsin? İlk karşılaştığımız günden beri zeki, zeki olduğun kadar insanın içine bu şekilde dokunmayı biliyorsun."

Tan konuşmadan Rachel'a baktı.

"Alışverişten nefret ettiğini biliyorum. Bugün için teşekkür ederim."

"Teşekkür etmene gerek yok. Seninle alışveriş yapmayı seviyorum çünkü başka bir şey yaparsak gerçekten randevulaşmışız gibi olur."

"Senin bu şekilde kalbini kırıp kaçmaya alışkınım ben."

Rachel sinirli bakışlarla Tan'a baktı. Yine de kızmadı.

"O kız gitti mi?"

"Dün öğlen."

"Gitti mi, yoksa sen mi gönderdin?"

"Senin planladığın gibi oldu. Ev adresini sen söyledin değil mi?"

Chan Yeong'a benim haricimde ev adresimi söyleyecek Rachel'dan başka kimse yoktu. O anda telefonu bırakıp gitmemeliydim. Telefonu bırakmasaydım bu şekilde göndermeme gerek kalmazdı. En azından göndermek için hazırlık yapar öyle gönderirdim. Çok ani bir ayrılık olmuştu.

"O kız hakkında konuşmayı bırakalım."

"Lafı sen açtın."

Rachel'ın telefonu çaldı. Ortamı değiştirmek için iyi bir zamanlamaydı. Bilmediği bir numaraydı fakat telefona cevap verdi.

"Alo, Choi Yeong Do?"

Rachel'ın ağzından çıkan Yeong Do ismine Tan hemen tepki verdi. Dikkat ve gerginlik dolu bir bakıştı. Ahizenin ardından duyulan sesleri öylece dinleyip duran Rachel'ın ifadesi garip bir şekilde değişmişti. Telefonun içinden Yeong Do'nun öfkesi yayılıyordu.

"Çocuk musun sen? Kendin gelemiyor musun? Ya uçak saatini değiştir ya da Amerika'da yaşa. Seni karşılamamam için ne gerekiyorsa yap. Ayrıca bir daha bu tür meseleler için beni arattırma. Anladın mı?"

Telefon suratına kapandı.

"*Manyak herif!*"

Rachel şaşkın bir ifadeyle kapanan telefona baktı.

"Duydun değil mi? Bu kaçık herifle kardeş olmak üzereyim."

"Duydum. Yeong Do... Nasıl?"

"Gayet iyi. Seninleyken paylaşarak ne yapıyorsanız artık tek başına yapıyor."

Tan'ın bakışları ağır bir şekilde yere indi.

"Sinir bozucu. Nişan yıl dönümümüzde Yeong Do yüzünden moralim bozuldu. Tatlı bir şeyler yemeye gidelim. Senin sevdiğin Melrose krepine ne dersin?"

Yol kenarındaki evde o gece Eun Sang'a verdiği sözü hatırladı. Los Angeles'a döndüklerinde beraber krep yemeye gitmek için verdiği söz.

"Oraya değil başka yere gidelim."

"Neden?"

"Gidersek, o orada olabilir."

"Kim? O kız mı?"

"Evet."

"Bu ne şimdi, kader önsezisi gibi bir şey mi? Los Angeles Seul'ün kaç katı büyüklüğünde biliyor musun? Los Angeles gibi geniş bir yerde onunla karşılaşacağını mı söylüyorsun?"

"Sadece bir his. Ayrıca bu saatte randevusuz gidersek orada yer yoktur. Başka bir yere gidelim."

"Gidip görelim. Orada mı değil mi? Bu şekilde konuştuğun için gidip kontrol etmek istiyorum."

Birden keskinleşen Rachel krep dükkânına doğru önden yürüdü. Tan canı istemeyen adımlarıyla Rachel'ın peşinden gitti. Köşeyi döndüğü an Rachel gözlerine inanamadı. Krep dükkânının açık alandaki masasında Eun Sang ve Chan Yeong oturuyorlardı. Tan da aynı şekilde şaşırmıştı. Eun Sang'ın orada olacağını gerçekten düşünememişti. Kendisiyle birlikte olduğundan farklı olarak rahat bir şekilde gülen Eun Sang'ın o görünüşüyle kalbine bir ağrı girdi.

"Gerçekten buradaymış."

Rachel ikisinin bu kaderinden gerçekten korkmaya başladı. Eun Sang ve Tan'ın bakışları aynı anda bir araya geldi.

"İkiniz gizlice sözleşmediniz değil mi?"

İlk önce Tan bakışlarını kaçırdı.

"Başka bir yere gidelim."

Tan, Rachel'ın elini tutup çekiştirince Rachel elini birden silkeledi.

"Sadece oturup yiyelim."

"Şu anda sana karşı elimden geldiğince saygılı olmaya çalışıyorum."

"Gerçekten çok sinir bozucusun. Neden onunla karşılaşmaman bana karşı saygı oluyormuş? Girelim. Ben yemek istiyorum."

"Boş yer de yok zaten."

Nihayet bu sefer Chan Yeong ile Rachel göz göze geldiler.

"Bir yer buluruz. Bakalım bu tesadüf mü, kader mi?"

Rachel hemen Eun Sang ve Chan Yeong'un masasına yürüdü. Eun Sang ve Chan Yeong şaşkın bir ifade ile Rachel'a baktı.

"Whitehacker Yoon sensin demek. Biraz oturacağım. Hesabı biz öderiz."

Rachel sakin bir şekilde oturdu.

"İkiniz... Tanışıyor musunuz?"

Eun Sang dikkatlice Chan Yeong'a sordu.

"Bizim okulda. Gördüğün gibi samimi değiliz."

"Bugün ilk kez konuşuyoruz. Okula sosyal yardımlaşma ile giren biri olduğu için hiç muhatap olmamıştım."

Chan Yeong sivri bir şekilde cevap vermiş olsa da Rachel'ın yüz ifadesi hiç değişmedi. Tam tersine daha sert bir şekilde vuruş yaptı. Elinden bir şey gelmeyen Tan masaya yaklaştı.

"Ayağa kalk."

Eun Sang birden yaklaşan Tan yüzünden rahatsız olmuştu.

"Bugün bizim nişan yıl dönümümüz."

Rachel, Tan'ın söylediğini duymazdan gelip Eun Sang'ın olduğu tarafa doğru konuştu. Eun Sang cevap veremeyip tereddüt etti. Rachel soğuk bir şekilde Tan'ın olduğu tarafa laf attı.

"Bu yüzden Kim Tan. Çok sevdiğin kreplerden yemek isteyebilirsin."

"Tamam. Yiyelim. Ben de yemeyi istiyorum."

Direnmesiyle olabilecek bir iş olmadığını bilen Tan, sandalye çekip oturdu. Eun Sang ne yapacağını bilemeyip bakışlarını sürekli masanın altına doğru yöneltti. Rachel, Eun Sang ve Chan Yeong'a sırayla göz attı.

"Siz nereden tanışıyorsunuz?"

"Çocukluk arkadaşıyız."

Cevap veren Chan Yeong da kendini iyi hissetmedi. Neler olduğunu bilmiyordu fakat Rachel'ın şu anda Eun Sang yüzünden kötü niyetle böyle davrandığını anlayabiliyordu.

"Öyle mi? İyi ama buraya neden geldiniz? Burası meşhur olduğu için mi onu buraya getirdin?"

"Hayır, buraya gelmeyi o istedi."

Rachel dudağının bir yanını yukarıya doğru çıkartarak yandan güldü. Çok komik. Ne kaderi, bu bir tesadüf.

"Vay, ne harika bir tesadüf ama nişanlım ve bu kız bunun bir kader olduğuna inanıyorlar. Sen ne düşünüyorsun, Yoon Chan Yeong?"

"Krep yemek istediğini söylemiştin. Kes şunu!"

Bu şekilde Eun Sang'ı zor durumda bırakmayı istemiyordu. Tan, Rachel'ın sözünü kesti.

"Ne yapayım, kimse bir şey söylemiyor. Ah, öyleyse bu konuya ne dersin? Sende Lee Bo Na ile çıkmıştın değil mi? Selamla. Lee Bo Na'nın şimdiki erkek arkadaşı. Bu da eski erkek arkadaşı."

Rachel, Bo Na'nın adını kullanarak Chan Yeong ve Tan'ı tanıştırdı. Sözde tanıştırmaktı. Sadece Eun Sang'ın önünde ikisini zor durumda bırakma niyetindeydi.

"Burada olmayan biri hakkında bu şekilde konuşmak zorunda mısın?"

Bu şekilde davranan Rachel'ın hareketleri Chan Yeong'u sinirlendirdi. Rachel hâlâ sakindi.

"Evet, o zaman neden Lee Bo Na değil de onunla buradasın? Bu başta senin hatan. Hayır, sadece nişanlısı ya da sevgilisi olan erkeklerle görüşen senin hatan mı en büyük acaba?"

"Yoo Rachel."

Chan Yeong alçak sesle Rachel'ın ismini söyledi. Oturdukları ortam altüst olmadan önce Tan ayağa kalktı. Çoktan altüst olmuştu bile.

"Biz önce kalkıyoruz."

"Gidelim." diyerek Tan, Rachel'ın elinden tutup çekti. Eun Sang onlar gittikten sonra bile başını kaldıramadı. On yılı aşkın süredir arkadaşı olan Chan Yeong arkadaşça sordu. Çok hafif ama samimi bir ses tonuydu.

"Ne yapmamı istersin? Müdahale mi edeyim yoksa bir şey görmemiş gibi mi yapayım?"

Bu şekildeki Chan Yeong'un anlayışıyla Eun Sang zorla gülümsedi.

"... Sipariş verelim. Bir an önce yiyip uçak biletini almaya gidelim."

"Birkaç gün daha kal da git. Onca yoldan geldin."

"Gitmeliyim. Annem için de endişeleniyorum. Hemen gidip tekrar iş bulmalıyım ki borcumu ödeyebileyim."

"Acele etmene gerek yok demedim mi?"

Her seferinde bu çocuğu bu kadar şefkatli yapan şey ne olabilir? Chan Yeong her zaman Eun Sang için üzülmüştü.

"O şekilde bakmak yasak. Hâlâ Amerika'dayız."

Şakayla karışık gülen Eun Sang'ın görüntüsü nedense üzgündü.

Krep dükkânından çıkar çıkmaz Rachel bileğini tutmakta olan Tan'ın elini silkeledi.

"Elimi bırak da konuş! O kızın önünde yeterince soğukkanlıydın."

"... Yoo Rachel."

"Ne!"

"İlk karşılaştığımızda 10 yaşındaydık. Senin dâhi olduğunu düşünmüştüm. O yaşta İngilizce telefon görüşmesi yapıp, tek başına Japonca konuşabildiğin için. 14 yaşındayken ağabeyimden hoşlandın. Çocuksu olduğum için benimle işin olmadığını söylemiştin."

"Ne demek istiyorsun?"

"Nişanımız gündeme geldiğinde ise şunu demiştin. Bizim tabaka çok belli, senden daha iyi bir seçenek var mı sence? O zaman gerçekten çok çocuksu olduğunu anladım."

"Yani?"

"8 yıl boyunca benim gözümde hep zeki, güzel ve olgun biriydin. Fakat şimdi öyle değilsin."

Rachel bir anda dondu.

"Öyle yapma. Özellikle benim için yapıyorsan hiç yapma. Ben kendine zarar vermene değecek biri değilim."

Bunları söylemek yerine kızsaydı keşke. Bu şekilde sakince vazgeçen Tan'ı daha korkunç daha uzak hissetti.

"Yarın gideceğini söyledin, değil mi? O saatte otelde olacağım. Yarın görüşürüz."

Tan öylece Rachel'ı bırakıp gitti. Rachel arkasından gidemeyip tek bir veda sözcüğü söyleyemeden o şekilde Tan'ı gönderdi. Tan'ı tutamadı. Onu bu şekilde tutarsa gerçekten sonsuza dek kaybedecek gibiydi.

Rachel güçsüz bir şekilde otelin lobisine girdi. Asansöre doğru giderken duraklayıp arkasına döndü. Won'du. Won da giderken durup döndü ve Rachel'a baktı.

"... Won oppa*?"

Won ile küçüklüğünden beri sık sık görüşüyorlardı. Rachel küçüklüğünden beri Won'u örnek almıştı. Zeki ve güçlü olup her zaman olgun davranan Won'u takip etmiş, Won da yaş farkı çok olan Rachel'ı kardeşi gibi görmüştü. Çok uzun süredir tanıştıkları için Rachel, Tan ile nişanlandıktan sonra da Won, Rachel'a Tan'ın nişanlısı olarak davranmaktansa küçük komşu kızı olarak davranmıştı.

"Yoo Rachel, burada ne işin var? Yeong Do'nun otelinde kalmıyor muydun?"

"Onlara borçlanacak kadar kafayı mı yedim? Burada olduğuna göre sen de oradan kaçıp buraya gelmişsin."

"Evet. Uzun zaman sonra seni görmek güzel. Nasılsın?"

"Ben mi? İyiyim. Tan ile görüştün mü?"

"... Görüşmek denilirse görüştüm. Sen?"

"... Ben de ona görüşmek denilirse görüştüm diyebilirim. Bir yere mi gidiyorsun?"

"Evet. Bir yere gitmem lazım."

"Önemli bir buluşma ya da randevu gibi bir şey değilse ben de seninle gelebilir miyim?"

---

* Oppa kelimesinin sözlük anlamı (kızların)ağabeyidir. Fakat Kore kültüründe sadece ağabey değil, kızların kendinden yaşça büyük erkeklere, sevgililerine ya da kocalarına söyledikleri hitap şeklidir.

"Senin hoşlanacağın bir yer değil."

"Fark etmez. Tek başıma otel odasında takılıp sadece telefona bakmaktan daha iyidir. Burada gündüzler randevusu olmayan birini depresyona sokacak kadar uzun."

"Gideceğim yer buradan bayağı uzak ama sorun olur mu?"

"Uzak olması daha iyi."

Rachel acı bir şekilde gülümsedi. Won konuşmadan gülen Rachel'ı götürdü ve arabaya bindiler.

Uzun bir süre giden araba boş bir köyde durdu. Won köyün girişindeki resim kadar güzel bir mezarlığa doğru yürüdü. Rachel sebebini bilmeden Won'un arkasından gitti. Won birden bir mezarın önünde durdu. Daha sonra getirdiği çiçek buketini koydu. Öylece izleyen Rachel o anda konuşmaya başladı.

"O kim?"

"... Annem."

Rachel da biliyordu. Şu andaki İmparatorluk Grup'un hanımefendisi olan Ji Suk'un Başkan Kim'in ikinci karısı olduğunu. Won'un öz annesi olan birinci karısının vefat ettiğini duymuştu. Fakat mezarının Amerika'da olacağını tahmin bile edemezdi. Ayrıca o mezara kendisinin geleceğini kesinlikle bilemezdi.

"Babamla tanışana kadar şarap yapıp portakal toplayan bir köylüymüş. Boğucu zengin bir ev ve ikiyüzlü partiler, Amerika'nın köyünde yaşayan bir kadın için Kore, katlanılması zor, iğrenç bir yer olmuş olmalı. Sonunda bu şekilde göçüp gitti."

"Şarapları kendi mi yapıyormuş?"

"Bizim evdeki mahzende, "One" diye bir şarap var. O şarabı annem benim doğduğum yıl kendi yapmış."

"Çok güzel yürekli biriymiş. Buraya Tan ile de gelmiş miydin?"

"Hayır, buraya getirdiğim ilk kişi sensin. Neden sordun?"

"Tan çok kıskanacak."

"Kimi? Beni mi?"

Won yandan güldü.

"Hayır, beni. İyi ki seninle gelmişim."

"Ben de senin sayende soğuk bir şekilde kendi kendime konuşmak zorunda kalmadığıma sevindim. Bunu birinin günlüğüne gizlice bakmışsın gibi düşün."

Won yalnız ve üzgün bir şekilde mezara baktı. Rachel, Tan'ın yüzündeki yalnızlığı düşünerek Won'un hâlini konuşmadan izledi. İki kardeş farklı olmalarına rağmen benziyorlardı.

Won'un telefonu çaldı. Telefonun ekranına yansıyan, "Yoon Sekreter"in adını gören Won yürüyerek telefonu açtı.

"Evet, birkaç gün daha kalıp döneceğim. Başkana Singapur'a uğrayıp oradan geçeceğimi iletin. Bu arada Tan ile görüştüm, sayenizde. Bu sefer de Tan'a nazik bir şekilde programımı söylemekten çekinmeyin."

Won'un ses tonu keskin bir bıçak gibiydi.

İş için otel Zeus'a gelen Jae-Ho, Won ile telefonda konuşurken hafifçe gülümsedi. Jae-Ho için sapıtmış bir çocuk gibi olan başkanla ilgilenmek en zor ve en eğlenceli işlerden biriydi.

"Endişelenmeyin. Kişisel programınız benim işimin dışında."

Asansöre binen Jae-Ho kapıyı kapatma düğmesine bastı.

"Öyleyse havaalanında görüşürüz."

Telefon görüşmesi bitip asansörün tam kapanacağı anda biri kapıyı açtı. Asansöre binen kişiyi tanıyordu.

"Yeong Do havaalanına mı gidecek?"

Esther normal bir şekilde 3. katın düğmesine bastı. Ardından kapı kapanıp, asansör yavaş yavaş yukarıya doğru çıkmaya başladı.

"Gitmesini söyledim."

"Nefret ediyor olmalı."

"İstemese de başka şansı yok. Henüz bana karşı gelemiyor."

"Kendinize çok güvenmeyin. Çocuklar çabuk büyüyorlar."

Asansör 3. katta durunca, "Ara beni." deyip Esther nazikçe Dong-uk'u gönderdi. Dong-uk inince asansörün kapısı tekrar kapandı.

"Uzun zaman oldu."

Tanımıyormuş gibi Jae-Ho'ya hiç bakmayan Esther dönüp Jae-Ho'ya doğru gülümsedi. Gülüşü hâlâ aynıydı. Üniversitedeki ilk aşkı ile burada karşılaşmıştı. O da bu şekilde. Jae-Ho güçlükle sağlam bir şekilde cevap verdi.

"Evet, öyle."

"Nasılsın?"

"Senin kadar iyiyim."

"Bu çok zor."

"Nişanlanmışsın. Az önce inen o muydu?"

"Evet. 20 yıl önce de bu sefer de sen değilsin."

Ateşli bir aşktı. Olgunlaşmamış biri için çok arzulu bir aşktı. Birbirlerini bu kadar arzulamalarına rağmen Esther içinde aşk olmayan zenginliği seçti. Kendi ailesi de böyle yapmıştı. Kendi ailesinin ailesi de böyle yapmıştı.

"Tebrik ederim."

Jae-Ho, Esther'i kin duymadan göndermişti. Bu yüzden artık kin duymasını gerektirecek bir sebep de yoktu. Jae-Ho kapının önünde durdu. Hemen asansörün kapısı açıldı.

"Çok garip."

Jae-Ho'nun arkasından Esther kendi kendine konuşuyormuşçasına devam etti. Jae-Ho arkasına dönüp bakınca Esther gülümsedi.

"Ben hâlâ seni gördüğüm zaman heyecanlanıyorum."

Kin duymamış olması acı çekmediği anlamına da gelmiyordu. O zamanlarda çektiği aşk acısı Esther'in gülümsemesiyle birlikte tekrar canlandı. Bu acısının tek taraflı bir acı olup olmadığını da bilmiyordu. Jae-Ho rahat bir şekilde Esther'in gülümsemesine karşılık vererek gülümsedi.

"Evlendikten sonra da umarım aynısı olur. Kendine iyi bak."

Asansörün kapısı kapanmadan önce Jae-Ho asılmış Esther'in yüzüne baktı. Esther'in bu hâlini görmek istiyordu ama aynı zamanda istemiyordu da. Omuzlarında bir ağırlıkla yürüyordu ki telefonu çaldı. Telefon eden Tan'dı.

"Evet."

Ahizenin ardındaki Tan'ın sesi geçmişe sürüklenen Jae-Ho'yu tekrar şimdiye döndürdü.

"Evet, sekreter bey. Ağabeyim Kore'ye döndü mü?"

"Şu anda uçakta olmalı."

"Anladım."

"Oğlumla görüşmüşsünüz."

"Ben mi? Oğlunuz kim?"

O anda Tan'ın gözünün önünden Chan Yeong'un yüzü gelip geçti.

"Ah... Görüştük sanırım. Adı... Chan Yeong değil mi?"

Eun Sang'ı arama bahanesini o anda bulmuş gibiydi. Salonun kanepesine oturup canı sıkkın bir şekilde telefon görüşmesi yapan Tan'ın yüzüne can gelmişti.

Chan Yeong, Eun Seok'u bulmak için restorana giden Eun Sang'ı bekliyordu. Canı sıkkın bir şekilde duruyordu ki telefonu titredi. Tanımadığı bir numaraydı.

"Kim acaba?"

Önce telefonu açtı.

"Sen Yoon sekreterin oğlu muydun?"

Kesinlikle Kim Tan'ın sesiydi.

"Hatırladın demek. Telefon numaramı nereden biliyorsun?"

"Mesajda yazmışsın. Telefonu Cha Eun Sang'a versene."

"Şu anda benimle değil."

"Nereye gitti?"

"Diyeceğin bir şey varsa bana söyle. Ben ona iletirim."

"Avukatı mısın? Ben kendim söyleyeceğim için geldiğinde beni aramasını söyle."

Telefon suratına kapandı.

"Bu ne ya?"

Eskiden olsun şimdi olsun kendi kafasına göre davranması aynıydı. Chan Yeong telefonu yerine koyup yavaş yavaş yürüyerek restorandan çıkıp gelen Eun Sang'a endişeli gözlerle baktı. Omuzları düşmüş hâline bakınca önemli bir haber yok gibiydi.

"Ne dedi? Hiçbir haber yok muymuş?"

"Evet. Bir haber gelirse beni aramalarını bir bir söyledim. Senin öğrettiğin şekilde."

"İyi yapmışsın. Bekleyelim bakalım. Ablanın da içinde olduğu zor bir durum olabilir."

Eun Sang tek bir kelime bile etmeden başını evet anlamında salladı.

"Şey... Az önce ondan telefon geldi. Geldiğinde onu aramanı söyledi. Sana söyleyecekleri varmış."

"Ya... Hayır, aramak istemiyorum. Yarından sonra nasıl olsa tekrar görüşmemizi gerektirecek bir şey olmayacak."

"Yarın uçağın kaçtaydı?"

"Aman be! Dil okulu olsun okumak için olsun buraya gelmeyi ne kadar çok istediğimi biliyorsun. Bir de alay eder gibi gözümün önünde okulu mu asacaksın? Havaalanına yalnız gideceğim."

"Zaten seninle gitmeyeceğim için sormuştum."

Chan Yeong sırıtarak güldü.

"Ne? Ölmek mi istiyorsun?"

Üzülür diye Chan Yeong'un bilerek şakaya vurduğunu Eun Sang çok iyi biliyordu. Eun Sang bu şekilde davranan Chan Yeong'a minnettardı.

Tan uzun bir süre masanın üzerine koyduğu telefona dikkatle baktı. Mümkün değildi. Telefonun gelmemesi için bir sebep yoktu. Sinirleri bozulmuş bir şekilde boş yere masanın üzerine vurdu. Chan Yeong mudur nedir söylemedi mi acaba? Tekrar arasam mı ki? Yüzme havuzunun yanına uzanmış sadece telefonuna bakan Tan birden ayağa kalkıp salona girdi. Telefonu havuzun yanındaki masanın üzerine bırakmıştı.

"Üff, bilmiyorum. Aman be, telefon da neymiş, kız da neymiş!"

Bu şekilde düşünen Tan tekrar bir anda geriye dönüp telefonunu koyduğu masaya doğru yürüdü. Telefonu hâlâ çalmıyordu.

"Off, delireceğim."

Tan unutmak istermişçesine havuzun kenarında yürümeye başladı.

"Hem yedirdim hem kalmasına izin verdim teşekkür etmek için bir telefon bile etmiyor."

Tan sanki Eun Sang'a bakarmış gibi Eun Sang'ın kaldığı misafir odasına baktı.

"Keşke kalmasına izin verme..." diye düşünüyordu ki pencere tarafında bir şey fark etti. Pencerenin kolunda asılı olan çok sevimli bir çift çorap. Kesinlikle Eun Sang'ın çoraplarıydı.

Yandan gülümsedi. Gülümsemesinin ardından üzüntü bir anda gelmişti.

Eun Sang'ın Amerika'daki son gecesi huzurlu ve sıradan geçti. Herhangi bir yerde başka günlerde olduğu gibi. Bu yüzden Eun Sang çok daha fazla korktu. Geri döndüğünde günleri bu kadar huzurlu ve sıradan olmayacakmış gibiydi.

Havaalanına giderken, Eun Sang bilerek Tan'ın okuluna uğradı. Bu yeri son kez görmek ve Tan ile vedalaşmak için iyi bir yer olduğunu düşündüğünden gelmişti. Eun Sang o an, önceden gördüğü o Koreli öğrenciler gibi ilan panosunun önünde durdu. Daha sonra küçük bir not kâğıdı çıkartıp yavaşça hece hece bir şeyler yazdı.

"Bir yaz gecesi rüyası gibiydi. Şimdi benim için yok olma zamanı. Tıpkı dün geceki rüya gibi... Hoşça kal."

"Böyle vedalaşalım."

İlan panosuna not kâğıdını yapıştıran Eun Sang öylece arkasını dönüp okuldan uzaklaştı. Bu yer, burada olan kendisi ve Tan ile vedalaşır gibi. Hiç kimse bulmayacaktı ve zaman geçince bulunamayacak olacaktı. Buradan ayrılan ben gibi. Eun Sang hafifçe gülümsedi.

Otel çalışanları Rachel'ın eşyalarını arabaya yüklediler. Lobiye gelen Rachel adımlarını durdurdu. Tan rahat bir ifadeyle lobide duruyordu.

"Gidelim. Free Shop'ta alışveriş yapmak için fazla vakit yok."

"Seninle gitmekten rahatsızlık duyuyorum."

"Rahatsız olsan da idare et çünkü yakışıklıyım."

Defalarca reddetse de zaman zaman samimi davranan Tan'ı Rachel tamamen bırakamıyordu. Sadece mahcup olduğu için böyle davrandığını biliyordu fakat gerçekten böyle davranacaksa defalarca Tan'ı mahcup etmek istiyordu.

Rachel araba kullanan Tan'ın yüzüne bakmamak için büyük çaba harcadı. Çünkü eğer bakarsa gurursuz bir şekilde ağlayabilirdi. Kesinlikle böyle utanç verici bir şey yapmak istemiyordu. Sızlanarak yapışması bile şimdilik yeterliydi. Kesinlikle gözyaşlarını, kesinlikle gerçek hislerini göstermek istemiyordu.

Havaalanında da Tan sessizce Rachel'ın yanında durdu. Bagajını gönderip çıkış kapısına kadar beraber yürüyen Tan'ı Rachel da hiçbir şey konuşmadan öylece bıraktı. İkisi kapının önüne geldiklerinde karşılıklı durdular.

"İçeri gir. Vardığında mesaj at."

"Kore'ye dönme gibi bir planın yok mu?"

"... Her zaman var ama cesaretim yok."

"Kore'ye dönmek için cesaret mi gerekli?"

"Evet. Eksik kalan cesaret. Ona ihtiyacım var. Git hadi."

Sakin Tan'ın bakışlarıyla Rachel sonunda çöktü.

"Bir kere, tekrar bir kere daha ben kaybettim."

Rachel, Tan'ı kendine çekip sarıldı.

"Henüz seni affetmedim. Senden gerçekten nefret ediyorum."

Bu şekildeki Rachel'ın hislerini Tan'da görmezden gelemezdi.

"Biliyorum."

Yine de ona sarılamazdı. Rachel'ın kendisine sarılmış olduğu hâliyle, ilgisizce etrafına bakınıyordu ki alışkın olduğu birini arkasından gördü. Eun Sang'dı. Bunu anladığı an kalbi duracak gibi oldu. Eun Sang'ın olmama ihtimalini de kendisine sarılmış olan Rachel'ı da düşünemedi. Sadece uzaklaşan Eun Sang'ı yakalaması gerekiyor gibiydi. Şimdi yakalamazsa bir daha tekrar Eun Sang'la görüşemeyecek gibiydi.

"Cha Eun Sang, dur orada!"

"*Lütfen, lütfen dönüp bak. Arkana dönüp bana bak. Lütfen sen ol.*"

Uzaklaşan arkadan görüntüsü birden orada durdu.

"*Neden tekrar karşılaştık ki? O da şimdi?*"

Tan bilmiyordu fakat önce gören kişi Eun Sang'dı. Rachel ile sarılmış olan Tan'a rastladığında Eun Sang kendi de farkında olmadan arkasına dönmüştü. Karşılaşmak istemediği için değildi. Sadece görmek istemediği içindi. Görürse bir şekilde içi titreyecek gibiydi. Fakat Tan'ın bu şekilde kendisinin içini titreteceğini bilemezdi. Eun Sang yavaşça başını çevirdi. Kısa bir süre Tan ile Eun Sang'ın bakışları birbirine kilitlendi.

"Güle güle git. Ara beni."

Kendisini bırakıp Eun Sang'a giden Tan'a Rachel şaşkın bir şekilde baktı. Tan yaklaştıkça Eun Sang'ın içi huzursuzlaştı.

"Niye beni aramadın? Arkadaşın söylemedi mi?"

"Söyledi."

"Öyleyse araman gerekmez miydi? Kore'ye mi gidiyorsun şimdi?"

"Ne söyleyecektin bana?"

"Yaz. Telefon numaranı."

Tan telefonunu uzattı. Eun Sang öylece telefona baktı hareket etmedi.

"Ne oldu?"

"Sana minnettarım. Teşekkür edip vedalaştım da. Yapmam gereken her şeyi yaptım."

Mümkün olduğunca sakin cevap verdi. Bu şekilde pişmanlık da olsa umut da olsa ayrılmak en iyisi olacaktı.

"Bu yüzden sırf bana böyle bir şey sormak için nişanlını yalnız bırakma."

Eun Sang öylece arkasını dönüp çıkış kapısına doğru yöneldi. Tan cevap olarak ne söyleyeceğini bilemedi. Bu şekilde kalbinin acımasının sebebi neydi? Bunun kimin yüzünden olduğunu anlayamayıp Eun Sang'ı tekrar yakalayamadı ve sadece orada kalakaldı. Rachel'ın ikisine nasıl bir gözle baktığını da bilmeden...

Uçağa binerken Eun Sang, Tan'ın yaralanmış bakışlarını hatırladı.

"Sorun yok. Hepsini unutacağım. Kore'ye döndüğümde bütün her şey unutulacaktır. Unutmak istemesem de öyle olacaktır."

Eun Sang hostesin verdiği gümrük beyannamesini doldururken büyük bir çabayla Tan'ın yüzünü hafızasından sildi. O anda, first class* tarafından Rachel geldi. Rachel, Eun Sang'ın

---

*İng. "Birinci sınıf"

oturduğu yere kadar gelip hiçbir şey söylemeden Eun Sang'a dik dik baktı.

"... Ne yapıyorsun?"

"Bitirmeni bekliyorum. Yazmaya devam et."

Eun Sang kalemi pat diye bıraktı.

"Ne istiyorsun?"

"Düşündüm de içimde seninle tekrar görüşecekmişiz gibi kötü bir his var."

"... Böyle bir şey olmayacak."

"Kim Tan'ı iyi tanımadığın için böyle söylüyorsun."

Rachel'ın ağzından çok doğal bir şekilde çıkan Kim Tan'ın adı yabancı geldi.

"Bence üzücü bir olay olduğunda ilk seni görmek isteyecektir ama senin hakkında hiçbir şey bilmiyor. Bu nedenle..."

"Bu nedenle ne?"

Rachel, Eun Sang'ın doldurduğu gümrük beyannamesini elinden kaptı. Daha sonra öylece arkasına dönerek first class'a doğru yöneldi. Eun Sang bu şekilde davranan Rachel'a bir an şaşkın şaşkın bakarken aklını başına alıp ayağa kalktı. Rachel'ın arkasından first class'a girecekken hostes Eun Sang'ın önüne geçip onu engelledi.

"Üzgünüm ama birinci sınıf yolcularından başkası giremez."

"Hayır. Az önce giren bayan benim gümrük beyannamemi aldı da."

"Lütfen biraz bekleyin, kontrol edeyim."

Hostes içeriye girip perdeyi birden çekti. Eun Sang önünde çekilen bu perdenin tam anlamıyla Rachel ve kendi, ayrıca Tan ve kendi arasında bulunan kesin bir sınır gibi olduğunu düşündü. Perişan bir ruh hâli ile beklerken tekrar gelen hostes zor durumda kalmış gibi bir ifadeye bürünmüştü.

"Üzgünüm ama böyle bir şey olmadığını söyledi."

"Olmamış da ne demek?"

Eun Sang hemen sinirlenecekken sustu. Sinirlendi diye değişen bir şey yoktu. Olsa olsa gümrük beyannamesiydi yeniden yazsa olurdu. Hostese selam verip tekrar yerine döndü. Eun Sang'ın gözleri acıklı bir şekilde yaşlarla doldu.

"Geçen hafta kot pantolonla ve çıplak ayakla gelmiştiniz. Her ne kadar yaz da olsa bu pek hoşuma gitmedi."

Annesinin dırdırlarına alışkındı. Bu dırdırların sadece kendisine değil Hyeon Ju'ya kadar uzanacağını tahmin etmemişti. Ana kapıdan girmekte olan Hyo Shin durup annesinin ve Hyeon Ju'nun konuşmalarına kulak misafiri oldu.

"Daha dikkatli olacağım."

Babasından bütün ailesine kadar herkes hayatları boyunca bütün güçleriyle akademik olarak çalışmıştı. Bu yüzden tek oğullarının çalışması konusunda hiçbir istisna ya da pes etme yoktu. Bu ailede eğlence adına hiçbir şey bulunmuyordu. Salondaki insana baskı hissettiren masa bu evin atmosferini anlatıyordu. Hyo Shin'in annesi o masaya oturup duygusuz bakışlarıyla Hyeon Ju'nun kıyafetlerini inceledi.

"Dikkat edeceğim diyorsun ama bugün de etek giyip gelmişsiniz. İki hafta önce de şort giyip gelmiştiniz."

Ev böyle bir ev olduğu için daha fazla dikkatli olması gerekirken hata yapmıştı. Hyeon Ju tek bir kelime etmeden bakışlarını aşağıya indirdi.

"Tekrar rica ediyorum. Bir daha özel ders verirken açık kıyafetler giymekten kaçının. V yaka gömlek de giymeyin. Parfüm ve oje de mümkün olduğunca kullanmayın."

"Tamam."

Suçlu gibi duran Hyeon Ju sakince gülümseyerek cevap verdi.

Hyo Shin yana eğmiş başını dayayarak oturmuş masanın üzerine koyduğu tablet bilgisayarına tık tık vurdu. Hyo Shin'in odasına giren Hyeon Ju bu şekildeki Hyo Shin'in hâlini görüp, "Çok korktum." diyerek şaşırdı.

"Ne zaman geldin? Hiç sesin de çıkmadı."

Hâlâ yana eğmiş başını dayamış şekilde duran Hyo Shin, Hyeon Ju'nun hareketlerini takip etti. Yanına oturan Hyeon Ju'nun her zamankinden farklı olmayan bir ifadesi vardı.

"Bizim ev can sıkıcı değil mi?"

"Can sıkıcı."

Dürüst kız. Yandan gülümsedi.

"O zaman neden bırakmıyorsun?"

"Annen çok para veriyor ve benim o paraya ihtiyacım var. Kitabını aç."

"Hepsini seviyorum."

"Neyi?"

"Annemin yapmamanı söylediği şeylerin hepsini."

"Ben de seviyorum fakat yapmayacağım. Parayı veren kişi her zaman haklıdır. Bu yüzden ekmek kapımı kişisel zevklerin yüzünden tehdit altında bırakma."

Hyo Shin sessizce Hyeon Ju'nun yüzüne baktı. Böyle bir bakışa boyun eğecek Hyeon Ju değildi.

"Cevap vermeyecek misin?"

"78. Sayfa."

Her zaman bu şekildeki Hyo Shin'in görüntüsüne alışmıştı. Hyeon Ju bıkkınlık ifadesi ile kitabı açtı. O anda masanın üzerine koymuş olduğu Hyeon Ju'nun telefonu çaldı. Telefonun ekranında çıkan, "Kim Won" yazısını görür görmez Hyeon Ju'nun kalbi titredi. Hyo Shin, ilginç bir şekilde bu hâldeki Hyeon Ju'nun ifadesini inceledi. Karar vermişçesine Hyeon Ju kapatma tuşuna basıp, "78. sayfa mıydı?" diyerek hiçbir şey yokmuş gibi kitaba baktı.

"Neden cevap vermiyorsun?"

"Dersin ortasındayız. Kitabına bak."

"Erkek arkadaşın mı?"

"İkame integrali. Bu türü sadece kısmi olarak bilsen bile tuzaktan kurtulabilirsin."

Sadece kitaba bakan Hyeon Ju ile farklı olarak Hyo Shin'in bakışları Hyeon Ju'ya takılmıştı.

Los Angeles uçağı Incheon Havaalanı'na vardı. Kapıdan akın akın çıkan insanların arasında Rachel da vardı. Kapının önünde Rachel görünür görünmez Yeong Do getirdiği pankartı iyi görünür bir şekilde kaldırdı. Etraftaki ve kapıdan çıkan insanlar Yeong Do'nun elinde tuttuğu kâğıda, doğruyu söylemek gerekirse kâğıda değil de kâğıtta yazılı olan yazıya ve Yeong Do'nun yüzüne baktılar.

"Hoş geldin! Üvey kardeşim."

Yeong Do'yu fark eden Rachel'ın yüzü çok hızlı bir şekilde asıldı.

"Beni rezil etmek için yazmış."

Sanki onun yüzüne daha iyi bakacakmış gibi Yeong Do, kullanıyor olduğu güneş gözlüklerini çıkarttı. Yandan, seni yendim der gibi gülümseyen gülücüğünü de unutmadı. Rachel yük arabasını iterek Yeong Do'yu görmemiş gibi yaparak yanından geçip gitti. Kaçıracakmış gibi hemen Rachel'ın peşinden giden Yeong Do elinde tuttuğu kâğıdı yük arabasının önündeki sepete koydu.

"Bu gerçekten!"

Rachel yerinde durdu.

"Sıkıldıysan git bulaşıkları yıka. Gelmeyeceğini söylemiştin geldin diye neden bana kızıyorsun?"

"Rahat mı bıraktın beni? Uçak saatini değiştirdiğini annene söyleyen kim? Yaygara koparmadan gelemez misin?"

"Sen de babana yenilmeseydin."

"Eve kadar yürüyerek gitmek istemiyorsan sessizce gidelim. Tek kelime bile etme."

"Beni karşılamaya geldiğini anneme söyleyeceğim için al itekle şunu."

Rachel yük arabasını Yeong Do'nun tarafına doğru itekleyip önden gitti.

"Aman be bu kız gerçekten!"

Yeong Do mecbur yük arabasını itekleyerek Rachel'ın arkasından gitti.

Eve gittikleri arabanın içinde gürültü olacak kadar yüksek sesle metal müzik çalıyordu. Sadece Yeong Do'nun zevkiydi, hayır aslında sadece Yeong Do'nun huysuzluğuydu. Rachel sadece pencereden dışarıya bakıp hiçbir şey söylemeyince Yeong Do bilerek müziğin sesini yükseltti. Katiyen daha fazla dayanamamış olacak ki Rachel kumandayla teybi kapattı.

"İşte bu. Bu şekilde davranmalısın."

Yeong Do rahat bir görünümle hiçbir şey olmamış gibi tekrar teybi açtı. Rachel yenilmeyip tekrar teybi kapattı. Yeong Do birden kaşlarını çatarak bu şekilde davranan Rachel'a dik dik baktı.

"Eminim meraktan ölüyorsun. Tan gayet iyi."

Birden duyduğu Tan'ın adıyla Yeong Do'nun yüzü asıldı.

"Tan da senin nasıl olduğunu sordu. Her zamanki gibi kötü biri olduğunu, yiyip içip güzelce yaşadığını söyledim. Kaplanın olmadığı boş bir mağarada tilkinin krallık taslaması gibi."

"Arabayı durdurun!"

Yeong Do'nun bastırılmış ses tonuyla Rachel doğruca Yeong Do'ya baktı. Hemen araba yol kenarında durdu.

"Peki, bunu hiç düşündün mü? Kaplan neden mağarasında değil? Kaplanmış gibi davrandığından olmasın? Bu yüzden gerçeği diğerlerinin anlamasından korkup kaçmıştır belki de."

"Bu ne demek?"

"Karşılamam bitti."

Yeong Do arabadan indikten sonra sinirli bir şekilde kapıyı kapattı. Rachel'ın bindiği araba öylece oradan ayrıldı. Tek kalan Yeong Do ıssız görünen bina yığınları ve hızlıca hareket eden arabalara duygusuzca baktı. Görünen her şeyi yok etmek istedi.

Eun Sang birkaç dakika boyunca evin önünde sadece iç çekti. Bu şekilde ayrılıp da hangi yüzle annesine tekrar bakacağını bilemiyordu. Kaç defa açayım mı açmayım mı diye düşünen Eun Sang karar vermişçesine anahtarı çıkarttı.

Salon bomboştu. Eun Sang şaşırıp ayakkabısını fırlatırmışçasına çıkartıp koşarak eve girdi. Boş olan sadece salon değildi. İçerideki oda da, tuvalet de her yer boştu. Neler olmuştu? Şaşkın tavuğa dönmüş yüz ifadesiyle Eun Sang duruyordu ki açılan kapının arasından evin sahibi ajumma kafasını uzattı.

"Kimsin? Eun Sang öğrenci sen misin?"

"Evet, ajumma! Burası neden böyle? Annem nereye gitti?"

"Annen evi boşalttı. Yatılı ev hizmetçisi olarak yaşayacağını söyledi."

"Ne dedin?"

Bütün bunların ne demek olduğunu anlayamıyordu. Şaşkınlık geçiren Eun Sang zar zor kendine geldi.

"Özür dilerim ama telefonunuzu alabilir miyim?"

Ajumma'nın çıkarttığı telefonla Eun Sang, Hui Nam'a mesaj gönderdi. Kısa bir süre içinde Hui Nam'ın mesajı geldi.

"Bugün evin başkanı hasta olduğu için evdeki atmosfer pek de iyi değil. O yüzden bu gece jjimjilbang'ta kalıp, yarın öğleden önce gel."

Bu kadar fazla eşyayla yorulmuş olan bedenini jjimjilbang'a kadar sürüklemektense boş olan bu evde geceyi geçirmek daha iyi olacaktı. Eun Sang evin sahibi ajumma'ya durumunu anlatıp izin aldı. Böyle bir durumdaki kız çocuğunu kırmak kolay bir iş değildi. Mecbur izin veren ajumma kapıyı kilitle diyerek yukarıdaki eve çıktı. Yalnız kalan Eun Sang boş olan odasına valizini koyup, valizine yaslanarak uzandı. Kore'ye gelir gelmez bu hâldeydi. Çoktan nefesi kesilmişti. Katiyen uyku uyuyamıyordu.

Sabah olur olmaz Eun Sang valizini alıp Hui Nam'ın çalıştığı eve gitti. Daha önce hiç gitmediği zenginlerin yaşadığı mahalleydi fakat gösterişli evler olsun, muhteşem arabalar olsun hiçbiri gözüne görünmedi.

"Nerede bu ev?"

Etrafına bakınarak durmuştu ki hemen yakınında Hui Nam ana kapıyı açıp Eun Sang'a el işareti yaptı. Eun Sang acele ile koşarak Hui Nam'ın yanına gitti. Uzun zaman sonra gördüğü annesine sormak istediği birçok soru vardı. Öncelik evle ilgili olan sorulardı. Eun Sang'ın sorusuna Hui Nam hiç beklenmedik bir cevap verdi.

"Ne? O para evimizin depozitosu muydu?"

"Ne sandın? Başka nereden bulacaktım o kadar büyük parayı?"

"Gerçekten delirteceksin beni! Anne sen aklını mı kaçırdın? O kadar parayı nasıl olur da öylece ona verebilirsin? Evlendiği falan da yok hepsi yalanmış."

"Duydum. Beni aradı."

"Manyak! Neden bunun için aradı ki? Ne dedi? Kendi ağzıyla hepsinin yalan olduğunu söyledi mi?"

"Özür diledi. Senin eve sağ salim gelip gelmediğini sordu."

"Hepsi bu kadar mı? Sen de öylece müsaade mi ettin?"

"Başka ne yapsaydım? Telefona vurmaktan başka elimden bir şey geliyor mu?"

"İşte bu yüzden o parayı ona vermemeliydin! Tek başına yaşayabilmek için annesini ve kardeşini terk edip giden o kaltağa... Hiç onurun yok mu senin?"

Hui Nam, Eun Sang'ın sırtına vurdu. Eun Sang'ın yüzü birden buruştu.

"Ablana nasıl kaltak dersin?"

"Şimdi ne yapacağız? Sokakta mı yaşayacağız?"

"Burada bekle biraz."

"Neden? Ne kadar? Kaç dakika?"

Eun Sang eve giren Hui Nam'ın arkasından bağırdı. Büyük konağın önünde tek başına kalmış hâlini kendi düşündüğünde bile zavallıydı. Tek başına kalmış Eun Sang'ın arkasında lüks bir otomobil durdu.

"Bu da ne?"

Arabadan inen Ji Suk ana kapının önünde duran Eun Sang'ı yukarıdan aşağıya süzdü. O bakışlarla Eun Sang biraz ürkerek ana kapının önünden çekildi. Ji Suk kapının zilini çalıp, "Benim." diyerek içeriye girdi.

"Ajumma! Ne yapmaya çalışıyorsun?"

Bağıran Ki Ae'nin önünde Hui Nam yazı ile konuşma defterini tutmuş, soğukkanlı bir şekilde duruyordu.

"Büyük Hanım'ı takip ettirmek için adam tutmuştunuz, iyi gidiyor mu?"

"Sadece birkaç gün oldu, birkaç gün. Ne iyi gitmesi?"

Bir süre önce Ki Ae'nin ayak işleri merkezine telefon ettiğini Hui Nam tesadüfen duymuştu. Konuşamayıp yumuşak başlı biri olduğu için öylece geçiştirmenin böyle bir sonuç doğuracağını bilmiyordu. Bu olayı böyle bir işte kullanacağını bilemezdi. Ki Ae şaşırmış bir şekilde bakıyordu ki Hui Nam hiç tereddütsüz not defterinden bir sayfa çevirip gösterdi.

"Bana güveniyor musunuz?"

"Neden bahsediyorsun? Aman Tanrı'm şu anda tehdit mi ediliyorum?"

Hui nam tekrar defterinden bir sayfa çevirdi.

"Evet. Ben de üzgünüm."

Ki Ae'nin ağzından çıkan bütün kelimeler Hui Nam'ın tahmin ettiği kelimelerdi.

"Bu kadın gerçekten! Nasıl olur da dostluğumuzu kullanarak tehdit edersin? İstediğin nedir?"

Ki Ae birdenbire bağırdı ve tam o anda başka bir hizmetçi alelacele odaya girdi.

"Hanımım, büyük hanım geldiler."

"Ne? Aniden niye?"

Ki Ae burun kıvırdıktan sonra hizmetçiyi eliyle işaret yaparak gönderdi. Sadece ikisi kalınca Ki Ae gizlice Hui Nam'a sordu.

"Yoksa... Söyledin mi?"

Hui Nam konuşma defterine hızlıca bir şeyler yazıp hemen Ki Ae'nin gözünün önüne tuttu.

"Henüz değil ama hazır gelmişken..."

Notu gösterir göstermez hemen kapıya doğru koşan Hui Nam'ı Ki Ae yakaladı.

"Nedir o? Benden istediğin şey? Söyle ki... Yaz hemen. Hadi!"

Her şey Hui Nam'ın planladığı gibiydi.

"Saçlarını düzgünce topla, düğmeni de ilikle. Çoraplarını ne zaman değiştirdin? Yeni bir tane çıkar, onları giy."

"Şimdi ne yapıyorsun?"

"Bundan sonra burası bizim yaşayacağımız yer."

"Ne?"

Eun Sang refleks olarak kafasını kaldırıp gözünün önündeki malikâneye baktı.

Bahçesi tamamen park seviyesindeydi. Hui Nam'ın götürdüğü yere peşinden giderken Eun Sang sağa sola göz attı. Ev o kadar büyüktü ki tek seferde görüşüne girmiyordu. Hizmetçiler ve ev halkı için ayrı giriş kapısı vardı. Hui Nam hizmetçi odasına Eun Sang'ın valizini öylesine bırakıp tekrar Eun Sang'ın elini tutup çekiştirdi. Yemek odasından geçip salona gittikleri sürede salonda beklenmedik konuşmalar geçiyordu.

"Acaba günde üç öğün yemekten başka ne yapıyorsun? Başkanın hasta olduğunu neden bana söylemedin?"

"Bir gün durup bir gün hasta olan birinin haberini sana günden güne nasıl verebilirim? Ölmesini mi istiyorsun, yoksa yaşamasını mı?"

"Ne? Diyeceğin ne varsa hepsini söyledin mi?"

"Sabahın köründe başkasının evine gelip bu şekilde davranman hiç doğru değil."

"Ne? Başkasının evi mi? Bu evin parçası olmayan biri varsa o da bu evde yaşayan sensin! Aile kaydında adın bile yokken nasıl böyle konuşuyorsun?"

"Şu gereksiz soy kütüğü. Çocuk bile doğuramadın!"

Ji Suk'un yüzü utanç ve öfke ile bozuldu.

"Beni asla hayal kırıklığına uğratmadın. Gereksiz soy kütüğü mü? Bu yüzden mi çocuk doğurdun? O doğurduğun çocuk şu anda kollarında mı sanki?"

"Ne?"

"İşte bu soy kütüğü. Sen ya da ben ikimiz de aynıyız, çocuksuz."

"Hayat uzun. Şu anda kollarımda olmaması yarın da kollarımda olmayacağı anlamına gelmez. Kan boş yere sudan daha yoğun değil!"

"Sen gerçekten!"

"Bu yüzden büyük hanımefendi sağlığınıza dikkat edin. Aile defterinden çıkarken zorla çıkmak yerine kendi ellerinle..."

Daha fazla dayanamayan Ji Suk, Ki Ae'nin yanağına tokat attı. Ki Ae başını yana çevirmiş şekilde konuşmaya devam edemedi. İkisini izleyen Hui Nam ve Eun Sang da nefeslerini tuttular.

"Bu ne cüret! Devam et, hadi devam et bakalım."

"Vurdun mu? Şimdi sen bana vurdun mu?"

"İnanamadın mı? Tekrar vurayım ister misin?"

Ji Suk tekrar elini kaldırınca Ki Ae, "Ah!" diyerek yüzünü kapattı.

"Müdür bey geldiler."

Hizmetçilerden biri birden ikisinin arasına girdi. Ji Suk hiçbir şey yapmamış gibi kaldırdığı elini indirdi. Aynı şekilde Ki Ae de hiçbir şey olmamış gibi saçlarını düzeltti. Hemen Won içeri girince Ji Suk ilk olarak zarifçe selam verdi.

"Geldin mi?"

Ki Ae yenilmiş gibi olduğundan hemen harekete geçti.

"Babanı görsen iyi olur."

"Amerika gezin nasıldı?"

"Amerika'ya mı gittin?"

Ji Suk'un sorusuyla Ki Ae şaşırarak sordu.

"Gidip geldim. Konuşmanıza devam edin. Lütfen valizimi yukarıya çıkartın."

Won acıklı bir ifade ile ikisine baktıktan sonra 2. kata çıktı. Eun Sang tanıdık gelen Won'un yüzünden gözlerini alamadı.

"Müdür Kim evde değil miydi?"

Ki Ae'nin sorusuna Hui Nam başını evet anlamında salladı. Ji Suk aklına ne geldiyse Ki Ae'nin olduğu tarafa doğru gülümsedi.

"Hayat uzun ve kan sudan daha yoğun."

"Ne demek istiyorsun?"

"Başkan ve Won, kan yerine su mu paylaşıyorlar?"

Ki Ae sert bakışlarla Ji Suk'un yüzüne dik dik baktı.

"Tan ağabeyinden annesini ne kadar iyi koruyabilecek, izleyip görelim bakalım."

Ji Suk soğuk bir şekilde alay edip, bilerek Ki Ae'yi itekleyerek geçip gitti. Korkuyor olsa da gereksiz yere yenilmek istemeyen Ki Ae bu şekilde davranan Ji Suk'un olduğu tarafa doğru küfür etti.

"Seni ruh hastası! Korkacağımı mı düşünüyor? Ajumma, buz!"

Ki Ae tokatlandığı yanağını tutarak odasına yöneldi. Hui Nam buz paketini almak için mutfağa giderken alarm sesi ile durdu. Başkan'ın her ilaç saatinde çalması için kurulmuş alarmdı.

"Benimle gel. Başkanın odasına ilaçlarını götür."

"Ben mi?"

Eğer bu evde yaşayacaksa bir kere olsa bile yapması gereken bir işti. Bu şekilde düşünerek Eun Sang, Hui Nam'ın peşinden gitti.

İlk olarak Hui Nam'ın söylediği şekilde bitki ilaçlarını koyduğu tepsiyi alıp götürüyordu fakat bu eve ilk defa gelen Eun Sang'ın evin yapısını bilmemesi çok normaldi. "Bu oda mı acaba? Yoksa şu oda mı?" diyerek bocalıyordu ki 2. kattan inen Won ile göz göze geldiler. Eun Sang'ın durumunu anlayan Won göz işareti ile çalışma odasını gösterip önce kendisi çalışma odasına girdi.

"Bana mı gösterdi acaba?"

Eun Sang tereddüt ederek Won'un arkasından içeriye girdi.

"Merhaba. Annem şu anda hanımefendinin işine bakıyor."

Eun Sang aşırı gerginlik hissederek bitki ilaçlarının olduğu tepsiyi masaya bıraktı.

"Park Hui Nam'ın kızı mısın?"

"Efendim? Evet."

Eun Sang düzgün bir şekilde eğilerek selam verdi ve arkasını dönüp çıktı.

"Neden öyle duruyorsun? Otur."

Eun Sang çıkar çıkmaz konuşmadan duran Won'a Başkan Kim ilk olarak laf attı.

"Şirkete gitmem gerekiyor."

"Bahanen hiç inandırıcı değil."

"... Tan ile görüştüm."

"Partiye katılan insanlara senden daha yakınım fakat hiçbiri Tan'dan bahsetmedi."

Won irkilip ciddileşerek Kim Başkan'a baktı.

"Artık bu kadarı yeter. Kardeşinin sürgününe bir son ver. Eğer sen yapmazsan ben yapacağım."

Babası şimdiye dek hiç bu kadar açık bir şekilde Tan'ı Kore'ye çağıracağım dememişti.

"İncinmeni anlıyorum. Bu yüzden adil davranarak senin de Tan'ı incitmene göz yumdum ama düşündüğümden daha ileriye gittin. Bu adil değil."

"... Acılarımızın eşit olması mıydı düşündüğünüz adillik?"

"Seni incitmemek için bir kere bile Tan'a sarıldığımı hatırlamıyorum. Buna devam edersem sanırım pişman olacağım."

"Bu söylediklerinizle sanki... Beni sevgi ile büyüttüğünüzü ima ediyorsunuz. Bana karşı hiçbir pişmanlık duymayacağınıza emin misiniz?"

"Şu anda sana fikrini mi soruyorum?"

"İzninizle gidiyorum."

Selam veren Won'un duruşunda hiçbir kıpırdama göremedi. Kim Başkan odadan çıkan oğlunun arkasından karışık duygularla baktı.

Eun Sang tezgâhın bir köşesinde durup çorbasına pilavını karıştırarak tepesine dikti.

"Kim daha güçlü?"

Ne dediğini anlayamayan Hui Nam, "Efendim?" diyerek ağız hareketleriyle tekrar sordu.

"Az önce kavga eden ajumma'ları diyorum. İkisi arasından hangisinin dediğini yapmalıyım diye soruyorum. Birinin nikâhlı karısı birinin de metresi olduğu apaçık belli. Gerçek güç kimin elinde?"

"Hayır, öyle değil. Biri ikinci karısı diğeri de metresi."

"Gerçekten mi? Başkan iyi biri gibi görünüyordu, değilmiş demek ki. İlk eşi de başka biri miymiş?"

"İlk eşi öldü. Az önce gördüğün müdürün öz annesi başkanın ilk eşiydi."

O anda Ki Ae mutfağın kapısından girdi. Eun Sang ile Hui Nam'a bakan Ki Ae'nin garip bakışlarını anlayan Eun Sang zekâsıyla Hui Nam'ın konuşmasını kesti.

"Yani taşınmana Chan Yeong'un babası mı yardım etti?"

Hui Nam durumu anlayarak doğal bir şekilde işaret dilini durdurdu.

"Demek kızı sensin?"

"... Merhaba. Ben Cha Eun Sang."

"Hımm. Kaçıncı sınıfa gidiyorsun?"

"Lise 2. sınıftayım."

"Hımm. Az önce gördüğün gibi bu evin insanları pek zarif insanlar değiller. Bundan sonra da burada görüp bildiğin hiçbir şey bu evden dışarıya çıkmayacak. Lise 2. sınıfsan dediğimi anlamışsındır, değil mi?"

"... Evet."

"Güzel. Annen söylemek istese de söyleyemeyeceği için ona güveniyorum."

Nasıl olur da bu kadar düşüncesiz konuşabilirdi? Sinirlenen Eun Sang'ın ne düşündüğünü anlayan Hui Nam sabret der gibi göz işareti yaptı. Eun Sang güçlükle sinirlerine hâkim olup söyleyeceklerini yutarak Ki Ae'ye baktı.

"Annem ve benim hakkımda böyle düşünceli davrandığınız için teşekkür ederim. Mümkün olduğunca çabuk taşınacağız. Bu sürede de yokmuşuz gibi sessizce yaşayacağız. Yine de rahatsız olursanız lütfen söyleyin. Düzelteceğim."

"... Tamam. Anladım. Ona da lezzetli bir şeyler versene."

Çekingen Eun Sang'ın davranışıyla biraz şaşıran Ki Ae gereksiz yere lafı değiştirdi. Hui Nam elini lavaboda duran bitmiş tabaklara doğru uzatınca Eun Sang hemen lavabonun önünde durdu.

"Bulaşıkları ben yıkarım, sen içeri gir anne."

"O zaman mahzene gidip bana bir şişe şarap getir. 2000 yılına ait olandan."

Ki Ae bekliyormuş gibi şarap getirme işi verdi. Hui Nam başını tamam anlamında sallayıp Eun Sang'a işaret dili ile konuştu.

"Sakin ve saygılı ol."

Hui Nam dışarıya çıkınca Ki Ae, "Annen ne dedi?" diye sessizce sordu.

"İyi biri olduğunuzu söyledi."

Ki Ae bıyık altından güldü.

"Yalana bak. Ben annene pek de iyi davranmıyorum. Kızı çok akıllıymış."

Ki Ae arkasını dönüp mutfaktan çıktı. Eun Sang nedense kendini zavallı hissetti. Bulaşık yıkamak çok da zor bir iş değildi. Yapmaya alışkın olduğu bir işti.

"Anneme her zaman böyle mi davranılıyor acaba? Ben bunu da bilmeyip annemi..."

Gözyaşları sürekli aktı.

Bulaşıkları bitiren Eun Sang hizmetçi odasına girdi. Ne zaman geldiyse Hui Nam başı öne düşe düşe uyuklayarak ütü yapıyordu. Eun Sang, Hui Nam'ı tutup yatağına yatırdı.

"Uykun açılmadan git yat. Ben kalanı tamamlarım."

Gözlerini yarım kapatıp ağız hareketiyle teşekkür ederim, diyen Hui Nam'a Eun Sang üzüntüyle baktı. Bundan sonra yaşayacakları bu odaya karışık duygularla yavaş yavaş göz gezdirdi.

Eun Sang boş bir kutudan dolap ve kitaplık yaparak getirdiği bütün eşyasını öylesine yerleştirdi. İşini yaparken hizmetçi odasına uğrayan Hui Nam düzenlenmiş odaya mutlu bir şekilde baktı. Eun Sang valizinden badem poşetini çıkartarak Hui Nam'a uzattı.

"Al bakalım. Amerika'dan getirdiğim hediyen."

"Ablanı düşünüp içerken içkinin yanına meze yapmamı mı istiyorsun?"

"Bu rejim için en iyi şey. Öncelikle ben işe başlayacağım için sen bunları yiyerek zayıfladıktan sonra zengin birini baştan çıkar. Buradan kurtulmamızın en hızlı yolu bu."

Eun Sang'ın şakayla karışık sözleriyle üzülen Hui Nam aksine daha da fazla şaka yaparak cevap verdi.

"Tamam. Öyle yapalım."

Hui Nam'ın açık cevabına bıyık altından gülen Eun Sang'ın birden suratı asıldı.

"... Ben hatalıyım, anne. Seni bırakıp gittiğim için... Beni affet... Gerçekten çok özür dilerim, anne..."

Hui Nam, Eun Sang'a öylece sarıldı. Hui Nam'a sarılmış şekilde ağlayan Eun Sang sürekli özür dilerim diye tekrarladı. Bu hâldeki Eun Sang'ın sırtını Hui Nam önemli değil, der gibi sıvazladı. Eun Sang sessizce ve çok uzun zaman sonra ilk defa annesinin kolları arasında gözyaşı döktü.

Eun Sang için zaman çok çabuk geçmişti. Üzülmeye bile vakti olmadan her gün çalışmaya devam etti. Kahve yapıp, temizlik yapıp, müşterileri karşılayarak günlerini dolu dolu geçirdi. Sonra bazen Tan'ın aldığı tişörte bakarak Amerika'daki rüya gibi günlerini hatırladı. Tek yaptığı sadece buydu. Eun Sang'ın tek gerçeği her hafta hesabına yatan 230.000 won'du. Rüya olmayan gerçek hayatında borcunu ödemek en önemli şeydi. Rüyasını çekmecenin derinlerine koymak zorundaydı.

Tan için zaman çok yavaş geçmişti. Tan, Eun Sang ile beraber gittiği yolda tek başına durup Hollywood yazısına baktı ya da müzik dinleyerek yavaş adımlarla kampüste yürüdü. Nadiren Eun Sang'ın durup baktığı yerden kampüsün her yerine baktı. O anda Eun Sang hangi düşüncelerle şuradaki ilan panosuna bakmıştı acaba? Tamamen boş evde tek başına sandviç yiyerek Eun Sang'ın durduğu havuzun köşesinde durdu ve Eun Sang'ın bırakıp gittiği düş kapanına bakarak Eun Sang'ın geride bıraktığı hatıraları kovaladı.

Bankta çömelerek oturmuş şekilde boş boş bir yerlere bakan Tan yazmakta olduğu kompozisyona baktı.

"Her zaman hayal ettim. Benden dolayı yalnızlık çekip üzülecek olan insanları. Her zaman kamburunu çıkartmış bir şekilde çalışma odasında bir sağa bir sola gezinip duran babama eve gitmek istediğimi söylemek istedim. Yalnız başına yatağıma oturmuş ve beni özleyen anneme onu özlediğimi söylemek istedim. Beni gönderen, cam kenarında durup tek başına üzgün bir şekilde duran ağabeyimin bir kere olsun canının gerçekten yandığına inanmak istedim. Sadece hayallerimde onlarla konuştum."

Tan, onların bir kere bile olsun kendi yokluğundan yalnızlık duyup üzülmelerini aşırı derecede istedi. Sadece böyle düşünmeleri yeterliydi, sadece bununla kendini iyi hissedeceğini düşünerek geçirdiği zamanlardı. Fakat bugün birdenbire her şeyi gerçekten çok fazla özledi. Uzun bir süre telefonuna bakıp düşünen Tan kararlı bir şekilde bir yere telefon etti.

"Sekreter bey, benim."

Telefon eden Tan'ın bakışları tereddütsüz sabitti.

Boş bir sınıf, öğretmen ile göz göze gelen Tan kompozisyonunu çıkartıp eline aldı. Tan masanın üzerine kompozisyonu bırakınca öğretmen kompozisyona ve Tan'ın yüzüne sırasıyla baktı.

"Artık teslim etmeye karar mı verdin?"

"Evet."

Tan'ın kompozisyonunun sayfalarını hızlı bir şekilde çeviren öğretmen son sayfada birden durup bakışlarını dikti.

"Her şey için teşekkürler."

MİRASÇILAR

Tan düzgünce başını eğerek selam verdi ve sınıftan çıktı. Tan'ın kompozisyonunun son sayfasında sadece tek bir satır tek bir cümle yazılıydı.

"One who wants to wear the crown, bear the crown. - Tacı giymek isteyenler, ağırlığına katlanmalıdır."

"Bu çocuğu büyüten neydi?"

Öğretmen kampüsten çıkıp giden Tan'ın arkasından uzun süre bakakaldı.

Gerçekten geldi. Kore'ye. Giriş kapısına doğru yönelen Tan'ın adımları o kadar da hafif değildi. Tan ileride karşılaşacaklarının çok büyük ve kendine acı verecek şeyler olduğunu çok iyi biliyordu.

"Hoş geldin. Amerika yemekleri yaramış mı sana? Nişanından beri tanınamayacak kadar büyümüşsün."

Jae-Ho memnun bir şekilde Tan'ı karşıladı. Jae-Ho'nun gülen yüzünü görünce biraz olsun cesaretlendi.

"Evet. İyi misiniz?"

"İmparator Grup iyi olursa ben de iyi olurum. Başkan mutlu olacak. Hanımefendi de dört kez telefon etti. Gitmeden önce telefon et."

"Önce ağabeyim."

Daha fazla kaçmamak için geri dönmüştü. Bunun için ağabeyi ile görüşmesi gerekiyordu.

"Kim? Kim geldi?"

Sekreter ne yapacağını bilemeyerek tereddüt ediyordu ki, Tan ve Jae-Ho müdürün odasının kapısını açıp içeri girdiler. Won belgelere bakarken Tan'a sadece bakışlarını çevirdi.

"... Ben geldim."

"Kaç gün kalacaksın?"

"... Burada kalacağım."

"Kaç gün kalacaksın dedim?"

Soru değil emirdi. Tahmin etmişti fakat yine de canı acıdı.

"Amerika'ya giderken sana dediğimi hatırlamıyor musun? Ya da ne dediğimi anlamadın mı?"

"Senin ne konuda endişelendiğini biliyorum."

"Biliyordun ama yine de geldin?"

"... Ailemi de özledim, evimi de özledim."

"Zırlamaya mı geldin?"

"Ne istersen söyle, geri dönmeyeceğim. Burada sadece yiyip içip eğleneceğim. Kalmama izin ver. Endişelendiğin gibi bir şey olmayacak."

"Ne?"

Won şaşırmışçasına güldü. Yüzünde soğukluk dolaştı.

"Benim endişelendiğim bu konu hakkında gayrimeşru bir çocuk karar veremez. Şımarıklık yapmadan beni dinle. Bir şey çok açık ki sana verdiğim şansı kaybettin. Üvey kardeşlerin birbirlerine birazcık olsun nazik davranma şansını. Eve geri dönmen bu anlama geliyor."

Tan'ın gözü korktu.

"Geri dönmek istemiyor musun? Öyleyse kal. Sana ne yapabilirim ki? Herkes senin tarafında."

Won keskin bakışlarla Jae-Ho'ya bir kere bakıp ayağa kalktı ve müdür odasından dışarıya çıktı.

"Başkan Bey seni bekliyor. Oraya bırakamayacağım. Dikkatli git."

Jae-Ho, Tan'ın omzuna vurup Won'un arkasından gitti. Düşündüğünden çok daha fazla canını acıtan bir gerçekti. Tek başına ortada kalan Tan her zaman öyleymiş gibi tek başına gergin yüreğini teselli etti.

"Oğlum! Bakayım, oğlumun yüzüne bir bakayım."

Ki Ae yaygara kopartarak Tan'ın yüzünü tuttu.

"... Ben geldim, baba."

"İyi, otur."

"Nasıl olur da annenin telefonlarını bu şekilde görmezden gelirsin?"

Tan oturunca Ki Ae de hemen yanına oturup dırdıra başladı.

"Neden o kadar çok aradın? Babam sana iyi davranmıyor muydu?"

"Baban mı? Horluyorum diye bana bağırdı. Kısa bir süre önce tokat da..."

Ki Ae konuşmayı yarıda keserek tükürdüğünün yarısını yuttu.

"Her neyse, gerçekten çok mutsuzdum."

"Hâlâ aynı, annenin abartmaları. Evin kalmak için iyi miydi? En iyisini yapmalarını söylemiştim."

Kapı çalma sesi ile Hui Nam içeri geldi. Hui Nam getirdiği çayı masanın üzerine bırakıp çıkmadan önce çaktırmadan Tan'ın yüzüne baktı. Başkan Kim, Ki Ae ve Tan içeriye giren Hui Nam'ı ilgilendirmeyen konuşmaya devam ettiler.

"Çok... Büyüktü. Gündüzleri çok aydınlık geceleri aşırı karanlıktı."

"Karanlık mıydı? Neden çocuğu karanlık yere..."

Yaygara kopartan Ki Ae'den farklı olarak Kim Başkan daha rahattı.

"Karanlık bir yerde yıldızlar daha iyi görünür. Peki ya okul? Bir şeyler öğrendin mi bari?"

Bir an ağabeyinin yüzünü hatırladı.

"Sadece... Eğlendim."

Tan'ın cevabıyla rahatsızlık duyan Kim Başkan kaşlarını çattı.

"Gidip dinlen, yorgun görünüyorsun."

"Tamam."

Mecburdu. Burada kalabilmek için babasının beklentilerini mümkün olduğunca terk etmek zorundaydı.

Uzun zaman sonra gerçekten kendi odasındaydı. Odası sanki 3 yıl öncekinden daha büyük görünüyordu. Odasına girdiğinde eve geri döndüğünü daha iyi anladı. Ki Ae, Tan'ın peşinden odaya girdi.

"Oğlum ne kadar da büyümüş. Bensiz bu kadar iyi büyüdüğün için biraz üzüldüm. Çok Amerikalı arkadaş edindin mi? Sarı saçlı çocuklar?"

"Büyük göğüslü çocuklar."

"Uyuşturucuya elini sürmedin, değil mi?"

"Çok pahalıydı."

"Oğlum benim, gördüğümden daha iyi yetişmişsin. Sahi, Rachel'ın yanına geldiğini duymuştum."

Ki Ae'nin ağzından çıkan Rachel'ın adıyla rahatsız oldu. Tan bilerek kocaman gülümsedi.

"Anne ben bir duş alacağım. Basın toplantısını daha sonra yapalım, tamam mı?"

"Tamam, özür dilerim. Siz de hemen bitirip, çıkın!"

Yan tarafta Tan'ın valizindeki çamaşırları alan hizmetçi, "Tabii hanımefendi." diyerek ayağa kalktı. Çamaşır yığınından Tan'ın alıp getirdiği Eun Sang'ın çorabı düştü. Erkek valizinden kız çorabı çıkmıştı. Hizmetçi anlam veremediği için başını sağa sola yatırarak çorabı inceledi. Hizmetçi odadan çıktıktan sonra yalnız kalan Tan, getirdiği eşyalarını düzenledi. Eşyalarının arasındaki düş kapanını çıkartarak pencerenin yanına asan Tan sallanan düş kapanına bakarak Eun Sang'ı hatırladı. Alışkın olduğu manzaraydı. Pencereden dışarıya bakınca gereksiz yere kendini güvende hissetti.

Eun Sang bahçe duvarının üzerinde oturdu ve gece gökyüzüne baktı.

"Acaba tekrar o rüyaya gidebilir miyim?"

Cüzdanının içine koyduğu Amerika'ya giden uçak biletini çıkarttı. Gidemese de, rüyasında göremese bile hatıra olarak saklamak istedi. O kadarını yapabilmek için kendine izin verebilir gibiydi. Biletin fotoğrafını çekip Facebook'a yükledi. İçinde dolup taşan üzücü sorular ile birlikte...

"Tıpkı dün gece rüyada olduğumu kanıtlayabilmemin bir yolu olmadığı gibi, orası da benim için öyle bir yer. Ben gerçekten... Orada mıydım?"

Hiç kimse cevap veremezdi. Bunu bildiği için Eun Sang daha da üzüldü.

Her gün önemli bir olay olmadan geçip gitti. Yine de iyiydi. Çünkü burada annesi vardı, babası vardı, istediği zaman ağabeyini görmeye gidebilirdi. Ağabeyinin eve sık sık gelmemesi dışında her şeyden memnundu. Garip bir nokta dışında. Tan bugünlerde evde tuhaf izler buldu. Liseli bir kızın giyebileceği spor ayakkabı ve diz altı spor çorap, bir yerlerden gelen korku filmi zil sesi, gözden kaybolan uzun saçlı kız gibi. Ruh ve bedeni zayıflıyor muydu? Ürpertici bir hisle evin yakınlarında sık sık koştu.

Eun Sang mümkün olduğunca ev halkı ile karşılaşmamaya özen gösterdi. Evde yokmuş gibi sessizce yaşa diyen Ki Ae'nin söylediklerine uymazsa işler yolunda gitmeyebilirdi. En azından bu evden ayrılana kadar bu böyleydi. Kim başkan ya da Ki Ae'nin evin içindeki gidip geldikleri yol olsun ya da hareketlerini bir derece anlayabiliyordu fakat en büyük sorun kısa bir süre önce Amerika'dan gelen, bu evin ikinci oğluydu. Sürekli başıboş bir şekilde dolaştığı için karşılaşmak üzere olması an meselesiydi. Ailenin zengin olması nasıl bir duyguydu acaba? Bazen onu arkasından gördüğünde bu şekilde düşünmüştü. Bu düşünce sadece o anlıktı. Daha çeşitli düşüncelere kapılmak için şu andaki gerçekleri çok ağırdı.

Hui Nam derin uykuda olan Eun Sang'ı sallayarak uyandırdı. Henüz güneş doğmamış, pencerenin dışı karanlıktı. Eun Sang güçlükle gözlerini açtı.

"Ne oldu? Saat kaç?"

"Hemen şimdi çıkıp gece geç vakitte dön. Evde durumlar iyi değil. Evin ikinci oğlu eve döndüğü için birinci oğlu kaç gündür eve gelmiyor."

"Öyleyse gelmesini söyle. Neden beni rahatsız ediyorsun? Daha sadece 3 saat uyudum."

"Başkanın morali bozuk olduğundan küçük hanımefendinin isterisi her zamankinden daha fazla. Boş yere gözüne görünüp kavganın ortasında kalma, hemen!"

Hui Nam Eun Sang'ın sırtına pat diye vurdu.

"Nereye gideyim sabahın köründe?"

Tepinerek kalkan Eun Sang suratını asarak söylendi.

Kim bakarsa baksın kulüp kıyafeti giyinmiş olan Myeong Su takside şoför koltuğunun yanındaki koltuktan hızlıca indi. Arka koltukta oturan Yeong Do sabırsız bir bakışla Myeong Su'ya baktı. Şu çocuk ailesini o kadar mı çok seviyor? Küçüklüğünden beri anne ve babasına sadık, erkek evlat olmak istediğini söyleyen bir çocuktu.

"Babam işe gitmeden hemen bir görünüp geleceğim."

"Burada bekleyeyim."

"Sen bekleyebilirsin ama babam istemez. Babam senden gerçekten nefret ediyor."

"Yanlış anlaşılma varsa çözelim."

"Yanlış anlaşılma olsa ne kadar güzel olurdu ama o senin varlığından nefret ediyor. Buradan ilerleyip aşağıya doğru indiğinde bir pyeonuijeom* var, orada mideni rahatlat."

Sırıtan yüzüyle konuştuğu için kızamadı. Yeong Do ağzını şapırdattı. Taksi hemen hareket etti.

Myeong Su yıkanır gibi deodorantını tepeden aşağıya sıkarak eve doğru yöneldi. Ardından alışkanlıkla gargarasını çıkartıp ağzını gargara yaparak iyice çalkalarken önüne saçları darmadağınık bir kız çıktı. Yutacağı şeyi zorlukla tükürdü.

"Çok korktum. Bu da nesi? Bu evde mi yaşıyorsunuz?"

Uykusu tam açılmayıp gözlerini bile açamayan Eun Sang'dı. Eun Sang konuşmadan Myeong Su'nun yanından geçip aşağıya doğru yürüyerek indi.

"Kim ki bu? Tan'ın ailesi taşındı mı acaba?"

Burası kesinlikle Kim Tan'ın evi. Bir an şaşkınlık geçiren Myeong Su tekrar hızlıca evine doğru yürüdü.

Eun Sang gözünü bile açamamış şekilde sallana sallana yürüdü. Sabahın köründe gidebileceği yer düşündüğünden daha azdı. Olsa olsa birkaç saat dayanmak için kafeye gidemez, internet kafeye de gidemezdi.

---

* Pyeonuijeom: Müşterilerin rahatlığını sağlamak için temel günlük ihtiyaç olan yiyecek, giyecek vb. şeylerin satıldığı 24 saat açık olan bakkal tarzı dükkânlar.

MİRASÇILAR

"*Sadece pyeonuijeom'dan bir içecek alıp oradaki masaya yatarak birazcık gözlerimi kapatayım.*"

Bu şekilde düşünen Eun Sang hemen önünde görünen pyeonuijeom'a girdi. Öylece buzdolabına giderek rastgele bir içeceği alıp hesabı ödeyerek pyeonuijeom'un içinde durup tek seferde içeceği tepesine dikti.

"Evet, bununla yerin parasını ödemiş oldum."

İçeceğin şişesini çöpe atıp dışarıya çıktı ve masanın üzerine yattı.

"Bu yüzden birazcık yardım alacağım."

Vücudu da maneviyatı da yorgun olduğu için hiç utanmadan uykuya daldı. Pyeonuijeom'un içerisindeki masada durmuş kutu ramen'in pişmesini bekleyen Yeong Do bu garip kızın hareketlerini gözünü ayırmadan izledi. Tek başına yemek yemekten bıkmıştı, bu kızın gelmesi iyi olmuştu. Yeong Do kutu ramen'in alıp Eun Sang'ın yatıyor olduğu masaya gidip oturdu. Kim gelmiş, kim bakmış umurunda değil gibiydi. Yeong Do uyuyan Eun Sang'ın yüzüne bakarak kutu ramen'in yedi. Sebepsiz yere sırıtıp duruyordu. Çok fazla eğlenerek yemek çubuklarını hareket ettiriyordu ki uzaktan yedi sekiz yaşlarında görünen çocuklar gürültülü bir şekilde yaklaştılar.

"Bir kere de ben yapayım!"

"Nedenmiş? Sen de evden kendininkini getir!"

"Ben de bir kere yapayım dedim!"

Çocukların sesi yükseldikçe Yeong Do'nunda rahatsızlığı arttı. Çocukların kavga sesiyle uyuyan Eun Sang'ın gözleri bir kere açılıp kapanınca sonunda Yeong Do da dönüp çocuklara baktı.

"Hey, çocuklar!"

Çocuklar donmuş şekilde Yeong Do'ya dik dik baktılar.

"Halka açık bir yerde ne demeye bağırışıyorsunuz? Şişt! Görmüyor musunuz? Uyuyor."

Korkan çocuklardan biri ağlamaklı olup birden hüngür hüngür bağırarak ağlamaya başladı. Ağlama sesi ile uyanan Eun Sang neler oluyor diye etrafına bakınıp rahatsız olmuşçasına kalkıp gitti. Yeong Do kendi de farkında olmadan yürüyen Eun Sang'ın arkasından alık alık baktı. Ardından diğer çocuk da gözyaşlarına boğuldu. O ağlama sesi ile Yeong Do, Eun Sang'ın arkasından donup kalan bakışlarını sona erdirdi.

"Şu çocuklara bak. Şimdi anneniz var diye hava mı atıyorsunuz? Benim de sizin yaşlarınızdayken annem vardı."

"Choi Yeong Do, ne yapıyorsun?"

Güzel zamanlama. Arabadaki Myeong Su biraz öncekinden farklı, temiz bir görünümle arabanın penceresinden dışarıya sarkıp Yeong Do'yu çağırdı.

"Bu çocuklar bana sataştı. Annem yok diye benimle dalga geçiyorlar."

"Her neyse, şimdiki çocuklar korkunç. Yaralandın mı?"

Sallana sallana arabaya doğru yürüyen Yeong Do, Eun Sang'ın gözden kaybolduğu tarafa doğru bakışlarını çevirdi.

"Kalbim."

Sadece bir anlıktı fakat Yeong Do'nun yüzünde yalnızlık görülmüştü.

Konser provasının en yoğun zamanıydı. Bo Na babasını bulmak için sağa sola bakınıyordu. Bo Na'yı tanıyan kişiler sürekli Bo Na'ya selam verdiler. Müdür kızı olduğu için bu durum yorucuydu. Selam verenlere gerektiği kadar cevap vererek babasını arayan Bo Na sonunda sahnenin önüne kadar geldi. Provada olan şarkıcı mikrofonu tutmuş şekilde Bo Na'ya selam verdi.

"Lee Bo Na, selam."

Selam verip vermemesiyle ilgilenmeden sanki sadece uzun zamandan beri görmediği babasıyla ilgileniyordu.

"Babamı görmedin mi?"

O anda Bo Na'nın telefonu çaldı. Chan Yeong'dan mesaj gelmişti.

"O herifle ne yapıyorsun?"

"Bu da ne?"

Telefonu elinde tutarken Bo Na etrafına bakındı. Tekrar mesaj geldi.

"Sağdaki seyirci koltukları."

Birden başını çevirdiğinde Chan Yeong gülerek bakıyordu. Aniden ifadesi parlayan Bo Na, Chan Yeong'a doğru bütün gücüyle koştu.

"Chan Yeoooooong!"

"Dikkat, düşeceksin!"

"Kore'ye ne zaman döndün? Buraya nasıl girdin?"

"Ön tarafta babanı gördüm ve Kore'ye adım atalı 3 saat oldu."

"Bu ne şimdi? Dün telefonla konuşurken bile geleceğini söylemedin."

"Bu yüzden şimdi üç kat fazla etkilendin."

"Yine de telefon etmeden, ah! Seni gerçekten çok özledim!"

"Ben de."

"Ben daha çok özledim."

"Bu kadarcıkla yenilemem. Seni özledim."

Chan Yeong, Bo Na'yı çekip sarıldı. Chan Yeong'un sarıldığı Bo Na mutlu bir şekilde güldü.

"Bundan sonra başka bir yere gitme."

"Bundan sonra her yere birlikte gidelim."

"Tamam, öyle yapalım. Ah! Cha Eun Sang nasıl oldu da seninle gitti? O kızla beraber yaşamadın, değil mi?"

Bo Na gözlerini kocaman açarak Chan Yeong'u itekledi. Bu hâlini görmek için nasıl sabrettiğini bilmiyordu. Kıskanan Bo Na sevimli olduğu için Chan Yeong sırıtarak güldü.

"Bu kadar güzel kız arkadaşımı bırakıp da neden arkadaşımla yaşayayım?"

"Haha. Yemek istediğin bir şey yok mu? Kore yemeği! Ben ısmarlayacağım, gidelim!"

"Az önce babanı aramıyor muydun?"

"Şimdi babam önemli mi?"

"Kız çocuk yapmayalım."

"Vay canına! Çocuk yapacağımızı kim söyledi? Sapık!"

Birden gülüp birden somurttu. Bu kız arkadaşımın cazibesi. Önden giden Bo Na çabuk gel diyerek çağırdı. Chan Yeong koşarak Bo Na'nın elini tuttu.

Chan Yeong ile Jae-Ho mutfakta gayretlice hareket ettiler. Yumurtanın sarısı ve beyazını ayırıp pişirmesi ve makarnayı haşlama yeteneği normalin üstündeydi. Sadece bir iki sefer yapmış gibi görünmüyordu. Yemek masasına oturmuş olan Bo Na ağzı açık Chan Yeong'un bu hâlini izledi. Chan Yeong yemek yaptığı esnada da Bo Na'nın sıkılmaması için ara sıra laf attı.

"Vay, ellerinize sağlık! Demek bu yüzden evde yiyelim dedin."

Sonunda pişirdikleri Janchi-guksu* masaya kondu. Tek bakışla bile yenilesi bir yemek olmuştu.

"Afiyet olsun. Chan Yeong'un en sevdiği yemek."

"Ne?"

Bo Na şaşırmış gözlerle baktı.

"En sevdiğin yemek suşi değil miydi?"

"Nasıl flört edilir iyi biliyorsun. O kızartma balık haricindeki balıkları pek yemez."

"Gerçekten mi? Bu ne şimdi? Babanın önünde böyle havalı olma!"

---

* Janchi-guksu : Türkçesi ziyafet erişaesi. Eskiden Kore'de erişte makarna sadece törenlerde, düğünlerde kısaca eğlenmek veya bir olayı kutlamak için bir araya gelindiğinde yenilen bir yemekmiş. Bu sebeple adına ziyafet erişaesi demişler.

"Baba sen de kız arkadaşın olması için benim gibi yapmalısın."

"Kız arkadaşımın olmasını ister miydin?"

"Ben buna karşıyım baba. Chan Yeong üniversiteye gidene kadar sadece Chan Yeong'la ilgilenin."

"Peki. Öyleyse Chan Yeong'un üniversiteye gitmesi gerektiği için sen de ondan ayrıl."

"Kayınpeder evi zormuş!"

Bo Na konuşmadan kaçınmak için guksu'dan bir kaşık içiverdi.

"Vay, bu çok lezzetli, babacığım!"

"Bahşişi bol bırak."

"Ah, gerçekten Los Angeles'ta bahşiş kültürüne alışamadım. Her hesap ödediğimde geriliyordum."

"Ah, Los Angeles'ta Tan'ı görmüşsün."

"Evet. Küçükken görüp uzun bir süre görüşmediğimizden neredeyse beni hatırlamayacaktı."

Bo Na yemek çubuklarını kullanmayı durdurdu. Şaşıran yüzü belirgin bir şekilde göründü.

"Yok, yoksa Kim Tan mı?"

"Sen de Tan'ı tanıyor musun?"

Jae-Ho'nun sorusuna Bo Na garip bir şekilde gülümsedi.

"Tabii ki tanımıyorum! Kim Tan'ı nereden tanıyayım?"

"Bence tanıyorsun!"

Chan Yeong bilerek Bo Na'yı tetikledi.

"Tepkine bakılırsa tanıdığından şüphe yok."

"Hayır, tanımıyorum! Gerçekten tanımıyorum!"

Bo Na çok tatlıydı. Bo Na'nın delireceğim ifadesinin aksine Chan Yeong çok eğleniyordu.

Myeong Su deminden beri kanepede yığılmış yatan Bo Na için endişesinden ölecek gibiydi.

"Ah, Cho Myeong Su her şeye burnunu sokuyor. Yine bu şekilde kendi canını sıkıyor."

Yan bir şekilde uzanmış iç çeken Bo Na'yı katiyen görmezden gelemezdi.

"Niye, yine ne oldu?"

"Sanırım terk edildim."

"Yoon Chan Yeong geri dönmeyecek miymiş? Aferin akıllı çocuk."

"Öyle bir şey değil."

Bo Na birden kalktıktan sonra boğazı yandığından mıdır içi yandığından mıdır nedir suyu lıkır lıkır tepesine dikti.

"O zaman ne peki?"

"Chan Yeong, Kim Tan ile çıktığımı öğrenmiş olabilir."

"Öğrendi değil de, öğrenmiş olabilir de ne demek?"

"İkisi Amerika'da buluşmuşlar. Kim Tan ve Chan Yeong."

"Deme ya! İkisinin gözleri buluştuğu için mi seni terk etmişler?"

"Buraya gel. Seni biraz döveyim."

"Şu kızın eli de çok ağır".

Gerçekten vuracakken vücudunu hafiften kaçırıp Chan Yeong'a dikkat çekti.

"Yani Chan Yeong biliyor mu bilmiyor mu?"

"Bilip bilmediğini bilmiyorum."

"Az önce terk edildiğini söyledin."

"Evet. Yakında. Kim Tan hakkımda ne söylemiştir? Eminim beni unutamamıştır. İkisi kavga etmiş olmalılar. Yoksa Kim Tan onu dava etmiş olabilir mi? Chan Yeong'dan dayak yedi diye."

"Öyle bir şey olsa Tan onu döverdi."

"Hey! Chan Yeong dövüşte iyidir. Ayrıca Kim Tan'ın tarafını tutma. Yoo Rachel'ın olan bir şeyin tarafını tutma diyorum!"

"Cha Eun Sang, Kim Tan, Yoo Rachel. Yoon Chan Yeong'u çalan herkesi parçalayacağım."

Hırsla dolup lıkır lıkır suyu içen Bo Na'ya Myeong Su, hayret ifadesi ile baktı.

"Rachel ile ne zaman görüşeceksin?"

Ki Ae'nin beklenti ile dolu olan sorusuna kesinlikle merhametsizce cevap veremezdi.

"Yarın bile olsa görüşeceğim."

"Bugün ne yapıyorsun?"

"Rachel'ı seviyor musun?"

Birden merak etti. Birebir görüp konuşmuşluğu bile olmayan Rachel'ın neyini seviyordu? İleride de görüp konuşamayacaktı fakat Rachel'ı, hayır böyle bir yaşamı olan annem mutlu muydu acaba? Eğer mutluysa neden?

"Seviyorum tabii ki. Güzel, zeki, zengin, bir evin tek kızı ve seni ölesiye seviyor. Sevmemem için sebep yok."

"Tabii, gayrimeşru çocuk."

Tan için neden diye sormak baştan beri hazır olmadığı bir soruydu. Her kim olursa olsun neden diye soramazdı. Sadece evet, diye cevap verebilirdi. Kimi hayal kırıklığına uğratacaktı acaba? Katiyen annesini hayal kırıklığına uğratamazdı. Sonuçta yapabildiği tek şey kendini hayal kırıklığına uğratmaktı.

"Aman Tanrı'm. Oğlum çok iyi İngilizce konuşuyor! İyi de ne dedin?"

"Hava güzelmiş."

"Hava mı? Öyle mi? Babanla yürüyüşe çıkmalıyım."

Pencereden dışarıya bakan Ki Ae pencere kenarında asılı duran düş kapanına bakıp kaldı.

"Şu ne?"

"Anne susadım."

Tan hemen Ki Ae'nin dikkatini dağıttı...

"Susadın mı? Tamam."

Ki Ae dışarı çıkınca Tan alışkanlık gibi Eun Sang'ın Facebook'una girdi.

"Tıpkı dün gece rüyada olduğumu kanıtlayabilmemin bir yolu olmadığı gibi, orası da benim için öyle bir yer. Ben gerçekten... Orada mıydım?"

Eun Sang'ın yeni yazısını görür görmez sanki o zamanlar siliniyormuş gibi hissetti. O zamanlardaki kendisinin de siliniyormuş gibi olduğunu hissetti. Kısa bir süre düşünen Tan, Eun Sang'ın yazısına tekrar cevap yazdı.

"*Oradaydın, şahidim.*"

Ayak işlerini yapan Eun Sang cevap geldiğini duyunca hemen Facebook'a bağlandı. Kendi yazısına kendi adıyla cevap verilmişti. Olamaz. Kesinlikle Tan'ın işiydi. Eun Sang, Tan'ın yazdığı cevabın altına tekrar cevap yazdı. Eun Sang her cevap verdiğinde Tan da cevap verdi.

"*Hey, çıkış yapmayacak mısın? Hayattan mı çıkış yapmak istiyorsun? Gerçekten!!!*"

"*Evet, yapmayacağım. Sana o kadar vicdanlı mı göründüm? Uyuşturucu satıcısı olduğum hâlde! Neredesin? Böbreklerin hâlâ sağlıklı mı?*"

Sağlıklılar, neden? İhtiyacın varsa gel de al!

Dürüstçe söyle, gerçekten orada olmamı isterdin değil mi?

Her kim bakarsa baksın delirdiği için kendi kendine konuşuyor sanardı. Eun Sang iç çekerek hizmetçi odasının kapısının olduğu tarafa doğru eve girdi. Aynı anda Tan ana kapıyı açıp bahçeye çıktı. Bakışları telefona sabitlenmişti.

"Neden cevap yok."

Uzun bir süre yazıştıktan sonra birden pat diye cevap kesilince içini kurt yiyen Tan, sebepsiz yere hırsını telefondan çıkarttı. Ki Ae'nin iş buyurmasıyla şarap mahzeninden şarap getiren Hui Nam bu hâldeki Tan'ı görüp gözüyle hafifçe selamladı. Karşılık olarak selam veren Tan, Hui Nam'ın giymiş olduğu kıyafeti görüp durdu. "I love California." Amerika'da Eun Sang'a aldığı tişört ile aynıydı.

"Peynir aldım."

"Teşekkür ederim. Senden değil, annenden istemiştim."

Ki Ae uzanıp telefonda oyun oynayarak sessizce konuştu.

"Evet."

Eun Sang peyniri koyup gidecekken dönüp tekrar arkasına baktı. Ki Ae'nin giydiği çoraplar görmeye alışkın olduğu çoraplardı.

"Onlar benim çoraplarım."

Eun Sang'ın Amerika'da bırakıp geldiği çoraplarla aynıydı. Bir an unutmuş olduğu, hayır bir an katlayıp rafa kaldırdığı Amerika ve Tan'ı hatırladı. Aynı anda Hui Nam da içeriye girerek getirdiği şarabı masanın üzerine koydu.

Masanın üzerindeki şarabı kontrol eden Ki Ae birden bağırdı.

"Hayır, bu değil! Daha kaç kere söyleyeceğim. Üzerinde 2005 yazılı olan. Fransızca'yı bilmiyorsan bile rakamları okuyabilirsin, değil mi? Gözlerin de mi kör oldu?"

Kalbi yere düşüp parçalanmış gibi hissetti. Nutku tutulup bakan Eun Sang'dan farklı olarak Hui Nam alışkın olduğu şekilde başını öne eğerek şarap şişesini tutup aldı. Bu durumu kabullenemeyen Eun Sang, Hui Nam'dan şarap şişesini aldı.

"Ben gideceğim. Bundan sonra şaraplarınızı benden isteyin."

"Öyle mi yapalım? Tamam, senin yapman daha iyi olur. Bedavadan burada kaldığın için bedelini ödemelisin."

Evi olmadığı için mi yoksa fakir olduğu için mi üzüldüğünü bilmiyordu ama bir üzüntü yüreğine takılmıştı. Hui Nam, Eun Sang'dan tekrar şarap şişesini alıp hızlıca işaret diliyle konuştu.

"Bunu neden sen yapacakmışsın? Gidip ders çalış!"

"Nasıl ders çalışabilirim? Odamın parasını bile ödeyemezken!"

Olur da Ki Ae duyarsa diye işaret diliyle cevap veren Eun Sang şarap şişesini alıp hızlıca dışarı çıktı. Kızını da hizmetçi olarak çalıştırıyormuş gibi karışık duygular hisseden Hui Nam'ın gözleri kızardı.

Kocaman şarap mahzeninde Eun Sang derin bir nefes aldı. Şaraplar bile bu kadar lüks içinde yaşıyor. Elinden bir şey gelmeyen bu durumda mecbur yaşamak zorunda olan kendine sadece sürekli kızdı. Annesinin hatası olmayan, ayrıca kendi hatası da olmayan bu duruma katlanmak çok zordu. Fakat yine de elinden bir şey gelmiyordu. Bu şekilde şarap işini iyi yapmaktan başka...

Tan bahçedeki banka oturmuş hâlâ telefona bakıyordu.

"Ah, neden cevap yok?"

Tan telefonu elinde neredeyse uzanmış bir şekilde başını geriye yatırmıştı. Eun Sang'ın cevabını düşünerek sebepsiz yere kıkırdayarak güldü. Gözlerini sağa sola devirerek boş boş bakıyordu ki o anda Tan'ın görüş açısına uzun saçlı birinin arkadan görünüşü girdi.

"Bu ne?"

Birden kalkıp kızın gözden kaybolduğu kapı tarafına dikkatlice baktı.

"Bizim evde uzun saçlı bir kızın yaşamasına sebep yok ki."

Korkuyla tüyleri diken diken olup, ürkerek hemen eve girdi.

"Anne bu evde seni hiç karabasan bastı mı?"

"Karabasan mı? Neden? Kâbus mu görüyorsun?"

Şaşıran Ki Ae şarabın mantarını açacakken durup sordu.

"Sürekli bir kızı arkasından görüyorum, uzun saçlı."

"Ah, hizmetçinin kızı. Burada bizimle yaşıyor. Seninle aynı yaşta ve adı neydi? Cha... Eun Sang?"

Etrafındaki hava durmuş gibiydi. Acaba düşüncesiyle beraber, yoksa diyerek ümidi filizlenmişti.

"Burada yokmuş gibi davranmasını söylemiştim, hayalet gibi yaşamasını değil."

"Neden burada yaşıyor?"

"Amerika'daki büyük kızı evleneceğim dediği için evden çıkıp depozitonun hepsini ona göndermiş. Başka ne yapabilirlerdi?"

İnanılmazdı. Odasına çıkan Tan yerinde duramayıp sürekli kımıldayarak düşüncelerini düzenledi. Amerika'da Eun Sang ve Eun Seok'un kavgalarını hatırladı. Ve yine... Tan aceleyle Facebook'a girerek Eun Sang'ın eski yazılarına göz attı.

"Annemin zorluk çekmesinden nefret ediyorum. İmparatorluk Grup iflas etsin."

Yanlış hatırlamıyordu. Bu yüzden böyle bir şey yazmıştı. Gördüğü kızın Eun Sang olduğu kesinleşti. Tan aceleyle Eun Sang'ın Facebook'una cevap yazdı.

"Şuan ne yapıyorsun? Çabuk cevap ver!"

Telefona bakışlarını sabitlemiş bir şekilde cevabın gelmesini bekledi. Cevap gelmesine rağmen bildiri gelmediyse diye sayfayı defalarca yeniledi.

"Ah, delireceğim!"

Cevap vermeyen Eun Sang yüzünden sinirlendi.

"Aa, çabuk cevap ver!"

Tek başına aniden bağırıp tekrar yenile yapınca Eun Sang'ın cevabı göründü.

"Su içiyorum."

Cevabı okuyan Tan öylece odadan koşarak çıktı. 2. katın merdivenlerinden inen Tan'ın adımları acele ediyordu. Eun Sang'ın olmasını ümit ederken de eğer Eun Sang ise ne yapması gerektiğini şimdiden düşünüp korkuyordu.

"Yine de, yine de orada ol. Yine de umarım sensindir."

Ne zamandan beri bu kadar istekli olduğunu anlayamadı. Anında salonu geçip mutfak kapısının önünde Tan nefeslendi. Yavaş yavaş mutfağın kapısını açan Tan'ın eli heyecandan titredi. Azıcık açılmış kapının aralığından tanıdık bir yüz göründü. Gerçekten Cha Eun Sang'dı. Gerçekten Eun Sang oradaydı. Tan'ın kalbi deli gibi atmaya başladı.

04

"Bu çocuk neden sorup cevap vermiyor?"
Eun Sang elindeki su bardağını bıraktı.
"Neden ortalığı velveleye veriyor?"
Tan'ın cevabı gelmeyince Eun Sang telefonunu cebine koyup annesinin yerine mutfağı toparladı. Eun Sang ışığı kapatıp hizmetçi odasına gitmesine rağmen Tan hiçbir şey yapamamış şekilde şok olmuş bir ifade ile olduğu yerde öylece duruyordu. Tan sallana sallana odasına gidip şimdiye kadarki olayları tekrar gözden geçirdi. "İmparator Grup iflas etsin." diye yazılı olan Eun Sang'ın Facebook'u ile Hui Nam'ın giymiş olduğu Kaliforniya tişörtü ve "Annem o parayı ne zorluklarla kazandı?" diyerek Eun Sang ve ablasının kavga ettiği Amerika'daki o güne kadar... Bu yüzden böyle demek. Kafasında düşünceleri toparladığında her şeyin netleşip rahatlayacağını düşünmüştü fakat nedense daha da başı dönmüştü.

Ertesi sabah, Tan her zamankinden erken kalktı. Pencere kenarında durup okula giden Eun Sang'ın arkasından baktı. Sisli bahçeyi ortadan ikiye yarıp koşarak giden Eun Sang'ın arkasından bakınca dünkü olan olayların bir rüya ya da hayal olmadığını kesinleştirdi.

"Gerçekmiş. Cha Eun Sang."

Tan, Eun Sang uzaklaşıp gözden kaybolana kadar bakışlarını ondan ayıramadı.

Tan dikkatlice kapıyı çalıp açtı. Çalışmakta olan Ji Suk başını kaldırdı. Müdür Jeong Ji Suk. Büyük bir şekilde yazılı olan isimliğin önünde Tan ağır bir şekilde gelip durdu.

"Ben geldim."

"Uzun zaman oldu."

"Nasılsınız, anne?"

"Sadece ikimizin olduğu yerde ne annesi? Olgunlaştım mı demek istiyorsun?"

"Henüz olgunlaşmadım."

"Bu baş koymak. Nakil işlemlerini bitirdim."

"Teşekkür ederim. Öyleyse ne zamandan itibaren..."

"O kararı annenle ver. Gerçek annenle."

3 yıl önce de, hayır daha öncesinde de böyleydi. Ji Suk korkunç bir şekilde soğuktu. Kabul de etmiyordu, red de etmiyordu. Hiçbir tepki vermeyip sadece sakince aşağıya doğru bakıyordu. Bu şekildeki Ji Suk'un hareketleri her zaman Tan'ı korkuttu.

"... Tamam."

"Ortaokuldaki kötü hareketlerine devam etmeyi düşünme. Göz yummam."

"... Tamam."

"Kore'ye dönmeyi sen mi istedin, başkan mı yoksa annen mi?"

"Ben istedim."

"Öyle mi? Artık büyümüşsün. Gelir gelmez ağabeyini nasıl kapı dışarı edeceğini de öğrenmişsin. Ağabeyin evden ayrılmış diye duydum."

Tan orada donmuş kalmış gibi konuşamadı. Bu yüzden eve gelmiyordu demek. Aptal gibi bildiği tek bir şey bile yoktu.

Won, Hyeon Ju ile karşılıklı oturmuş çekişiyorlardı. Her zaman bu şekilde pek konuşmadan davranan Hyeon Ju, Won için çok tatlıydı. İlk karşılaştıklarından beri Hyeon Ju'nun kendisine tutumu hoşuna gitmişti. Kendisi her kimse, nerede olursa olsun kendisini olduğu gibi kabul ediyor gibiydi. Hyeon Ju'ya inanıyordu.

"Yemek yiyelim dedim."

"Şu anda bile çok meşgulüm. 20 dakika vereceğim."

"Cidden..."

Kendinden daha meşgulmüş gibi davranıyordu. Mecbur ısrar etmek zorunda bırakıyordu. Israr etmekten nefret etmedi. Böyle zamanlarda direkt konuya girmenin en iyi fikir olduğunu yılların tecrübesi sayesinde biliyordu.

"Amerika iş gezisine gittiğimde, eğlenceli bir şey buldum."

Won bir tane kâğıt torba uzattı. Hyeon Ju alıp açtı. Torbanın içinde Y şeklinde birkaç tane plastik vardı. Hyeon Ju bir tanesini çıkarttı.

"Nedir bu?"

"Lades kemiği. Amerikalıların sevdiği bir şey. İki kişi birer tarafından tutup çekiyor. Uzun kırılan taraf kimde kalırsa diğeri onun dileğini gerçekleştiriyor."

"Çift dondurması gibi."

"O ne?"

"Marketlerde satılan bir dondurma. Daha sonra bir tarafını tut. Bir dileğim olduğunda."

"Şimdi bir dileğin yok mu?"

"Yok."

"Nasıl hiç dileğin olmaz?"

"Üniversite okudum, kendi odam var, para da biriktirebiliyorum. Bugünlerde... Şuan... Benim dileğimdi. Yetimhanedeyken."

Hyeon Ju her zaman bu şekilde durgun çizgiler çiziyordu. Won bu şekildeki Hyeon Ju'ya alışkın olduğu için hiçbir şey olmamış gibi tekrar konuyu değiştirdi.

"O zaman dilek yerine şans getirecek bir şeyler yapalım."

Won bir kutu çıkartarak masanın üzerine koydu.

"Bu gerçek hediyem."

Kutuyu açıp kolyeyi çıkarttı. Yanında taşırsan şans getirdiğine inanılan, ucunda lades kemiği olan bir kolyeydi.

"Tak. Şans getirir."

Hyeon Ju kolyeyi tutan Won'a öylece baktı.

"Ben hayatım boyunca senin ailenin desteği ile büyüdüm. Artık kendi işimi yapıp, yaşayacak kadar kazanıyorum. Bu yüzden..."

"Sana verdiğim şey bir hediye olamaz mı?"

"Gitmeliyim. Derse geç kalırsam kovulurum."

Hyeon Ju konuşmadan kaçar gibi saatine bakarak yerinden kalktı. Won'un ne yapmaya çalıştığını, kendisine karşı ne hissettiğini biliyordu. O hislerin ilk başladığı andan itibaren bunu biliyordu. Bu yüzden gayretlice kaçmaktan başka bir yol yoktu.

"O zaman atayım mı bunu?"

Won bu şekilde davranan Hyeon Ju'yu tekrar yerine oturttu.

"Tamam, minnet duyarak kabul edeceğim."

Hyeon Ju'nun Won'un kalbi kırılmış gözlerinden sonuna kadar kaçmaya cesareti yoktu.

"Alıp takmayacaksın, değil mi? Kıpırdama ben takacağım."

Won kolyeyi alıp ayağa kalktı. Won'un kolyeyi taktığı süre boyunca Hyeon Ju sadece kendi elini sıkıca tutuyordu. Won yerine oturup kolyeyi takan Hyeon Ju'ya baktı.

"Yakıştı mı?"

"Evet. Bir kolyeyi takmanın neresi bu kadar zor?"

Hyeon Ju'yu tutamadığı kendi konumuna sinirlenip, bu durumdaki kendini çok iyi bilen Hyeon Ju'ya karşı mahcup oldu. Hyeon Ju sadece üzgün bir şekilde gülümsedi.

Hyeon Ju'yu gönderip otele gidince lobide müdür, Won'u durdurdu.

"Odanızda bir misafiriniz sizi bekliyor."

"Misafir mi? Babam geldi demek."

Hemen anlayan Won, Jae-Ho'ya telefon etti.

"Benim. Babam saat kaçta geldi?"
"Neden bahsediyorsunuz?"
"Kaldığım otele ziyaretime gelen kişi, babam değil mi?"
"Babanız şu anda evde. Evde görüşüp az önce çıktım."
"Daha sonra ararım."
Won telefonu kapattı.
"Misafirim kim?"
"Kardeşinizmiş."
Nutku tutuldu. Hiç aklına gelmeyen bir cevaptı.
"Bu otelde sahibi olmayan odaya her önüne gelen girebiliyor mu?"
"Kim Başkan bizzat aradığı için..."
"Ziyareti için babam bizzat mı aradı?"
"... Evet."
"Böyle yaparsan zor durumda kalıyorum baba."
Won tereddüt etmeden arkasını dönüp otelden çıktı.

Tan çok uzun bir süre ağabeyinin odasında bekledi. Amerika'da yaptığı gibi, yalnız, her zaman yaptığı gibi yalnızlık çekerek. Ağabeyi sonuç olarak gelmedi. Hiç kimse söylemedi fakat bu kendi yüzündendi, kendisi burada olduğu için gelmediğini Tan anladı.

"Kiminle buluştun da akşam yemeğini yemeden geldin? Saat kaç oldu?"
Tek başına yemek yiyen Tan'ın yanına Ki Ae oturdu.
"Çok lezzetli, hepsini sen mi yaptın?"

"Hepsini yapmalarını söyledim."

Ki Ae doğal bir şekilde cevap verdi. Tan saf olmasına rağmen sevimli annesinin o hâline bıyık altından gülümsedi.

"Nasıl böyle lezzetli şeyler yapmalarını söyledin?"

"Her gün yapmalarını söyleyeceğim."

Hui Nam bir çorba kâsesini elinde tutarak içeriye girdi ve yemek masasının üzerine koyup tekrar odadan çıktı.

Tan dikkatlice, "Burada yaşayan o kız, şu kadının kızı mı?" diye sordu.

"Kim? Eun Sang mı? Evet, zavallı. Bu yüzden ona iyi davranıyorum."

"Ne zamandır burada yaşıyor?"

"Annesi burada çalışmaya başlayalı 3 yıl oldu ama kızı geleli çok olmadı. Şükür ki kızı konuşmayı iyi biliyor. Eve geldi mi bilmiyorum. Eun Sang!"

Ki Ae birden Eun Sang'a seslendi. Tan birden gelişen bu olay karşısında ne yapacağına karar veremedi. Lütfen evde olma, çok içten diliyordu ki uzaktan Eun Sang'ın buyurun, diye cevabı duyuldu.

"Eyvah, delireceğim. Gerçekten!"

"Biraz şarap getirmen gerekiyor. Neredesin? Buraya bir gel."

Ki Ae hizmetçi odasının girişine kadar gidip Eun Sang'ı çağırınca Eun Sang soluk soluğa koşarak geldi.

"Beni mi çağırdınız?"

"Evet. Mahzene gidip, nereye kayboldu ki?"

Ki Ae konuşurken duraksayıp dönüp arkasına baktı. Yemek masasında sadece yemek tabağı kalmıştı.

"Kim?"

"Boş ver. Sen şimdi mahzene gidip bir şişe şarap getir. Hangisi olduğu fark etmez."

"... Peki."

"Bu çocuk nereye gitti?"

Kendi de ne yaptığını bilemeden dışarıya koşup çıkan Tan kalbini sakinleştirdi. Ne yüzle Eun Sang ile görüşeceğini bilemiyordu.

Işıkları kapalı olan bahçe oldukça karanlıktı. Tan bahçenin bir köşesine saklanarak şarap mahzenine doğru giden Eun Sang'ı izledi. Telefonun ışığıyla zorlukla yolu bulan Eun Sang için endişelendi. Tan mahzenden dönüşte Eun Sang'ın korkmaması için bahçenin ışıklarının hepsini açtı. Şarabı alıp mahzenden çıkan Eun Sang sadece garip bakışlarla etrafına bakındı. Güzel ışıklarla dolu olan bahçenin ortasında yürüyen Eun Sang'ı Tan karışık duygularla izledi.

Jae-Ho boşalmış viski bardağını bar masasının üzerine koydu.

"Bir bardak daha."

"Benimkiyle birlikte iki bardak olsun."

Yumuşak caz melodilerinin arasına tanıdık bir ses karıştı. Won'du. Sanki randevulaşmışlar gibi bir tavırla Won Jae-Ho'nun yanındaki sandalyeyi çekip oturdu.

"Buraya oturacağım. Mesai yapıyormuşsunuz gibi düşünün."

"Otelde sizi bekleyen kişi Tan'dı sanırım."

"Tan ile samimisiniz, değil mi? Tan büyüyüp şirketin başına geçtiğinde onunla çalışırsınız artık."

"Tan büyüdüğünde şirketi Tan'a mı bırakacaksınız?"

"Soruma farklı şekilde cevap veriyorsunuz. Ayıkken de, sarhoşken de..."

Jae-Ho, Won'un hissettiği huzursuzluğu çok iyi biliyordu. Ayrıca, Tan'ın hissettiği yalnızlığı da çok iyi biliyordu. Ayrıca gençliğinden beri beraber çalıştığı başkanın derdini de. Bu yüzden Jae-Ho iyice düşünmeden hiçbirinin tarafını tutamazdı. Gülerek bakışlarını çeviren Jae-Ho'nun bakışları bir yerde takıldı. Dong-uk ile Esther kol kola girmiş şekilde bara giriyorlardı. Tahmin edemeyeceğim başka bir konuk da varmış.

"Ah! Müdür Kim."

Won da o kadar memnun olmamış gibi bir an yüzünü buruşturduktan sonra ifadesini değiştirerek ayağa kalktı.

"Başkan Choi."

"Sizi kaç kere aradım biliyor musunuz?"

"Amerika seyehati biraz uzadı da."

"Evet, işte bu yüzden. Bizim otelimizde kalmayı reddettiğiniz için çok üzüldüm."

"Çiftlik Bakersfield yakınlarında bir köyde olduğu için otel ile bağlantı yolu çok iyi değildi."

Dong-uk ile Won konuşurlarken Jae-Ho ve Esther konuşmadan bakıştılar. Dong-uk ile konuşmayı kısa kesmek istediğinden olsa gerek Won, Dong-uk'un yanında duran Esther'e bakışlarını çevirdi. Ondan sonra Esther hiçbir şey olmamışçasına Jae-Ho'dan bakışlarını ayırdı.

"Görüşmeyeli uzun zaman oldu. Rachel ile Amerika'dayken görüştüm."

"Haberim var. Ailen nasıl, iyiler mi?"

"Sayenizde."

Bu sefer Dong-uk merak ve ümit dolu bakışlarla Jae-Ho'ya baktı.

"Yanınızdaki kişi…"

"Ah, şirketimizin genel sekreteri."

"Tanıştığımıza memnun oldum. Ben Yoon Jae-Ho."

"Önemli bir görüşme yapmıyordunuz sanırım. Bir araya gelmişken beraber bir şeyler içelim mi?"

Dong-uk bakışlarını çevirerek Won'a odaklandı. Gerçekten kaba bir davranıştı.

"Bugünlerde hangi bölgeyi düşünüyorsunuz?"

Bu dört kişinin plansızca oluşturduğu bir içki ortamıydı. Won ile Dong-uk'un iş hakkında konuştukları süre boyunca Jae-Ho ve Esther yoğun bakışlarla gizlice göz teması kuruyorlardı.

"Afrika Sahra Altı bölgesinin beklentiye değer bir yer olacağını düşünüyordum fakat Yoon sekreter sürekli karşı çıkıyor."

Esther doğal olarak bakışlarını çevirdi. Konuşmaları dinleyen Jae-Ho dikkatlice konuşmaya katıldı.

"Bahsettiğiniz Brezilya, Rusya, Hindistan, Çin gibi ülkelerin örneğinde olduğu gibi Afrika Sahra Altı piyasasının da köpük gibi yok olma ihtimali yüksek."

"Olmaz, tehlikeli. Altımızdaki işçiler hep böyle söylerler. Cesaretleri yok, maceraya da atılmıyorlar. Olumlu düşünen kimse yok."

Dong-uk, Jae-Ho'nun sözünü kesti. Bir anda ortam gerildi. Esther hızlı bir şekilde Dong-uk ve Jae-Ho'nun gözlerine baktı.

"Olmaz. Tehlikeli. Böyle şeyler söylemek çalışanlar için cesaret ister."

Jae-Ho'nun tereddütsüz cevabıyla Dong-uk'un yüz ifadesi bozuldu. Ortam daha da kızışmadan önce Jae-Ho kalktı.

"Konuşmanızı böldüğüm için özür dilerim fakat bir telefon görüşmesi yapıp geleceğim. Oğlum bekliyor da."

Jae-Ho çıkınca Dong-uk masaya vücudunu yaklaştırıp Won'a meydan okurcasına sordu.

"Yoon sekreter mi, Yu sekreter mi? Her neyse. Bu adamın şirketteki konumu tam olarak ne?"

"Mevki makam düzenlemesi yapacaksanız izninizi istiyorum. Hayvan krallığı hiç eğlenceli değil."

Esther makyajını tazelemeye gider gibi el çantasını alıp Jae-Ho'nun arkasından gitti. Esther gitmiş mi gitmemiş mi ilgilenmeden Jae-Ho tarafından sözlü olarak bir tokat yiyen Dong-uk, Jae-Ho'dan başka bir şey düşünemiyordu.

"O kim ki, bu kadar korkusuz?"

"Beni öfkelendirip sinirlendiren bazen de canımı acıtan birisidir. Size de aynısını yapabilecek nitelikte biridir."

"Genel sekreter olduğunu söylemiştin. O kademede biri ne hadle böyle davranabilir?"

"Yöntemini ben de bilmiyorum."

Won kadehini kaldırıp alay eder gibi gülümsedi.

Dışarıya çıkan Esther doğruca telefon görüşmesi yapan Jae-Ho'nun yanına gitti. Daha sonra Jae-Ho'nun telefon görüşmesinin bitmesini bekledi.

"Dırdır etme. Geç kalmayacağım. Kapatıyorum."

Telefon görüşmesini bitiren Jae-Ho dönüp arkasına baktı. İkisini saran hava nedense tehlikeliydi.

"Choi Başkan gördüğün gibi beyefendi değil. Üzgünüm."

"Ben de."

"Ne için?"

Jae-Ho, Esther'i tutup duvara itekledi ve öylece onu öptü. Şaşırdığı için irkilmesi de bir anlıktı. Esther Jae-Ho'nun omzundan tutup ona sarıldı. İlk öpüştüğü andaki kadar sıcak, ayrı kaldıkları zaman kadar daha da arzulu bir öpüşmeydi. Öpüşmeleri, dışarıya bakan pencerenin dışındaki gece manzarasının içine gizlice ve erotik bir şekilde sindi. İkisi de sabah olmayacakmış gibi uzun süre öpüştüler.

Sabahtan beri hastalanmış tavuk gibi uyuklayan Eun Sang teneffüs olduğunda o anı bekliyormuş gibi şap diye masanın üzerine düştü.

"Hasta mısın?"

"Taşındığımız için evden okula gelmem iki saati buluyor. Öğretmen gelince uyandır beni."

Daha fazla konuşmaması için Eun Sang başını öbür tarafa doğru çevirip yattı. Son birkaç gündür uzun yoldan okula gelip gittiği için, evde göz önünde olup, bir de part-time iş yaptığı için vücudu kendinde değildi. Amerika'da olduğu günler güzeldi. Çünkü elinde sahip olduğu hiçbir şeyinin olmaması orada da aynıydı fakat gözünün önünde habersizce gelişen olaylar yüzünden sahip olamadıklarını bilmiyormuş gibi yaparak gülebiliyordu. Doğal bir şekilde Tan'ın yüzünü hatırladı. Sessizce kendisini izleyen bakışlar ve elini tutup koştukları, beraber durup Hollywood tabelasına baktıkları ana kadar... Gerçekten rüyaydı. Eun Sang bıyık altından bir kere gülüp hemen rüya bile göremediği uykuya daldı.

"Ne oldu? O kim?"

Okul bitip eve giderken kızlar yangından mal kaçırır gibi gürültülü seslerle yaygara kopardılar.

"Çok yakışıklı. Kimin erkek arkadaşı?"

Hepsi kendisiyle alakasız konuşmalardı.

"İşe geç kalacağım."

Eun Sang saate bakıp hızlıca yürüdü. O anda yürümesini durdurdu. Okulun kapısının önünde durmuş son model lüks bir arabanın önünde Tan güneş gözlüğü takmış bir şekilde duruyordu.

"Kızların gürültü yapmasının sebebi bu muydu yani? Hayır, bundan ziyade Kim Tan Kore'ye mi geldi yani?"

Eun Sang boş bir ifade ile Tan'a baktı. Tan güneş gözlüklerini çıkartıp Eun Sang ile göz göze gelince kızlar fısıldaşmaya başladılar.

"Şuradaki böbrekleri sağlam görünen kızı bu tarafa doğru iter misiniz?"

Tan duran Eun Sang'ı gösterince Eun Sang birden şaşırarak yaklaştı. Tan memnunmuş gibi yandan güldü.

"Beni gördüğün için çok memnun görünüyorsun. Beni çok düşünmüş gibisin."

"Memnun olmadım şaşırdım. Neden buradasın? Kore'ye döndün mü?"

"Gördüğün gibi. Bu okulda tanıdığım biri olduğu için onu görmeye geldim ve şu anda da ona bakıyorum."

İkisini izleyen kızlar, "Oo!" diyerek boş yere ortam yarattılar.

"Off, çok utanç verici."

Eun Sang kaşlarını biraz çatarak hemen sordu.

"Gelme sebebin ne?"

"Sormak istediğim bir şey var."

"Neden bu kadar çok merak edi…"

"Seninle alakalı değil."

Boş yere abarttım diye düşününce yüzü birden kızardı.

"Öyleyse ne?"

"Yoon Chan Yeong'un Kore numarasını ver."

"Chan Yeong mu? Neden?"

"İlgilenmeye başladım."

"Bu yüzden soruyorum ya neden ilgini çekti?"

"İlgimi neden çekmiş olabilir? Tatlı olduğu için tabii ki. Aklımdan bir türlü çıkmadığı için neredeyse öleceğim."

"Hayır, böyle boş lafları buraya kadar gelip mi yapıyorsun? Aferin, mükemmel."

Eun Sang içler acısı der gibi Tan'a baktı.

"Hadi be. İlgilenmeyi bırak. Chan Yeong'un kız arkadaşı var. Sen de tanıyorsun, eski sevgilin Lee Bo Na. Ben önce gidiyorum. Biraz meşgulüm."

Eun Sang, Tan'ın yanından geçti. Düşündüğü resimden tamamen farklıydı. Tahmin edemediği durumla şaşıran Tan yanından geçip giden Eun Sang'ı tutamayıp sadece eli boşta kaldı.

"Güzellikle söylerken dur. Dur dedim. Dur lütfen!"

Eun Sang ustaca hazırlanıp içecek yaptı. İçeceği yaparken Tan'ı hatırladığı için yandan gülümsedi.

"Gerçekten tuhaf bir çocuk. Oraya kadar gelip öyle şeyler mi söylenir?"

Arkasına bakmadan geri dönmüştü fakat Tan kesinlikle rüyasından fırlayıp çıkmış gibiydi ve bir an nefes alamıyormuş gibi oldu. İçeceğin kapağını kapatıp masaya koyarken cebindeki telefonu titredi. Chan Yeong'dan gelen telefondu.

"Şu anda çalışıyorum."

"Çalışırken Facebook'a girmeye vaktin var mı? O fotoğraf da ne öyle?"

"Fotoğraf mı?"

Facebook'a yüklediği fotoğraf yok... Eyvah, yoksa...

"Kapat telefonu."

Telefonu kapatıp hemen Facebook'a giriş yaptı. Ne yoksası. Sayfanın en üstünde Tan'ın özçekimi vardı.

"Kendi elini çenesinin altına koyarak çektiği pozun kendisine yakıştığını mı düşünüyor acaba?"

Fotoğraftansa fotoğrafın altında yazılı olan, "Kim Tan acayip yakışıklı." ifadesi daha da sinir bozucuydu. O ifadenin içinde bir gram bile tereddüt ya da şüphe yok gibiydi.

"Düşündüğümden daha da manyak."

Sil düğmesine tam basacağı anda tekrar başka müthiş bir şey fark etti.

"Bu da ne? Burası bizim kafe."

Mutfaktan çıkarak dükkânın içinde etrafına bakındı. Beklediği gibi karşı tarafta oturmuş Tan çok yüzsüz bir şekilde el salladı.

"Hâlâ hesabımdan çıkış yapmadın mı?"

"Sen olsan yapar mıydın?"

"Ne biçim bir herifsin?"

"Ne?"

"Boş ver. Çıkış yapma. Hesabı kapatmak daha hızlı olur."

"Sipariş vereceğim."

Birden dönen Eun Sang'ın arkasından Tan hoş olmayan bir şekilde konuştu. Ona sivri bir şekilde dik dik bakıyordu ki çok şaşırtıcı bir zamanlama ile kasada olan müdürüyle göz göze geldi. Eyvah tam da sırasıydı. Eun Sang zorla gülümseyerek dişlerini sıktı.

"Siparişi kasaya gidip bizzat vermeniz gerekiyor."

"Yerime yapmanı rica ediyorum. Bana Yoon Chan Yeong'un numarasını ver. Buzlu olsun."

"Tamam, verip senden kurtulacağım."

Eun Sang masanın üzerinde duran Tan'ın telefonunu aldı.

"Yoon Chan Yeong üzgünüm. Önce şundan bir kurtulayım."

Chan Yeong'un numarasını yazdıktan sonra telefonu uzattı.

"İşte, al ve git."

"Amerika'dayken numarası değiştiği için ezberleyemediğini söylemiştin hangi ara ezberledin?"

Telefonu alan Tan hemen arama tuşuna bastı.

"Ne yapıyorsun?"

"Yoon Chan Yeong? Benim Kim Tan. Sormak istediğim bir şey var."

"Hey!"

"Cha Eun Sang'ın telefon numarası ne?"

"Bu çocuk bunu yapmak için mi şimdiye kadar... Delirmiş olmalı!"

Şaşırmış Eun Sang'dan farklı olarak Tan rahat bir şekilde güldü.

"Onunla halledebilseydim seni aramazdım herhâlde. Neden veremezmişsin? Cha Eun Sang senin numaranı hemen verdi ama."

Eun Sang hemen telefonu kaptı.

"Chan Yeong özür dilerim. Seni daha sonra arayacağım."

Telefonu kapattıktan sonra masanın üzerine pat diye koydu. Kızgınlığı apaçık görünüyordu.

"Ne yapıyorsun sen?"

"Amerika'dayken her cümlenin sonunda teşekkür ederdin Kore'de farklısın demek."

O anda diyecek bir şey bulamadı.

"Seni aramam gerekebilir diye numaranı almak istedim."

Amerika'dayken beni hiç tanımadığı hâlde nazik bir şekilde yardım etmişti. Çok mu ileri gittim acaba diye düşündü. Eun Sang'ın hareketleri biraz yumuşadı.

"Haberleşmek için bir nedenimiz var mı?"

"Kim bilir? 2. kata bir bak, dönüp arkana bir bak, gibi şeyler?"

Dönüp arkana bir bak demesiyle Eun Sang bilinçsizce dönüp arkasına baktı. Hiçbir şey yoktu.

"Ne demek istiyorsun?"

"Merak mı ediyorsun?"

Tan birden ayağa kalkıp Eun Sang'ın elindeki telefonunu aldı. Öylece kapıyı açıp dışarı çıkarken Eun Sang'ın telefonuna kendi telefon numarasını yazdı.

"Hey, ne yapıyorsun ya?"

Eun Sang bu şekildeki Tan'ı arkasından kovaladı. Tan kendi telefonunda Eun Sang'ın numarası çıkıp telefonu çaldıktan sonra yürümeyi bıraktı.

"Az önce söylediklerimi açıklayacağım. Daha sonra. Facebook'tan çıkış yapacağım. Bununla ödeştik sayılım. Ben gidiyorum."

Tan, Eun Sang'a telefonunu uzatıp yakalamaya fırsat olmadan gidiverdi.

"Hey, bu nasıl ödeşmek? Güzellikle söylerken dur! Dur dedim. Dursana, lütfen!"

Arkasına bakmadan giden Tan'ın arkadan görünüşüyle Eun Sang üzüntü mü yoksa eksiklik mi olduğunu bilemediği duygular hissetti. O anda Eun Sang'ın telefonu çaldı. Telefonu açınca Tan'ın sesi duyuldu.

"Seni arayacağım. Bugün görüşmem gereken biri var."

Rachel'ı hatırladı. Onunla buluşmaya gidiyor demek. Tan'ın arkasından bakışlarını ayıramadı. Bu yüzden sonunda cesaretini topladı.

"Kore'de ne kadar kalacaksın?"

"Neden? Gitmemi istemiyor musun?"

"Gitmeden önce yemek ısmarlayayım diye sordum."

"O zaman beni sen tutuyorsun ona göre."

Tan'ın sözü bitmeden önce Eun Sang telefonu kapattı.

"Uff."

Arkasına dönüp baktığında Eun Sang kafeye girmiş yoktu.

"Ah, gerçekten uff."

"Getirdiklerini aç bakalım."

"Peki, başkanım."

Jeong Sekreter getirdiği dosyadan fotoğrafları çıkartıp masanın üzerine bıraktı. Hyeon Ju'nun evinin önünde Won ile Hyeon Ju'nun buluştuğu fotoğraf, Won'un Hyeon Ju'ya kolye hediye ederkenki fotoğrafı, Tan'ın Amerika'da Jay ile eğlenirkenki fotoğrafı, Tan ile Rachel'ın Amerika'da alışveriş yaparkenki fotoğrafı, Eun Sang'ın Tan'ın evinden çıkarken ki fotoğrafı, Eun Sang'ın okuluna Tan'ın Eun Sang'ı bulmak için gittiği fotoğraf masada serili duruyordu.

"Sadece iki evladım var ama neden bu hâldeler?"

Kim Başkan, Hyeon Ju'nun bir fotoğrafını gösterdi.

"Bu kız bugünlerde ne yapıyor?"

"Gangnam bölgesinde özel ders veriyor."

"Bu ne? Bunu biraz açıklaman gerekiyor sanırım."

Bu sefer gösterdiği Eun Sang'ın fotoğrafıydı.

"Kasıtlı bir yakınlaşma olduğunu sanmıyorum. Öncelikle Amerika'dayken tesadüfen karşılaştılar. Cha Eun Sang Hanım oğlunuzun evinde birkaç gün kaldı."

"Kaldı mı? Sadece ikisi mi?"

"… Evet. Bu da bu sabah çekildi."

Jeong Sekreter, Eun Sang'ın okulunun önündeki fotoğrafı gösterdi.

"Bu ne? Jeong Sekreter, senin karşında mahcup oldum. Çocuklarımı bu şekilde yetiştirmişim, haha."

Kim Başkan dikkatle Eun Sang'ın fotoğrafına baktı. Ne düşündüğünü anlamak mümkün olmayan bir ifadeydi.

İşini bitirip hizmetçi odasına giren Hui Nam, önce Eun Sang'ın yattığı yere baktı. Eun Sang ders çalışırken uyuyakalmış olacak ki, Hui Nam'ın yastıksız yüzüstü yatan Eun Sang'a bakınca içi acıdı. Açık kalmış soru kitapçığını ve notlarını düzenleyip masanın üzerine koyarken, Eun Sang'ın notları arasına konulmuş bir kâğıt fark etti. Gelecek üniversite istekleri formuydu. İstenilen bölüm, istenilen okul, 1. okul, 2. okul, 3. okul hepsinin karşısında Eun Sang'ın el yazısı ile *"Yok"* yazıyordu. Gelecek hayali yazan yerde "İşe Girmek" yazısına Hui Nam uzun bir süre bakakaldı. Fakir ve yeteneksiz bir ailen olduğu için sen zorluk çekiyorsun. Hui Nam gözyaşlarını kaçırarak derin bir uykuda olan Eun Sang'ı izledi.

"*İyi yürekli zavallı kızım benim.*"

Uyuyan Eun Sang'ın başının altına yastık koyan Hui Nam'ın dokunuşları üzgündü.

"Mümkün olduğunca sabah Eun Sang'dan önce evden çıkmalıyım."

Eun Sang'ın aynı evde yaşadığını öğrendikten sonra Tan'ın koyduğu bir kuraldı. Koşu yapıp eve döndüğünde genelde Eun Sang okula gitmiş oluyordu. Bu saatlerde gitmiş olmalı, diye hesap yapıp eve yönelmişti ki ana kapının önünde bir araba Tan'ı görünce birden geri dönüş yaptı.

"Kim Tan?"

Arabanın penceresinden dışarıya kafasını uzatmış kişinin yüzü tanıdıktı.

"Hey, Kim Tan!"

3 yıldır görmemiş olmasına rağmen sebepsiz yere parlayan yüzü hâlâ aynıydı. Tan olduğundan emin olan Myeong Su hemen arabadan indi.

"Beni tanıyor musun? Yoksa sana eziyet falan mı yaptım?"

Memnun olduğu için bilerek şaka yaptı. Bir anda Myeong Su'nun yüzü asıldı.

"Beni hatırlamıyor musun?"

"Neden hatırlamayayım? Karşılama selamıydı o. İyi misin, Jo Myeong Su?"

"Yaa, korkuttun beni. Her ne kadar ergenlikten sonra değişip yakışıklı biri olmuş olsam da beni tanımasaydın üzülürdüm. Kore'ye ne zaman geldin? Kesin dönüş mü yaptın?"

"Evet, gördüğün gibi zaman farkına alışmaya çalışıyorum. Okula mı gidiyorsun?"

"Okul mu?"

Tamamen donmuş bir yüz ifadesiyle sorduktan sonra hatırlamış gibi saatine baktı. Eyvah, diyerek kaşlarını çatma hareketine bakılırsa o sırada ne yaptığını unutmuş gibiydi.

"Gördüğün gibi ben de okulun açılmış olmasına alışmaya çalışıyorum. Taşınmadınız değil mi?"

"Taşınmak mı?"

"Sizin evden başka biri... Neyse. Taşınmadıysanız sorun yok. Daha sonra görüşürüz."

Myeong Su'nun bindiği araba hızlı bir şekilde sokaktan ayrıldı. Yoğun olacağım. Tan tekrar ana kapıya doğru yürümeye başladı. Eyvah, çok saçma bir şekilde ana kapının önünde neredeyse Eun Sang ile göz göze gelecekken Tan kendi bile ne yaptığını bilmeden vücudunu kaçırıp duvara yapıştı.

"Ha?"

"Çok mu yavaştım?"

Eun Sang birden vücudunu çevirince Tan ile yüz yüze geldi.

"Burada ne işin var senin?"

Tan duvardan ayrılıp şakacı bir şekilde güldü.

MİRASÇILAR

"Aa! Cha Eun Sang. Nasıl böyle bir yerde karşılaşabildik? Dün rüyanda ejderha* gördün herhâlde?"

"Burada ne yaptığını sordum. Benim burada oturduğumu nereden bildin?"

"Ah, sen burada mı yaşıyorsun?"

"Burayı gelebileceğin bir yer mi sandın? Gel benimle. Ana kapıdan itibaren her yerde güvenlik kamerası var."

Eun Sang, Tan'ın elinden tutup hızlıca yürüdü. Tan farklı bir şey söylemeden Eun Sang'ın peşinden gitti. Eun Sang tarafından tutulan eli hoşuna gitmişti.

"Neden kaçıyoruz?"

"Çok uğursuz bir saat. Evin ikinci oğluyla karşılaşabiliriz. Bu saatlerde geliyormuş."

"Ah, şu acayip yakışıklı olan ikinci oğul mu?"

İkinci oğul lafını duyunca Eun Sang durdu. Bu şekildeki Eun Sang'a Tan sessizce baktı.

"Benim o ikinci oğul olduğumu bilsen nasıl bir ifaden olurdu acaba?"

Eun Sang bir anda Tan'ın elini tutup gittiğini fark edince birden elini bıraktı.

"Tutup çekiştirmeye devam edebilirdin."

Tan şakayla karışık elini uzattı.

"Yoksa sen?"

---

* Kore'de ejderha Tanrı'ya en yakın hayvan olarak görüldüğü için rüyada ejderha görmek en güzel rüyalardandır. Başına iyi bir şeyler geleceğinin göstergesidir.

"Acaba? Anladı mı?"

Ciddi olan Eun Sang'ın ses tonuyla Tan biraz gerildi.

"Evin bu mahallede mi? Kore'deki evin?"

Bir an Eun Sang'ın bakışlarını inceleyip cevap verdi."

"Evet."

"Hangi ev?"

"Neden? Evimi mi öğrenmek istiyorsun? Öğrendiğinde çok şaşıracaksın."

"Neyse boş ver. Acaba mahalleye dedikodular yayılmış mı diye merak ettim."

"Ne dedikodusu?"

"Yanlış anlarsın diye önceden söylüyorum ama Amerika'da her şeyimi görüp bildiğin için... Benim nasıl böyle bir evden çıkmış olabileceğimi merak ediyor olmalısın."

"Merak etmiyorum. Benim merak ettiğim başka bir şey."

"... Başka bir şey mi?"

Tan'a nedense perişan hayatının gerçeklerini göstermek istemedi.

"Ya her şeyi biliyorsa? Biliyorsa ne deyip geçiştirmeli?"

Gereksiz bir sürü şey düşünüyordu ki Tan garip bir soru sordu.

"Ne zaman yemek ısmarlayacaksın?"

"Zamanı gelince."

"Zamanı ne zaman gelecek? Zaman uygun olduğunda demeye kalkma sakın."

"... Arayacağını söylemiştin ama... Aramadın."

"Oo, aramamı bekledin demek?"

"Gidiyorum. Zaten geç kaldım."

Eun Sang utangaç yüreğini saklamak için küsmüş gibi arkasına dönüp hızlı adımlarla gözden kayboldu. Her şeyi gizlememelisin. Bir an titreyen Eun Sang'ın bakışlarını hatırlayarak Tan bu şekilde karar verdi.

Myeong Su merdivenlerden koşarak hızlıca indi. Kol kola girmiş, dünya umurlarında olmadan koridorda yürüyen Chan Yeong ve Bo Na, Myeong Su'ya garip bir şekilde baktı.

"Hey, Lee Bo Na!"

"Ne var?"

Myeong Su, Bo Na'nın önüne kadar koşarak geldi ve nefeslendi.

"Sakın şaşırma."

"Yolu kapatma."

"Kim Tan Kore'ye dönmüş."

Bo Na farkında olmadan çığlığını yuttu. O anı kaçırmayan Myeong Su şipşak fotoğraf makinesinin düğmesine bastı.

"Oo, çok kararlı bir an."

"Aptal!"

Kameranın ekranına bakıp kıkır kıkır kıkırdayan Myeong Su'ya Bo Na eliyle boğazını kesme işareti yaptı. "I will kill you.*" Tabii ki Chan Yeong'un duymaması için sadece ağzını oynatarak sessizce söyledi.

---

*İng. "Seni öldüreceğim."

"Gergin olman gerekiyor."

Öyle ya da değil Myeong Su yanında duran Chan Yeong'un omzuna vurup muzurluk yaparak gözden kayboldu.

"Şuna bak hıh! Deli olacağım."

"Ne yapıyorsun?"

Bo Na sebepsiz yere Chan Yeong'un önünde saçma davrandı. Kendi geçmişinden kaynaklı olarak Chan Yeong ile mutluluklarını bozamazdı.

"Efendim? İçimden şarkı söylüyordum. Ne dedi?"

"Kim Tan Kore'ye dönmüş dedi."

"Kim? Ah şu Los Angeles görüştüğünü söylediğin çocuk mu? İyi de içimden söylediğim şarkının adı neydi acaba? Aklıma gelmediği için çok sinir oldum. Gidip Ye Sol'e sorup geleyim. Tamam mı?"

Bo Na'nın sevimli yalanına bir an gülümsedi. Pat pat pat koşarak gözden kaybolan Bo Na'nın arkasından Chan Yeong'un sesi duyuldu.

"Ne şarkısı? Big Bang'den 'Yalan' mı? G.O.D'den 'Yalan' mı? yoksa T-Ara'dan 'Yalan' mı?"

Bo Na'nın adımları daha da hızlandı.

Golf alıştırma salonuna koşarak girip etrafına bakınan Bo Na, küçük atışlar yapmakta olan Rachel'ı gördü. Rachel, Bo Na'nın kendi tarafına koştuğunu bilmesine rağmen kafasını kaldırıp bir kere bile bakmadı.

"Hey, Yoo Rachel!"

"Ne var?"

"Kim Tan Kore'ye mi döndü? Myeong Su görmüş."

"Kore'ye mi dönmüş? Bana söylemeden?"

Rachel doğal bir şekilde Bo Na'ya baktı. Tabii ki ifadesinde hiçbir değişiklik olmamıştı.

"Geldiyse ne olmuş? Nişanlımın nerede olduğuyla ilgilenmeyi bırak da Yoon Chan Yeong ile ilgilen. Amerika'dayken başka bir kızla vakit geçiriyordu."

"Başka bir kız değil, arkadaşıydı. Sevgilim sık sık telefon ediyor, ne yaptığını da söylediği için bilmediğim hiçbir şey yok. Senin nişanlından çok farklı."

"Bakıyorum da Kim Tan'ı iyi tanıyorsun. Seninle çıkarken de öyleydi herhâlde."

"Neden geçmiş konuları açıyorsun? Kim Tan geldi mi, gelmedi mi?"

"Gelip gelmediğinden sana ne?"

"Söylesen bir yerin mi eksilir? Kim Tan dağdan gelip, bağdaki Yoon Chan Yeong'umu elimden alır diye endişeleniyorum işte, ne var ki bunda! Olur da tekme yersem bütün varlığımı ortaya koyup senden intikam alacağım!"

Bo Na bağırıp çağırıp golf alıştırma salonundan çıktı. Rachel hemen telefonu alıp Tan'a telefon etti. Telefonu kapalıydı. Rachel'ın yüz ifadesi değişti.

Golf alıştırma salonundan çıkan Rachel eldivenlerini çıkartıp dolabına doğru yöneldi.

"Şu çocuk da neyin nesi?"

Rachel'ın dolabına dayanmış duran Yeong Do, Rachel'a

doğru kaşlarını kaldırıp baktı. Yeong Do'nun selamlama hareketiydi.

"Çekil."

"Kim Tan'ın geldiği doğru mu?"

"Neden herkes bana soruyor, çok sinir bozucu. Çekil dedim."

"Kız kardeşim de bilmiyor demek. Bu yüzden sinirleniyor."

"Alaycı davranışına bakılırsa çok umursuyor olmalısın? Neden? Yerini kaptırırsın diye mi korkuyorsun?"

"Özledim de göremeyeceğim diye korkuyorum. Arkadaşım benden kaçarsa diye."

O anda Rachel'ın telefonu titredi. Ekranda görünen Kim Tan'ın adını kontrol eden Rachel, telefonu kaldırıp Yeong Do'ya gösterdi.

"Özlediğin o arkadaşın, gelmiş Kore'ye."

Yeong Do'nun bakışları ağır bir şekilde aşağıya indi.

"Evet, benim."

Burada sinirlendiğinin anlaşılması iyi olmazdı. Özellikle Yeong Do'ya. Rachel parlak ses tonuyla telefonu açtı.

"Beni aramışsın?"

Telefondaki Tan'ın ses tonu isteksizdi.

"Neredesin?"

"Kore'ye geldim. Sadece kontrol etmek için aradıysan kontrol ettiğine göre kapatıyorum."

Başka bir şey söylemeden telefonu kapattı. Hemen o anda telefonu fırlatmak istedi fakat burnunun dibinde Choi Yeong

Do vardı. Rachel kapanmış telefonu tutup telefon görüşmesine devam etti.

"Saat kaçta? Tamam, birazdan görüşürüz."

Yeong Do, Rachel'ın hassas ifade değişikliğini anladı.

"Haha demek öyle."

"Okul çıkışı görüşeceğiz. Söylemeni istediğin bir şey var mı?"

"Görüşeceğinizi pek sanmıyorum."

Alay ederek gülen Yeong Do'ya Rachel hiçbir cevap veremedi.

"Yine de olur da görüşürseniz şunu ilet."

Yeong Do güldü.

"Annen iyi mi?"

Bütün gün boyunca hemen eve gitmek için can attı fakat sabretti. İşten sonra eve dönen Eun Sang artık sabrettiği soruları sordu.

"Nakil mi oluyorum? İmparatorluk Lisesi'ne mi? Nasıl oldu bu, neler oluyor?"

Eun Sang'ın da bilmediği nakil sorununu öğretmeninin bilmesine çok şaşırdı. Eun Sang'ın aksine Hui Nam çok sakindi.

"Başkan'ın nezaketi. Bizim durumumuzda hayatımız boyunca karşılaşamayacağımız bir fırsat."

"Anne delirdin mi? Bana sormadan kafana göre nasıl böyle bir karar verirsin? O okulun ne kadar pahalı olduğundan haberin yok mu? Yemek ücreti ve öğrenim ücretini verecek standartlarda bile değilim diyorum. Bizim durumumuzda hemen okul üniformasını almak bile çok zor olacaktır, ne nakli!"

"Okul üniforması ne kadarmış öğren. Ne yapıp edip alacağım."

"Nasıl alacaksın? Artık depozitosunu alabileceğimiz bir evimiz bile yokken!"

Hui Nam azarlar gibi Eun Sang'a dik dik baktı. Ansızın mahcubiyet hisseden Eun Sang lafın sonunu uzattı.

"Çok yorgunum. Saçma sapan konularla enerjimizi boşa harcamayalım anne. Nakil olmayacağım için aldığın belgeleri hemen bana geri ver."

Hui Nam birden ayağa kalkarak Eun Sang'ın sırtına vurdu. Eun Sang vücudunu yana doğru yatırarak birden çığlık attı.

"Ah, acıdı!"

"Neden gitmeyecekmişsin? Millet oraya gidemediği için kıyameti kopartıyor! Bizim koşullarımızla üniversiteye gidemezsin. Bu yüzden lise mezunu olacaksan bile hiç değilse İmparatorluk Lisesi diplomasını alıp eskiden zengindik ama babam iflas etti dersin. Böylelikle insanlar seni hor görmezler. Tamam mı?"

"Anne!"

Tık tık.

Eun Sang ile Hui Nam'ın konuşmasının arasına kapının çalınma sesi girdi. Sonra hizmetçilerden biri hizmetçi kapısını açıp başını uzattı.

"Başkan çağırıyor."

"Biraz sonra tekrar konuşalım."

Hui Nam tam kalkacakken hizmetçi eliyle işaret etti.

"Hayır, Eun Sang'ı çağırıyor."

"Beni mi?"

Beklenmedik çağrıyla, Hui Nam ile Eun Sang huzursuz bir şekilde birbirlerine baktılar.

Eun Sang gereksiz gerginlikle sadece ellerini sıktı. Nedense çekiniyordu. Başkan koltuğuna oturmuş olan Kim Başkan nazikçe gülümsedi.

"Annenden duymuşsundur."

"Evet. Nezaketiniz için gerçekten minnettarım fakat benim seviyeme uygun olma…"

"Düşünmeden kendi seviyene karar verme."

Kararlı ve karşı konulamazdı. Herhangi bir cevap da kabul etmiyorum gibi davranmıştı.

"Bir başkası daha ileriye daha yükseğe giderken, sen senin karar verdiğin seviyeyi kabullenip dar ve karanlık hizmetçi odasında mı gençliğini harcayacaksın?"

"Bir başkası daha ileriye, daha yükseğe giderken…"

Derinlere sakladım diye düşünen Eun Sang'ın gerçeğini tek kelimeyle ortaya çıkartmıştı.

"İmparatorluk Lisesi'nin burslu öğrenci seçip yurt dışında okutma sistemi var."

"Yurt dışında okutma mı?"

"Öğrenci seçme sistemi sadece notlarla değil önemli bir seçme kriteri olan şey genellikle gözle görülmeyenlerdir. Hayallerini korumak cepleri biraz daha dolu olan yetişkinlerin işi olduğu için bana bırak."

Kim Başkan'ın sözleri Eun Sang'ın sahip olduğu ufacık umuduna ışık olmuştu. Hayal kurabilirsin diyor gibiydi. Her zaman sadece yetişkin gibi olmak zorunda olan kendisine birazcık olsun mızmızlansa da olurdu. Başkaları gibi hırs yapsa da olurdu diye izin alıyormuş gibiydi.

Yatağına girse de Eun Sang bütün bedeniyle sadece onu düşünüyordu. Babası ölüp, ablası kaçıp, annesiyle sadece ikisinin kaldığı evde direnerek yaşadığı hayat. Bunu hayatta Tanrı'nın sunduğu bir fırsat olarak düşünebilirdi. Korkuyordu fakat hayal kuruyor olması, hayalinin gerçekleşmesi böyle bir şey değil miydi? Gitse güzel olmaz mıydı? Bu düşünceleri mutlaka gitmeliyim, mutlaka gitmek istiyorum düşüncesine dönüştü. Sanki Amerika'ya giden uçağa bindiği gün gibi küçük hayaller Eun Sang'ın yüreğinde kabardı. Umarım bütün bunların hepsi bana gelen güzel bir rüya olur. Yanında uykuya dalan annesinin yüzüne bakarak Eun Sang gözlerini sıkıca kapattı. Bu bir karardı.

"Tüm dikişler elle yapıldığı için fiyatı böyle. Okulun seviyesi farklı olduğu için."

Bu okulun üniforması bile diğerlerinden farklı. Mankenin üzerindeki üniformaya dokunan Eun Sang'ın eli yavaşladı.

"Öyle bile olsa nasıl bir okul üniforması 1.000.000 won olur?"

"998.000 won. Yaz üniforması biraz daha ucuz. 488.000 won."

"... Anladım."

"*Okula başlamadan önce bile böyle tıkanırsam ne yapacağım ben?*"

Eun Sang keyifsiz bir ifade ile üniforma dükkânından çıktı. Annesine nasıl söyleyeceğini, hayır söylese bile o üniformayı alıp nasıl hazır edebileceğinin cevabı katiyen yoktu.

Sallana sallana üniforma dükkânından çıkıyordu ki dükkânın önünde beklenmedik biriyle karşılaştı. Rachel'dı. Yeong Do'nun motosikletinin arkasına binmiş olan Rachel üniforma dükkânından çıkan Eun Sang'ı tanıyıp soğuk bir şekilde yüzü donup kaldı. Sert bir görünüme dönüşen Eun Sang'ın yüzü de aynıydı. Bu şekilde karşılacağını tahmin edemezdi. Uçaktaki küçük düşüşünü hatırladı. Rachel, Eun Sang'ın önüne gelip durdu.

"Kaçmıyor musun?"

"Kaçmama gerek yok da ondan."

"Aklını kaçırmışsın. Kaçmana gerek yok mu? Benim üzgün önsezime göre Kim Tan Kore'ye gelmiş olsa bile mi?"

Arkada eğlenceli ifade ile bu iki kızı izleyen Yeong Do'nun, Tan'ın adını duyduğunda gözleri parladı. Eun Sang cevap vermeden Rachel'a doğruca baktı.

"Tepkine bakacak olursak Kore'ye geldiğini biliyorsun demek ki. Öyle yapacağını bildiğimden Amerika'dayken seni kaç kere uyardım. Neden söylediklerimi kulak ardı ediyorsun?"

"Söyleyeceklerin bitti mi? Öyleyse benimkileri dinle. Kıpırdama."

"Ne?"

Eun Sang tereddüt etmeden Rachel'ın isimliğini tutup çekti.

"Ne yaptığını sanıyorsun? Delirdin mi?"

"Uçakta neler olduğunu hatırlamıyor musun? Benim adımı, adresimi, telefon numaramı her şeyimi aldın. Fakat ben yalnızca senin adını alacağım. Geri almak istiyorsan beni ara. Nasıl olsa numaramı biliyorsun."

Eun Sang öylece Rachel'ın yanından geçip gitti. Beklenmedik Eun Sang'ın hareketleriyle nutku tutulduğu için Rachel onu tutamadı.

"Hey, dur orada!"

Eun Sang dönüp arkasına bile bakmadı. Baştan sona mükemmeldi. Uzakta durup izleyen Yeong Do, Eun Sang'ın önünü hafiften kesti.

"Nesin sen? Onun destekçisi mi?"

"Oh, hiç korkmadı bile."

Uzun zaman sonra eğlenceli bir olay görmüş gibiydi. Yeong Do omuzlarını çekerek Eun Sang'a eşlik edermiş gibi eliyle yol göstererek çekildi. Eun Sang geçip gidince Rachel, Yeong Do'ya birden bağırdı.

"Nasıl öylece gönderirsin?"

"Ona karşı kaybetmiş gibisin."

"Çekil!"

"Sonucu kabullen ve üniforma almaya geldiysen git de üniformanı al. Eve kendin git. Benim başka bir randevum çıktı."

MİRASÇILAR

Yeong Do motosikletine bindi ve acele ile Eun Sang'ın peşinden gitti. Tek kalan Rachel kendini gerçekten kaybetmiş gibi hissettiği için sinirlenerek dişlerini sıktı.

Adımları da çok hızlıymış. Bu sürede bayağı gitmiş. Yeong Do önünde yürüyen Eun Sang'ı görür görmez motosikletinin yönünü çevirerek durdurdu. Eun Sang birdenbire önünü kesen motosiklete ve Yeong Do'ya şaşırıp olduğu yerde durdu.

"Ne var?"

"Birkaç soru soracağım. Kim Tan ile ne gibi bir ilişkin var?"

"Hiçbir ilişkim yok."

"Yoo Rachel ile ne gibi bir ilişkin var?"

"Hiçbir ilişkim yok."

"O zaman onu neden aldın? Adını, adresini ve telefon numaranı neden kaptırdın?"

"Onun seninle ne alakası var?"

"Yanlış anladın sanırım ama şu anda senden ricada bulunuyor gibi mi görünüyorum?"

Şakaymış gibi soran ses tonu bir anda tehdit hâline dönüştü.

"Bu da soruna dâhil mi?"

Yine de Eun Sang yenilmeden sordu.

"Oh, hoşuma gitti."

Yeong Do'nun gözleri merakla parladı.

"En azından birine doğru düzgün cevap ver diyorum. Ne kadar bakarsam bakayım aynı tarafta gibi duruyoruz."

"Birkaç dakika önce ilk kez karşılaştık."

"Emin misin? Ben seni daha önce görmüştüm."

"Her yerde sadece uyuyan bir kız sanmıştım ama böyle tek tek cevap da veriyormuş. Bu kader olsa gerek."

Yeong Do bıyık altından gülümsedi.

"... Nerede?"

Ne kadar düşünse de hatırlayamıyordu fakat yalan söylüyor gibi de değildi. Eun Sang huzursuz bir şekilde Yeong Do'ya baktı.

"Söylersem tekrar görüşecek miyiz?"

"Hayır."

"Neden?"

"Ne?"

"Yoo Rachel'ı bu kadar kısa sürede sinirlendiren kişiyi, benim dışımda bunu yapan birini ilk kez gördüm. Bu gerçekten de çok ender rastlanan bir marifet. Bu yüzden biz..."

"Üzgünüm ama ben sana katılmak istemiyorum. Bu yüzden çekilir misin?"

"Benim yüzümden mi gidemiyorsun? Sen gitmediğin için değil mi? Bu kadar geniş yolun hepsini ben mi kapatıyorum?"

Yeong Do iki kolunu da açıp sırıtarak yılıştı. Utanan Eun Sang hızla Yeong Do'nun yanından geçip gitti.

"Telefon numaranı Rachel'dan alsam olur, değil mi?"

Kızmasına fırsat bile olmadan Yeong Do motosikletine binip gidiverdi.

"Bu dünyada manyak çok. Şu çocuğun da isimliğini alsaydım keşke. En azından adını öğrenirdim ve kaçmak da daha kolay olurdu."

Gözden kaybolan motosiklete bakan Eun Sang cebine koyduğu Rachel'ın isimliğine dokundu.

Şarap mahzeninde sadece şarap yoktu. Beyzbol topu ve eldiveni, oyun makineleri, romanlar... Tan kutuya konulmuş eski eşyalardan bazılarını çıkartarak anılara daldı. Yakında tekrar görüşmesi gereken kişiler ile yakında tekrar karşılaşması gereken anıları özlerken aynı zamanda korkuyordu. Aniden kapı tokmağının çevrildiği duyuldu ve Eun Sang mahzene girdi. Tan birden eğilerek kendini sakladı. Hiçbir şeyin farkında olmayan Eun Sang, Tan'ın saklandığı duvarın karşı tarafına yardımcı kitaplarını koyup Chan Yeong ile olan telefon görüşmesine devam etti.

"Evet, benim. Az önce bilet parasını hesabına gönderdim. Faizini eklemedim, özür dilerim."

Yoon Chan Yeong mudur nedir onunla konuşuyor galiba. Amerika'da Yoon Chan Yeong'un arkasından giden Cha Eun Sang'ı hatırlayıp boş yere sinirlendi.

"... Artık gerçekten Amerika'yla tam anlamıyla vedalaşmış oldum."

Güm güm diye kalbi yerinden çıkacak gibi oldu. Amerika ile tam anlamıyla vedalaştım sözüyle kendisiyle de vedalaşmış gibiydi.

"Tekrar mı? Tekrar nasıl gideyim? Hizmetçi odasından Amerika'ya kadar... Çok uzak."

Eun Sang Amerika'da bırakıp geldiği notu hatırladı. Bulunmasını istiyordu fakat aynı zamanda bulunmasını istemediği o notu. Ben buradayım fakat o rüyalarımda kalacaktır. Nedense yalnızlık hissetti.

"Hadi kapatalım. Tamam, sonra ararım."

Telefonu kapatan Eun Sang duvara sırtını yasladı. Duvarı aralarına almış şekilde ikisi farklı kararlar aldılar.

Tan şarap mahzeninden çıkar çıkmaz bahçe ışıklarının düğmesini bulup açtı. Geri dönerken Eun Sang'ın biraz daha olsun az korkmasını umuyordu. Eun Sang parlayan bahçenin arasından şüphe etmeden geçti.

"Bu aile elektrik faturasını hiç düşünmüyor galiba. Yine tüm ışıkları açmışlar."

O anda Eun Sang'ın telefonu çaldı. "Kim Tan" ın adı çıkınca kendi de farkında olmadan nefesi sıkıştı. Güçlükle sakinleşip hiçbir şey yokmuş gibi telefonu açtı.

"Alo?"

"Hello Sidney."

Eun Sang bıyık altından güldü.

"Bu yüzden mi numaramı aldın? Hiç korkunç değil."

"2. kata bir bak."

"Ne ikinci katı? Neredeki 2. kat?"

Tan'ın söyledikleriyle Eun Sang otomatik olarak başını kaldırdı. Oraya buraya gözlerini gezdiren Eun Sang 2. katın penceresinde asılı düş kapanını gördü.

"Ah! Bu o mu? Neden orada asılı?"

"Arkana bak."

"Yoksa?"

Eun Sang telefon elinde yavaşça arkasına döndü. Birkaç adım önünde Tan duruyordu. Tan'ın şu anda söylemesi gerekenlerle ve söyleyecekleri yüzünden kalbi kırılabilecek olan Eun Sang yüzünden yüreği ağırlaştı. İkisi uzun süre karşılıklı bakıştılar. Sanki belirli sorular ve belirli cevaplarını ertelermiş gibi.

"Sen nasıl… Buradasın?"

Önce Eun Sang güçlükle ağzını açtı.

"Bir düşün."

"Yoksa sen… Bu evin ikinci oğlu musun?"

"Evet."

Eun Sang'ın çenesi titredi.

"… Sen, İmparatorluk Grup'un ikinci oğlu musun?"

"Evet."

Sakin cevabın aksine Tan'ın bakışları korku doluydu.

"O hâlde, geçen kapıda karşılaştığımızda benim bu evde yaşadığımı… Biliyor muydun?"

"Evet."

Kelimenin tam anlamıyla korkunçtu. Göstermek istemediği şeylerin, göstermek istemediği kişi tarafından her şeyiyle yakalanılması… Hiçbir şey bilmeden o feci anı öylece geçirmişti. Tan'a değil, aptal olan kendine kızmış, bu çıkmaz boktan durumu gülünecek derecede acı vericiydi.

"Benim bu evin hizmetçi odasında yaşadığımı... Biliyor muydun?"

"...Evet."

Neden acı çektiğini kendine sormama kararı aldı. Çünkü sormasa da otomatik olarak yükselen gözyaşları zaten cevap veriyordu. Eun Sang konuşmadan arkasına döndü. Gözyaşı yanağına düştü.

"Cha Eun Sang..."

Ağladığını göstermek istemedi. Bu hislerini anlamasını istemedi. Eun Sang durmadan sürekli yürüdü.

"Yoksa ben seni özledim mi?"

Eun Sang bir an yerinde durdu. Fakat sonuç olarak arkasına dönemedi. Hizmetçi odasının kapısını açıp giren Eun Sang'a Tan uzun süre baktı. O anda, Eun Sang'a hiçbir şekilde teselli olamazdı. Her şeyi kendi hatasıymış gibi hissetti.

Eun Sang sert bir yüzle ana kapıdan çıktı. Aşırı ağladığı için dün geceki olayı rafa kaldırmalıydı. Gidecek yeri yoktu ve burada yaşamak zorundaydı. Kabul edemezdi fakat alışmak zorundaydı. Bu Eun Sang'ın gerçeğiydi. Okul naklinin ilk günü okula üniformasız normal giysilerle dayanmak zorunda olması. Bu somut olsa da sefil hâllerinin sık sık tekrar etmesi kendi yaşamıydı. Bu yüzden dünkü olay gibi olaylarla da mutlaka karşılaşacaktı. Mecburdu. Eun Sang güçlükle bu şekilde düşünmeye karar verdi.

"Soruşturma savcılığa geçtiği için hisselerim çöpe gitti."

"Ne kadar kaybettin?"

"2 milyar? Sen dün üst sınırdaydın."

"Bugün bu şekilde kalacak sanırım. Borsa kapanana kadar göreceğiz."

Okul kapısından itibaren sedan arabalar sıralı bir şekilde durmuş, şoförler inip öğrencilerin çantalarını veriyordu. Çocuklar bir milyon won'luk üniforma giyip, akıllı telefonlarıyla haberler ya da hisse durumlarına bakıyorlardı. Tahmin bile edemeyeceği olayların normal bir şekilde meydana geldiği yer. İmparatorluk Lisesi denilen yerdi demek ki. Bo Na ile Chan Yeong böyle bir okula geliyorlar demek. Eun Sang garipseyerek etrafına bakındı.

"Şu kim ki, normal kıyafetle gelmiş? Nakil öğrenci falan mı?"

O alışılmamış manzaranın içinde göze çarpan tam tersine Eun Sang'dı. Okula gelen Rachel, Eun Sang'ı farkedip kaşlarını çattı.

"Şunun burada ne işi var?"

Eun Sang'a doğru yürüyordu fakat biri Rachel'dan bir adım hızlı Eun Sang'ı çekiştirdi.

"Hey, burada ne işin var?"

Bo Na anlam verememiş ifadesi ile Eun Sang'a baktı.

"Salıa gezisine mi geldin?"

"… Nakil oldum."

"Ne? Nakil mi? Çok saçma! Sen nasıl olur da bizim okula?"

Zaten arada sırada gördüğü için bile sinirinden ölüyordu! Bo

Na, sefil olan Cha Eun Sang'ın, yani sevgilisinin kız arkadaşı ortaya çıkınca aklı karışmıştı.

"Nakil mi? İsimliğimi vermek için değil yani?"

Rachel, Bo Na ve Eun Sang'ın arasına girdi. Beklediği an gelmişti. Soğuk bakışlar ikisinin arasında gidip gelmişti.

"Ailen ne iş yapıyor?"

"Senin ailen ne iş yapıyor?"

Eun Sang yenilmeden cevap verdi.

"Hah, korkusu da yok."

Rachel'ın ağzı titredi.

"Bu kim?"

İkisinin arasındaki ortamı bilmeyen Ye Sol koşarak geldi ve Bo Na'ya yapışıp sordu.

"Nakil öğrenci... İnanamıyorum."

Bo Na iç çeker gibi cevap verdi.

"Oh, bu new face* de kim?"

Daha da kötüsü Myeong Su da eklenmişti.

"Nakil öğrenci... Hâlâ inanamıyorum."

"Aa, yeni öğrenci! Merhaba! Ben İmparatorluk Lisesi'nin doğal kaynak suyu, Jo Myeong Su. Memnun oldum."

"Ah, ben..."

Eun Sang kendini tanıtacaktı ki birden etrafta gürültü oldu.

"Ne? Gerçekten Kore'ye mi dönmüş?"

---

*İng. "Yeni yüz"

"Aman Tanrı'm!"

Çeşitli ünlem ve soru işaretleri patladı. Arkada duran çocuklar gürültünün olduğu tarafa doğru koşmaya başladılar. Tabii ki, Eun Sang'ı saran Bo Na ve Rachel, Myeong Su ve Ye Sol da dönüp diğerlerinin toplandığı tarafa doğru baktılar.

"Gerçekten dönmüş mü?"

"Üniformasını bile giyip gelmiş. Sanırım okula başlıyor."

Koşan çocukların konuşmalarını duyan Bo Na'nın yüzü beyazladı.

"Yoksa... Aman Tanrı'm!"

Bo Na'nın konuşmasıyla Rachel da anlamış olacak ki hemen yüzü sertleşti. Bu çocuk yine tek kelime etmeden davranmıştı.

"Sanırım öyle."

"Oo, okula mı gelmiş? Yeong Do'yu bulmalıyım."

Myeong Su hızlıca anlayıp ana binanın oraya doğru koşarak gitti.

"Neyiniz var? Kim gelmiş?"

Sadece Ye Sol ve Eun Sang neler olduğunu anlayamayıp gürültü çıkartan çocukları garip bakışlarla izlediler.

"Gerçekten Kim Tan!"

Çocukların arasından geçerek boşluğa giren Bo Na hıh, diyerek sahte bir gülüş attı.

"Giderken de gelirken de kafasına göre davranıyor. Çok star olmuş."

Bo Na'yı fark eden Tan hiçbir şey düşünmeden konuştu.

"Uzun zaman oldu!"

Bo Na duymamış gibi yapıp başını çevirdi. Arkadan geç kalmış, kalabalığı açıp araya giren Rachel bir köşeden bu şekilde davranan Tan'ı öldürecekmiş gibi dik dik baktı.

"Öyle gözünü dikip bakmasan da olur. Burada nişanlandığımızı bilmeyen yok."

Tekrar hatırladığım birileri var mı diye kalabalığa bakan Tan, bu ne şimdi diye karışık gözlerle bakan Chan Yeong'u farketti.

"Eski sevgilimin yeni sevgilisi. Senin ne işin var burada? Çalışan indirimi mi?"

Amerika'daki olayları hatırlamış olacak ki ağzından tek bir güzel kelime çıkmamıştı. Bo Na suçlar gibi mırıldandı.

"Eğlenceli bir şeyler var sanırım."

Okula biraz geç gelen Yeong Do toplanmış kalabalığa doğru yaklaştı. Yeong Do girince toplanmış çocuklar gözünün içine bakıp yol verdiler. Nihayet Yeong Do ve Tan karşılaştılar. Belirgin bir düşmanlık ikisinin arasını sarmıştı.

"Hey, Choi Yeong Do, Choi Yeong Do!"

O gerginliğin arasına Myeong Su, "… Çoktan karşılaşmışsınız." diyerek gayriciddi bir şekilde atladı.

Yeong Do ile karşılaşan Tan'ı gören Myeong Su utanarak geriye çekildi. Önce selam veren taraf Tan'dı.

"Seni özledim, dostum!"

Sesi samimi fakat biraz ürkütücüydü.

"Hoş geldin."

Gülüp gülmemek arasında soğuk bir ifadeyle bu sefer Yeong Do selam verdi.

"Sakin ol. Hemen bir şey yapacak değilim."

"Birbirimizi sadece selamlayalım. Çocuklar korkuyorlar."

Gergin bakışlar gidip geldi. Hemen yumruklar konuşsa da garipsenmeyecek bir durumdu. Etrafına bakındıktan sonra çocuklar bu sert duran ikisinin ortamından korkup yüksek sesle nefes bile alamadılar.

Eun Sang hiçbir şey bilmeden o kalabalığın arasına girdi. Gözleri telefonunda sabitlenmişti. "Chan Yeong neredesin?" diye mesaj yazarak yürürken o anda garip bir şeyler hisseden Eun Sang durup başını kaldırdı.

"Bu da ne?"

Bakışlarını yana çevirdiğinde geçen sefer üniforma dükkânının önünde gördüğü o garip çocuk gözlerini dikmiş kendisine bakıyordu. Bakarken dayanamayıp güldü.

"Bu ne, kapsamlı hediye seti gibi."

"Onun burada ne işi var?"

Eun Sang otomatik olarak başını çevirdi.

"Üniformanı giymeden mi geldin?"

"Senin de burada ne işin var?"

Dün geceki gibi habersiz gelen Tan ile göz göze geldi.

05

Önce harekete geçen Chan Yeong'du.

"Benimle gel."

İzleyen Chan Yeong, Eun Sang'ın elinden tutup çekiştirdi.

"Sinirlerim bozuldu!"

Gözden kaybolan ikisine bakarak Bo Na alışkanlığı gibi söylendi.

"Benim de."

Rachel'ın sinirlerini bozan taraf Tan'ın tarafıydı. Eun Sang'dan gözlerini ayıramayan Tan'a bakmaya dayanamayan Rachel, Yeong Do ve Tan'ın arasına girdi.

"Heyecanlı buluşma bitti, değil mi? Benimle biraz..."

Tan'a doğru giden Rachel'ı Yeong Do birden tutup çekti ve elini omzuna attı. Rachel güçsüzce Yeong Do'nun kollarında sarılı kaldı.

"Henüz konuşmamız bitmedi, sister*. Kucaklaşma ve gözyaşı olmadan nasıl bitirelim?"

"Çek kolunu..."

Bunu gör diye yaptığı bir haraketti. Choi Yeong Do insanları sinirlendirme konusunda doğal bir yeteneğe sahipti. Öyle olsa bile okulun ilk gününden itibaren gürültü çıkartmasa olmazdı. Mümkün olduğunca Tan sessizce, istikrarlı bir şekilde bu okula devam etmeyi düşünüyordu. Eğer öyle yaparsa Kore'de kalabilirdi.

"Kucaklaşma kalsın ama gözyaşı istersen söyle. Ağlatabilirim."

Tan alçak sesle hırladı.

"Bak, şimdiden eğlenceli olmaya başladı. Her sabah heyecanlandığım için okula nasıl geleceğim?"

"Bunun için endişeleniyorsan nakil olmayı bir düşün. Ben nakil olamam ya. Annem okulun yönetim kurulu başkanı."

"Ah, annen ve anneciğin olarak ayrım mı yapıyorsun?"

Yeong Do, Tan'ın sırrını bilen tek kişiydi. Bu özelliğin dostluk olduğunu zannettiği zamanlar da vardı. Bu yanılgıydı. Kendi zayıf noktası Yeong Do'ya teselli olamamıştı. Bundan ölesiye üzüntü duymuşluğu da vardı. Yine de geçmişte kaldı diye düşünmüştü. Böyle Yeong Do'nun unutmayacağını ve tekrar söz konusu edeceğini bilememişti.

"İlk günden çok mu ileriye gittim? Uzun zaman sonra seni gördüğüme sevindiğim için böyle. Öyleyse sık sık görüşelim."

---

*İng. "Kız kardeş"

Tan'ın ciddileşmiş ifadesini gören Yeong Do bu kadar yeter der gibi havalı bir şekilde vücudunu döndürdü. "Choi Yeong Do birlikte gidelim!" Myeong Su acele ederek Yeong Do'nun arkasından gitti.

"Biraz konuşalım."

Rachel önden yürüdü. İlk gün şimdiden can sıkıcı olaylarla doluydu. Tan mecbur Rachel'ın arkasından gitti. Bu okulda, hayır Kore Cumhuriyeti'nde ikisinin nişanlı olduğu gerçeğini bilmeyen yoktu. Bu nişan bozulmadığı takdirde nişanlı olarak görevlerini yapmak zorundaydı. Çünkü bu İmparatorluk Grup ve babasının isteğiydi. Gözden kaybolan Rachel ve Tan'ı bırakıp toplanmış olan çocukların her biri sahip oldukları bilgileri yaymaya başladılar.

"O, dedikodularda duyduğum Kim Tan mı? Choi Yeong Do'dan çok daha kötü biri olduğunu duymuştum ama çok yakışıklıymış."

Normalde İmparatorluk Lisesi öğrencileri İmparatorluk İlkokulu, İmparatorluk Ortaokulu yoluyla İmparatorluk Lisesi'ne kadar direkt olarak geçiyorlar. Bu yüzden üyelerinin değiştiği durum çok nadir olup, ilk etapta diğer kesimden öğrencilerle karışmak istemeyen yüksek tabakanın desteklediği bir yol olduğu için aralarına girmek zordu. Bu zorlu yolu geçerek gelen çocuklar çok azdı. Kang Ye Sol da onlardan biriydi.

"Bu yüzden şeytan. O yüzle çocuklara eziyet ettiği için."

"Sen onu nereden tanıyorsun?"

"İlk aşkımdı. Adi herif."

Bo Na, Ye Sol gereksiz bir soru sormuşçasına cevap verdi.

"Gerçekten mi? Çıktınız mı? Kim Tan ile? Böyle büyük olaylar nasıl olurda aynı anda patlak verebiliyor?"

Ye Sol şaşırmış mı şaşırmamış mı hiç umursamayan Bo Na ortadan kaybolan Chan Yeong ve Eun Sang, ayrıca birbirlerini öldürecekmiş gibi bakan Choi Yeong Do ve Kim Tan, hepsi bir yana geri dönen ilk aşkının değişmeyen yakışıklılığını tekrar hatırladığı için aklı başından gitmişti.

Uzun bir süre yürüyen Rachel insanların fazla olmadığı bir yere gelince birden arkasına dönüp durdu. Rahat bir şekilde güldü fakat Tan biliyordu. Bu hareketin Rachel'ın kızmasının bir yolu olduğunu...

"Jo Myeong Su'ya yemek falan ısmarlamam lazım. Senin Kore'ye döndüğün dedikodusunu yaymasaydı ben de diğer çocukların arasında aptalca bakıyor olurdum. Sözde adım nişanlın."

"Pahalı bir şeyler ısmarla."

"O kızın bu okula nakil gelmesiyle senin bir bağlantın var mı?"

"Bağlantım yok diyemem. Nakil evraklarını annem imzalamış olsa gerek."

"Az da olsa senin isteğinin olup olmadığını soruyorum?"

"Ne zamandan beri evde bizim isteklerimiz önemli oldu ki? Nişanımı da ben istememiştim."

Her seferinde böyle yapıyordu. Tereddüdü yoktu. Nişan konusu ortaya çıktığında, nişan yapılırken, nişandan sonra da tek bir sefer bile değişmeyen tutumu. Sanki satılan bir oyuncak gibi. Satılan oyuncak gibi olan kişi Kim Tan'dı fakat gururu kırılan her zaman bendim.

"Cha Eun Sang'ın nakil olmasıyla benim bir alakam yok."

Rachel güçlükle duygularını yutarmış gibi tekrar gülümsedi.

"Peki. Öyleyse biraz da bizimle ilgili konuşalım."

"Az önceye kadar yaptığımız bizimle ilgili konuşmaydı."

Tan soğuk bir şekilde dönüp baktı. Rachel hiçbir şey söyleyemeyip, sadece uzaklaşan Tan'ın arkasından baktı. Her zaman ikisinin konuşmasında yenilen taraf Rachel oluyordu. Artık buna alışmış olsa da Tan'ın bu soğukluğuna katiyen alışamıyordu.

Kalabalıktan sıyrılıp çıkan Chan Yeong ve Eun Sang çocukların gelmediği spor sahasının bankında yan yana oturdular. Chan Yeong, Eun Sang'a önce ne söylemesi gerektiğini düşünüyordu. Kim Tan ve Choi Yeong Do, ikisinin arasındaki Eun Sang. İkisinin bakışları Eun Sang'a odaklanmıştı. Bunun ne kadar tehlikeli olduğunu Eun Sang biliyor muydu acaba? Chan Yeong hafiften iç çekti.

"Hiç olmazsa arasaydın okula birlikte gelirdik."

"Senin araman lazımdı. Kim Tan'ın İmparatorluk Grup'un oğlu olduğunu neden söylemedin?"

Kusursuzca kandırabileceğini düşünmemişti. Eun Sang yatılı olarak çalışan annesinin ardından hizmetçi odasında kalacağını söylediği andan beri, çok endişelenip birçok şey düşünmüştü.

Eun Sang'a söylemeli miydi, söylerse ne kadarını söylemeliydi? Sonuç olarak bilmiyormuş gibi yaptı. Eun Sang'ın acısını birkaç gün olsa bile bilmiyormuş gibi yaparak mümkün olduğunca bilmiyormuş gibi davrandı.

"Sonunda öğrendin demek."

"Sonunda öğreneceğim bir şeyi önceden söylemeliydin."

"Önceden söyleseydim, o evden ayrılacak mıydın?"

Eun Sang cevap veremeyip tereddüt etti.

"İşte bu yüzden söylemedim. Bundan sonra yaşayacakların göz önüne alındığında Kim Tan'ın kim olduğu önemli bile olmayacak."

Bir adım önündeki olaylar için endişelenmekle meşgul olan Eun Sang'ın 18. yaşını Chan Yeong çok iyi biliyordu. Şimdi önemli olan onların kim olduğu değildi. Burnunun dibindeki tehlikeden kurtulmasını sağlayacak olan kılavuz gerekliydi.

"Bunun yerine bundan sonra karşılaşacağın çok önemli şeylerden bahsedeceğim."

"Neden bu kadar ciddisin? Beni korkutuyorsun."

"İyi dinle. Burada mükemmel bir hiyerarşi var."

"Hiyerarşi mi?"

"Birinci derece, miras yönetim kurulu. Başka bir deyişle zengin ailelerin oğulları ve kızları. İkinci derece, hisse mirasçısı grubu. Aile işini devralmazlar ama zaten en büyük hissedarlardır."

Eun Sang'ın aklından Kim Tan ile Yoo Rachel, Choi Yeong Do ve Lee Bo Na geçti. Bu çocuklarla karşı karşıya gelip onlara karışmak zorunda olmak. Böyle çocuklar sadece o kadar değildi. Düşündüğünden çok daha büyük ölçeklilerdi.

"Üçüncü derece, saygın miras grubu. Bakanlar, milletvekilleri, adalet bakanı, firma başkanları gibi saygın kişilerin çocukları ve dördüncü derece, sen ve ben gibi sosyal yardımlaşma grubu öğrencileri."

"Sosyal yardımlaşma grubu mu?"

"Sosyal yardımlaşma bursu ile okula giren öğrencilere takılan ad."

"Ben öyle olsam bile sen niye?"

"Kast sistemini biliyorsun, değil mi? Genel sekreterin oğlu mu? Burada sudra* sayılır. Dokunulmazlığı olan sınıf."

"Sen dokunulmazsan ben neyim? Ben... Dayanabilecek miyim?"

"En azından senin tarafında olan biri var. Diğer çocukların hepsi yalnızdı. Ben de dâhil."

Gruplaşma yok değildi. Sürekli çok çalışıp bütün okul çapında birinci sırayı kimseye kaptırmamış, sınıf başkanlığı görevini almış, haksız olaylarda yenilmeyip her zaman tarafsızlığı korumuştu. Bu şekilde Chan Yeong görmezden gelemeyecekleri bir yere sahip oldu. Yani itibar. Bu şekilde yapsa da çocukların gönlünü kazanmak çok uzun zaman aldı. Mesaj sesi duyuldu. Chan Yeong telefonunu açıp mesajı kontrol etti ve Eun Sang'a güven verecek bir şekilde gülümsedi.

---

* Sudra: Kast sisteminin dördüncü düzeyindeki sınıftır. Köle ve işsiz, hünersiz kişilerdir.

"Nakil öğrenci. Öğretmenler odasına çağrılıyorsun. Ayrıca ben sınıf başkanıyım. Merak ettiğin bir şey olursa istediğin zaman sorabilirsin."

"Sağ ol. O zaman ilk merak ettiğim şey. Öğretmenler odası nerede?"

Öncelikle yapması gereken ilk işten başladı. Bu şekilde sırasıyla yaparsa şu uzakta görünen yere kadar çıkamaz mıydı? Bu yolda yalnız olmaması gerçekten büyük şanstı.

"Otur."

Eun Sang çekinerek karşısındaki sandalyeye oturdu. Eun Sang'dan sorumlu öğretmeni iş tavırlarıyla ders programı ve gireceği derslerin listesinin yazılı olduğu belgeyi uzattı.

"Ders yılı boyunca sorumlu olduğun dersleri bu çizelgeye göre saatleri gelince dinlersin. Seçmeliler için de kendi programını oluşturabilirsin. Üniversite sistemi gibi düşünebilirsin. Bunu şimdi doldurman lazım."

Aile bilgi formu. Ad, doğum tarihi, adres, aile ilişkilerini sırasıyla yazan Eun Sang'ın eli, "Anne ve baba mesleği" yazılı yerde bir an durdu. Biraz düşünen Eun Sang tereddüt ettikten sonra, "Ev Hanımı" yazdı.

"Annenin hizmetçi olduğunu duydum. Bu yüzden ders ücretlerinden muaf tutulmuşsun."

Bunu gören öğretmen hiçbir şey yokmuş gibi Eun Sang'ın yarasına bastı. İyi bir insan değildi. Eun Sang kırık bir ifade ile öğretmene baktı.

"Aynı zamanda ev hanımı."

Öğretmen saçma der gibi Eun Sang'a baktı.

"Peki, tamam. İlk ders benim dersim. Uzmanlık zorunlu. Başarılar."

Tamamen iş tavırlarıyla davranıyordu. Önemli değildi. Yoksullara iyi davranmayan çok insan görmüştü. Eun Sang saygılı bir şekilde düzgünce selam verdi.

"Bugünden itibaren bizimle olacak olan nakil öğrenci. Selam ver."

Eun Sang sınıf tahtasının önünde durup sınıfın içine göz attı. Tanıdık birkaç yüz gördü. Tan da o tanıdık yüzlerden biriydi.

"Merhaba, ben..."

"Bu ne ya? Pejmürde gibi."

Eun Sang alışkanlıkla eğilerek selam verince düpedüz alay etme sesleri duyuldu. Öğretmen sadece sınıfın bir köşesinde dikilmiş olanları izliyordu. Burada zayıf görünmemesi gerektiğini düşündü. Eun Sang belini doğrulttu.

"Ben Cha Eun Sang. Her yönden sıradan ve normalim. Her yere rahatlıkla uyum sağlayabilirim. Bu yüzden benimle ilgilenmeyin. Yardımlarınız bana yük olacaktır. Tanıştığıma memnun oldum."

Vay vay, beklentinin üstündeydi. Yeong Do, Eun Sang'a merakla baktı. Aksine Tan bu şekildeki Eun Sang'a endişeli baktı.

"Gidip boş yere otur. Hadi derse başlayalım."

"Nakil öğrenciye bir sorum var."

Sang Woo bekliyormuş gibi elini kaldırdı. Sınıftaki çocuklar Sang Woo ve Eun Sang'a odaklandılar.

"Ne sebeple nakil oldun?"

Chan Yeong'un söylediklerini hatırladı. Burada sosyal yardımlaşma grubu burslusu olduğum anlaşılırsa ilerideki durumum nasıl olurdu acaba? Fakat sırf bu yüzden yalan da söyleyemezdi. Eun Sang kolayca cevap veremedi.

"Burada bir nakil öğrenci daha var."

O anda birden Tan elini kaldırdı.

"Bizim okulumuzda Tan'ı tanımayan öğrenci var mı?"

Hiçbir şey duymuyormuş gibi duran fakat hiçbir şey duymuyormuş gibi olmayan öğretmen Tan'a dostça bir gülümseme gönderdi.

"Yine de yapılması gerekeni yapmalıyız."

Tan kalkıp sınıf tahtasının önüne gitti.

"Çekil biraz. Benim sıram."

Doğal olarak çocukların ilgisi Eun Sang'dan Tan'a geçti. Eun Sang, Tan'ın niyetini anlayınca mümkün olduğunca tuhaf davranmadan boş yere gidip oturdu. Şunlara bak. Yeong Do, Tan ve Eun Sang'a sırayla baktı.

"Ben Kim Tan. Önceki okulum... Söylesem de bilmezsiniz. Amerika'dan döneli çok olmadı."

Sınıfın tamamına doğru bakan Tan'ın bakışları Yeong Do ile kesişti.

MİRASÇILAR

"Ben de oldukça sıradan ve normal bir okul hayatı geçirmek istiyorum. İş birliği yapın lütfen."

Yeong Do bu şekildeki Tan'ın bakışlarından kaçmadı.

Kapı sesiyle aynı anda kapı açıldı. Bütün dikkatini vermiş eğilerek kâğıda duyuru yazmakta olan Hyo Shin başını çevirdi. Gelen Tan'dı. Kafasına göre içeriye giren Tan, Hyo Shin'in elinde tuttuğu, "JBS PD ek işe alımı" yazılı olan kâğıda eğilerek baktı.

"Madem kafana göre içeriye gireceksen kapıyı neden çalıyorsun?"

"Nazik davran biraz, görüşmeyeli 1 yıl oldu. En azından ayağa kalk."

"Neden? Sarılacak mısın?"

"Beni neden heyecanlandırıyorsun? Her şey yolunda mı? Hâlâ çalışkan mısın?"

"Elbette. Geri dönüş mü, ziyaret mi?"

"Üniformayı bile giydiğime göre elbette geri dönüş yaptım. Bir lisenin yayın odasına göre burası fazla gösterişli değil mi?"

"Babanın parası çok olduğundan böyle. Gelmişken sınav olmak ister misin? PD* olmayı düşünmez misin?"

"Bunun için yüzüm çok iyi."

Bu esprileri tekrar yapabileceğini bilmiyordu. Tan da Hyo Shin de aynı şeyi düşünüyordu. Bu yüzden daha önemsiz şekilde davrandı. Sanki hiçbir şey olmamış gibi, hiç zaman geçmemiş gibi. İkisinin önemsiz esprilerinin arasına birden Bo Na

---

*İng. "Production director" - "Üretim yetkilisi"

girdi. Yayın odasına giren Bo Na, Tan'ın yüzünü görür görmez refleks olarak arkasına döndü. Tekrar dışarıya çıkmaya niyetlenen Bo Na'yı Tan seslenerek durdurdu.

"Nasılsın, Lee Bo Na?"

"Mükemmel."

Bo Na sadece boynunu çevirerek cevap verdi.

"Yoon Chan Yeong şu anda nerede?"

"Off, delirmiş olmalı. Chan Yeong'u neden arıyor? Bulup beni elinden almak için savaş açtığını mı duyurmayı düşünüyor?"

"Chan Yeong yanlış bir şey yapmadı."

Bo Na birden bağırıp öylece yayın odasından çıktı. Tan saçmalıyor der gibi bir ifadeyle Bo Na'nın gözden kaybolduğu kapıya baktı.

"Aynen öyle dedi."

"Peki, ben ne yanlış yaptım?"

Hyo Shin'in şaşkınlığına Tan saçma der gibi bir ifadeye büründü.

Bo Na dolabın kapısını çat diye kapattı. Yanında dolabını düzenleyen Ye Sol, Bo Na'ya yandan bir bakış attı. Dalmış Kim Tan'dan bahsediyordu.

"Chan Yeong'u neden arıyor? Chan Yeong ile kavga mı etmek istiyordur, nedir?"

"Kim Tan, Chan Yeong ile neden kavga etsin ki?"

"Niye olacak! Hâlâ bana karşı hisleri olmalı."

Tabi tabi. Ye Sol, Bo Na görmeden kusuyormuş gibi yaptı.

"Yani neden ortaya çıktı ki? Geçmiş geçmişte kalmıştır! Ondan öyle çok nefret ediyorum ki ama çok yakışıklı."

"Ne? Yakışıklı olmaya yakışıklı fakat az önce ikisi yan yana dururken baktım da Yeong Do daha iyiydi sanki."

"Ne?"

Ye Sol'ün cevabına bu sefer Bo Na şaşırıp garip bir ifadeye büründü.

"Choi Yeong Do ilkokul öğrencisi gibi neresi yakışıklı? Çok korkunç görünüyor. Kişiliği de yamulmuş. Aşk denen şey senin gözünü kör etmiş demek ki. Cık cık cık."

Bo Na cık cık cık yaparken birden Myeong Su ortaya çıkıp aniden aralarına girdi.

"Ödüm koptu!"

Bo Na ansızın korktu.

"Siz ne düşünüyorsunuz?"

"Ne hakkında ne düşünüyoruz?"

"Nakil öğrenciyi diyorum. Garip bir şekilde onu bir yerlerden tanıyorum sanki. Siz de bir yerlerde görmüş gibi değil misiniz? Sadece bana mı tanıdık geliyor?"

"Gördüysen gece kulübünde görmüşsündür."

"Öyle mi acaba? Ah!"

Myeong Su'nun görüşüne Eun Sang girdi. Myeong Su, "Hey, nakil öğrenci!" diyerek uzaktaki Eun Sang'a memnun bir şekilde el salladı. Kim baksa 10 yıllık arkadaşı sanırdı. Bo Na memnuniyetsiz bir ifade ile izledi.

"Benim adımı hatırlıyor musun? İmparatorluk Lisesi'nin doğal kaynak suyu!"

Eun Sang çaktırmadan Myeong Su'nun isimliğine baktı.

"...Jo Myeong Su."

"Evet, çok zekisin. Ben de senin adını öğrendim. Cha Eun Sang değil mi? Bizim Eun Sang'ımız hangi taraftan?"

"Ne demek istiyorsun?"

"Ortaokulda hiç görmeden birdenbire bu şekilde ortaya çıkmanın sadece iki yolu var. Ya sosyal yardımlaşma grubundansın ya da sonradan görme. Sen hangisisin?"

Burada bu en önemli şeydi demek. İmparatorluk Lisesi'nde aldığı soruların hepsi aynıydı. Nasıl cevap vermesi gerektiğini bilemeyip köşede duran Bo Na'ya bakış attı.

"Neden bana bakıyorsun? Sen cevapla."

Bo Na'nın söylediklerine kulak kabartan Rachel, Bo Na'ya, "Onu tanıyor musun?" diye sordu.

"Tanıyorsam? Sana söyleyeceğimi mi sandın? Sen Kim Tan'ın Kore'ye döndüğünü bana söyledin mi?"

Rachel'la alakalı bir şeyse önce sinirlenen Bo Na sivri bir şekilde geri sordu.

"Boş ver."

Rachel dolabın kapağını çat diye kapatıp koridorda gözden kaybolunca önsezisiyle olayı anlayan Ye Sol, Eun Sang'a sordu.

"Çok ilginçsin. Nakil olur olmaz Kim Tan'la da tanışıyorsun, Choi Yeong Do da seni tanıyor gibi, Bo Na da seni tanıyor, Chan Yeong seni kolundan tutup götürdü. Rachel seni görür görmez senden nefret ediyor. Tam olarak kimsin sen?"

Kaçamayacağı bir soru gibi görünüyordu. Söylemeli miyim, söylersem bana ne olur acaba? Eun Sang'ın tereddüt ettiği sırada biri Eun Sang'ın yerine cevap verdi.

"Sonradan görme."

Çocuklar sesin geldiği tarafa doğru başlarını çevirdiler. Tan'dı. Myeong Su kıkırdayarak Eun Sang'ın omzuna vurdu.

"Tabii ya, ilk bakışta sonradan görme. Henüz para harcamayı bilmediği için pejmürde hâlinden kurtulamayan sonradan görme."

"İşe bak, ben bu sonuca karşıyım."

Bo Na ders kitaplarını alıp hızlıca ortadan kayboldu. Tan, Eun Sang'a yaklaştı.

"Sonradan görme, benimle gel biraz."

Tan önden yürüdü. Eun Sang kısa bir süre Tan'ın arkasından bakıp döndü ve ters tarafa doğru yürüdü. Bu okulda Tan'a bulaşmakla başına iyi bir şey gelmeyeceğini içgüdüsel olarak hissediyordu. Bütün çocukların bakışlarının Kim Tan ile kendisine odaklanmasını, bazen o bakışların kıskançlıkla derinleştiğini Eun Sang hızlıca fark etti.

Aklı çok karışmıştı. Birden nakil olmuş, üniformayı alamamış, ileride gerekecek olan para olsun, birden sahip olduğu sonradan görme geçmişine kadar… Derin düşüncelere dalmış yürüyordu ki pat diye biri Eun Sang'ın kolunu tuttu.

"İyi misin?"

Yeong Do yandan güldü. Eun Sang şaşkın ve garip bir ifade ile kafasını kaldırıp baktı.

"Çelmeyi sen taktın."

"Çelme takmasaydım tutamazdım."

Eun Sang, Yeong Do'nun elini birden itekledi. Yeong Do şaşırmayıp bu hâldeki Eun Sang'a güldü.

"Tuhaf birisin."

"Sadece tuhaf mıyım? Korkunç değil miyim?"

"Neden senden korkayım ki?"

"Seni sürekli düşüreceğim için."

Bir an çok korktu. Cevap veremeyip, geçiştiremeyip öylece duran Eun Sang'a Yeong Do memnun bir şekilde baktı.

"Öyleyse tekrar bir soru sorayım. Bu sefer doğru düzgün cevapla. Kim Tan ile aranda nasıl bir ilişki var?"

Rachel'ın hassas davranması olsun, sabah Kim Tan'ın bakışları olsun şüpheliydi ve sınıfta da garip davrandı.

"Kim Tan ile bir bağlantın olduğu kesin. Nasıl bir bağlantı olduğu önemli."

"Kim Tan ile ilgileniyorsan, bizzat gidip Kim Tan'a sorar mısın?"

Yeong Do bıyık altından güldü.

"Aa doğru ya, ben seni tanıştırmadım. Sen bugünden itibaren benimsin."

"Ne?"

"Başka bir deyişle köle de diyebiliriz."

Aniden ifadesi vahşileşti. Yeong Do başını öne eğerek Eun Sang'a baktı. Bu nasıl bir tehlikeydi.

"Artık demek istediğimi anladıysan cevap ver. Tan'ı nereden tanıyorsun?"

"Nereden tanıdığından sana ne?"

Birden araya giren sesle Yeong Do dönüp arkasına baktı. Eun Sang'ın arkasından Tan geliyordu.

"He heyt, normal bir ilişki olmadığı kesinleşti."

"Bana sor. Bizzat bana."

Tan, Yeong Do'ya soğuk bir şekilde konuştuktan sonra bakışlarını Eun Sang'a çevirdi.

"Sana konuşmamız gerekiyor dedim neden böyle kaçıyorsun? Kaçmayı aklından geçirme bile. Önden git."

Tan çene hareketiyle gitmesi gereken yeri gösterince Eun Sang bekliyordum der gibi oradan ayrıldı. Tan'dan kaçmaktansa Yeong Do ile bir arada olmak daha tehlikeli diye düşündü.

"Nakil öğrenci ile arkadaş olmaya çalışıyordum ama bizi rahatsız ettin!"

"Hiç arkadaşının olmaması sana daha çok yakışıyor. Nasıl olsa çok geçmeden bırakacaksın ne diye arkadaş oluyorsun?"

Tan ciddi bir ifade takınan Yeong Do'nun yanından geçip gitti. Birden bu şekilde eski zamanlardan bahsetmek hileydi. Yeong Do donuk bakışlarla gözden kaybolan Tan'a baktı.

Okul bahçesinin bir köşesinde duran Kim Tan ve Eun Sang garip bakışlarla birbirlerine baktılar. Tan gerçek kimliğini açıkladıktan sonra resmî bir şekilde neredeyse ilk defa karşısına çıkıyordu. Tan kalbi kırılan Eun Sang'ın üzgün gözlerine bakarak kolayca konuşmaya başlayamadı. Tahmin ettiğinden çok daha uzakta bulunan Tan'a Eun Sang da ne gözle bakması gerektiğini bilemiyordu.

"Benden sürekli kaçmayı mı düşünüyorsun?"

Önce Tan konuşmaya başladı. Eun Sang hafiften vücudunu döndürüp Tan'ın bakışlarından kaçtı. Eun Sang'a göre yakalanmayacak şekilde davranıyordu fakat Tan'a bu şekildeki Eun Sang'ın bütün hareketleri göründü.

"Sürekli nasıl kaçabilirim? Evde bile sen varsın."

Eun Sang, Tan'a yüz çevirmiş bir şekilde sakince cevap verdi. Bu daha çok canını acıttı.

"Bilerek saklamadım."

"Bilerek olsun ya da olmasın ne kadar dipte olduğumu öğrendin sonunda."

"Ağladın mı?"

O gece, Eun Sang'ın ayrıldığı andan itibaren Eun Sang'ın yaralı gözleri Tan'ın peşini bırakmadı. Kafasının içinde Eun Sang sürekli ağlıyordu. Sürekli Amerika'da çömelmiş, çocuklar gibi hüngür hüngür ağlayan Eun Sang'ı hatırladı.

"Senden bir ricam var. Beni tanımıyormuş gibi yapsan olmaz mı?"

Şimdiye kadar sırtını dönmüş olan Eun Sang Tan'ın gözlerine bakarak ilk defa konuşmuştu.

"Bu okuldan mutlaka mezun olmak istiyorum. Bu okulun diplomasına gerçekten ihtiyacım var fakat ilk günden her şey ters gitti. Tanrı aşkına hangi düşünceyle benim sonradan görme olduğumu söyledin?"

"Sonradan görme olmak istemiyor musun? Onun yerine zengin aile mirasçısı mı deseydim?"

"Şu anda gayet ciddiyim."

"Ben şaka yapıyor gibi miyim? Okul yaşantını normal ve sıradan geçir diye diyorum."

"Sonradan görme olmak sıradanlık mı? Olur da ortaya çıkarsa..."

"Benim yanımda dur. Benimle samimi olursan endişelenmeni gerektirecek bir şey olmaz. Choi Yeong Do'dan mümkün olduğunca uzak durmaya çalış."

"Hayır, Choi Yeong Do'nun benimle konuşması da kızların bana dik dik bakmaları da senin yüzünden gibi. Şimdi de senin yüzünden çocuklar bana yan yan bakıyorlar. Benim mümkün olduğunca uzak durmam gereken Choi Yeong Do değil sensin sanırım."

Eun Sang cevap vermesine fırsat vermeden arkasını döndü. Eun Sang'ın söylediklerinden sonra Tan etrafına bakındı. Çocukların geçerken yan yan baktıklarını hissetti. Eun Sang için ağır bakışlardı. Aptal gibi, onu bile anlamamıştı. İçi sıkıldı. Tan bir yere telefon etti.

"Evet, benim Kim Tan. Okul çıkışı görüşelim. Nerede? Orası neresi?"

Uzakta yürüyen Eun Sang'ın saçları sağa sola sallanıyordu.

"Burası da ne böyle?"

"Giriş sınavı için kullanılacak atölyeyi istila eden Myeong Su'nun sığınağı."

3 yıl içinde birçok şey değişti. Bilmediği birçok şey vardı, bilmediği ilişki vardı. Chan Yeong ve Myeong Su'nun arasındaki ilişki de aynıydı. Chan Yeong eskiden olduğu gibi masaya oturmuş bilgisayarına bakıyordu.

"Jo Myeong Su'nun çalışması kulüp ışıkları olmayan bir yerde mümkün değil diye biliyordum. Sen ne yapıyorsun?"

"Myeong Su'nun bozduğu bilgisayarı tamir ediyorum."

"Bilgisayardan iyi anlıyorsun herhâlde?"

"Fena sayılmam. İyi de neden görüşmek istedin?"

"Cha Eun Sang'ın bizim evde yaşadığını biliyorsun, değil mi?"

"Eun Sang da senin evinde yaşadığını biliyor."

"Bu yüzden söylüyorum ama Cha Eun Sang'ın sosyal yardımlaşma grubundan olduğunu, ayrıca bizim ev ile olan ilişkisini, diğer kişisel bilgilerini çocuklara söyleme."

"Şimdi benim ağzımı mı kapatıyorsun? Cha Eun Sang ile 10 yıllık arkadaşlığı olan benim ağzımı?"

"Bir arkadaş gizli bir düşman olabilir. Birbirleri hakkında pek çok şey bildikleri için. Benim tecrübem öyleydi."

Tan'ın yüzü nedense üzgündü. O anda hiçbir şey bilmeyen Bo Na koşarak atölyeye girdi.

"Chan Yeong!"

Birden Bo Na'nın bakışları titredi.

"Ah, delireceğim. İkisi neden bir aradalar?"

"Alo? Evet, benim. Buyurun. Ah, evet."

Bo Na çalmayan telefonu açmış gibi yaparak mümkün olduğunca doğal bir şekilde arkasını dönüp oradan çıktı. Çok sevimliydi. Chan Yeong bıyık altından güldü.

"Lee Bo Na'nın hâlâ bana karşı hisleri var sanırım."

"Çöp arabasından hisleri yüzünden kaçan biri var mıdır?"

"Ne? Çöp arabası mı?"

"Off, bugün gerçekten beni sinir eden bir sürü olay var."

Tan hafifçe burnunu kıvırdı.

"Okul nasıldı? Arkadaşların iyi davranıyorlar mı?"

Hui Nam okuldan henüz dönmüş olan Eun Sang'ın peşinden geldi. Eun Sang annesinin işaret diline karşılık olarak bir şey söylemeyip sadece üstünü değiştirdi. Hui Nam tekrar sordu.

"Cevap versene. Merak ediyorum, hadi."

"Anne, bu evden gidelim. Kredi çekemez misin? Ya da borç alabileceğin bir yer yok mu?"

Ana kapıdan içeriye adımını atana kadar ne kadar uzun süre geçtiğini bilmiyordu. Sürekli Tan'ın yüzü gözünün önüne geldiği için Tan ile yüz yüze geldiği zamanların ne kadar korkunç olduğunu düşündükçe delirecek gibi oluyordu. Rüyası sadece rüya olarak kalsa daha iyiydi. Gerçeğe bakıldığında bile sadece rüyasından daha da uzaklaşıyordu.

"Nereye gideceğiz? Saçma sapan konuşma da okuluna güzelce devam et."

"Okul umurumda değil. Bu odada suçlu gibi saklanarak yaşamayalım, gidelim buradan. Ben iki tane daha işte çalışabilirim. O zaman kirayı ödeyebiliriz."

Eun Sang'ın sözü bitmeden önce Hui Nam, Eun Sang'ın omzuna vurdu.

"Böyle bir şeyi aklının ucundan bile geçirme. Rüyanda bile görme! Ben temizlik işinde çalıştım, restoranda çalıştım. 3 ay dolmadan kovuyorlar! Buradan başka dilsiz birini kabul eden bir yer yok.

Birden üzüntüsüne dayanamadı.

"Konuşamaman benim suçum mu?"

"O hâlde benim suçum mu?"

Hui Nam kimseyi suçlamadı. Birisini suçlamak için uzun yaşamıştı ve ileride de yaşaması gereken uzun yıllar vardı. Suçlamaya başlarsa dayanamazdı. Bunu bilmek için sadece her gün yaşadı.

"Bu haksızlık. Neden geleceğimiz yokmuş gibi bu şekilde yaşıyoruz? Gerçekten kafayı yiyeceğim."

Yine de bu şekilde çocuğu ağladığı için kendi hatasıymış gibi üzüldü. Hui Nam, Eun Sang'ı kucaklayıp uzun bir süre sırtını sıvazladı.

Eun Sang dizüstü bilgisayarını kucaklayıp şarap mahzenine geldi. Tek başıma, sessizce kalabileceğim bir ortam yok mu acaba diye düşünürken aklına gelen tek yer burasıydı. Hizmetçi odası düşüncelerini toparlamak için çok iç karartıcıydı ve orada tekrar rahatsız edilmesi çok kolaydı. Henüz gözyaşları boğazında düğümlüydü. Eun Sang burnunu çekerek dizüstü bilgisayarını açıp müzik açtı. Ablasının en sevdiği şarkıydı. Nefret etse bile yanında olmadığı için özledi. Ne zaman zorlansa aklına geliyordu. Aile demek böyle bir şey olsa gerek. Öylece şarkıyı dinleyen Eun Sang bu sefer dizüstü bilgisayarıyla, "İmparatorluk Lisesi üniforması ikinci el" diye arama yaptı. Fakat ekranda sadece, "Arama sonucu bulunamıyor." yazısı çıktı.

"Bu okula giden çocuklar mezun olduktan sonra üniformalarını atıyorlar mı? Düşüncesiz şeyler."

Otomatik olarak derin bir iç çekti. O anda cebinden mesaj sesi geldi.

"Biraz görüşebilir miyiz?"

Mesaj Tan'dan gelmişti. Eun Sang tereddüt edip cevap gönderdi.

"Neredesin?"

"Burada."

"Anne!"

Mesajı gönderir göndermez arkadaki duvardan Tan fırlayıp çıktı.

"Neden saklanıyordun? Ödümü kopardın!"

"Kör olan sensin. Şu taraftan hiç mi ışık gelmiyor?"

"Ne zamandır buradasın? Yoksa daha önce de ben buradayken yokmuş gibi davrandığın oldu mu?"

"Soruyor musun bir de? Tabii ki oldu."

"Ne zaman?"

"Neden? Burada yapmaman gereken bir şey mi yaptın?"

Tan, Eun Sang'ın elini tutup yüzüne yaklaştırdı.

"Ne yapıyorsun?"

Eun Sang'ın yüzü birden kızardı.

"Sigara içmemişsin. Arkamdan küfür mü ettin?"

Aniden Tan'ın söyledikleriyle Eun Sang o anda aklını başına alıp elini silkti.

"Çekil."

"Yarın öğlen yemeğini benimle ye."

"Az önce söylediklerimi nerenle dinledin? Sen benden uzak durduğun sürece gayet iyi olacağımdan eminim."

"Öyleyse eski okuluna geri dön."

"Ne?"

"Ya da mezun oluncaya kadar tam anlamıyla bir sonradan görmeymişsin gibi davran ve benim gölgem altında dur."

"İkisini de..."

"İstemesen de yarın öğlen yemeğini benimle ye."

Neden böyle bir öğlen yemeğine hayatını söz konusu ediyor? Tan'ın niyetini anlaması mümkün değildi.

Eun Sang tepsiyi alıp rastgele bir masaya oturdu. Tek başına yemek yediğini gören çocuklar olur da laf atarlar diye bilerek kulaklığını da taktı. Chan Yeong sürekli beraber yiyelim demişti ama Bo Na'nın gereksiz yere Chan Yeong'u yormasını istemedi. Ne de olsa bir öğlen yemeğiydi. Tek başına da yiyebilirdi.

"Çekil, burası benim yerim."

Jun Yeong yemek tepsisini elinde tutar bir şekilde Eun Sang'ın yanına geldi. Tek başına yemek yediği için görmezden mi geliniyordu yani? Eun Sang kulaklığının tekini çıkartıp Jun Yeong'a baktı.

"Yemekhanede senin yerin benim yerim mi olurmuş?"

Eun Sang çıkarttığı kulaklığını tekrar takıp yemeğine devam etti.

"Müzik dinlemediğini biliyorum."

İçi titredi. Yine de burada durduramazdı. Eun Sang tekrar kulaklığını çıkartıp Jun Yeong'a baktı.

"Nereden biliyorsun?"

"Sesini alçalt. Çocuklar seni farklı biliyorlar ama ben öğretmenler odasında her şeyi duydum. Annenin yaptığı işi bile."

Okula geldiği ilk gün öğretmenler odasında aile bilgi formunu doldururken öğretmen ile konuştuklarını hatırladı. Kendi isteği değildi fakat sonradan görme olarak biliniyor olması durumunda gerçek ortaya çıkarsa neler olabileceği belliydi.

"Senin için endişelendiğimden söylüyorum fakat gerçeği kendiliğinden ortaya çıkartmaya çalışma. Bu olaylar öyle hemen sazan gibi atlanacak şeyler değil. Vicdanın mı rahatsız? Senin vicdanın kimsenin umurunda değil. Çocukların umurunda olan tek şey sadece senin içinde olduğun süreç."

Tehdit değildi. Eun Sang hiç beklemediği bu iyilik karşısında hiçbir şey söyleyemedi.

"Üstesinden gel. Ben üstesinden gelmeyi başaramadım ama..."

"Neden bahsediyorsun?"

"Yakında başka okula nakil olacağım."

Eun Sang bir şeyler söyleyecekti ki Jun Yeong aceleyle bağırdı.

"Kalk hemen. Burası benim yerim dedim!"

Birden Eun Sang'ı itekleyerek yerine oturdu. Eun Sang'ın oturduğu yer İmparatorluk Lisesi'nde açık kurallar sayesinde, "sosyal yardımlaşma grubu bursluları" için olan yerdi. Aynı zamanda 1 yılı aşkın bir süredir Jun Yeong'un oturduğu yerdi. Hemen o sırada Hyo Jun, Sang U ve Yeong Do gelip Jun Yeong'un etrafına oturdular.

"Sonradan görme, ne var? Bir şey mi oldu? Bizimle mi yemek yiyeceksin?"

"Bana uyar."

Yeong Do yemek kaşığını kaldırarak şakayla karışık olarak söyledi. Kendisiyle dalga geçilen ortamdan Eun Sang öylesine arkasını dönüp gidince Sang U ve Hyo Jun Jun Yeong'a yapılmayacak şaka yapmaya başladılar.

"Jun Yeong'umuz fasulye ye, fasulye. Çok faydalı."

Sang U kaşıkla banchan'ları alıp Jun Yeong'un yüzünü hedefleyerek fırlattı.

"Hey, Jun Yeong patates seviyor. Hahaha, afiyetle ye."

Hyo Jun da sırıtarak banchan'ı fırlattı. Jun Yeong alışkınmış gibi atılan banchan'ları yüzüne yiyerek sessizce yemeğini yedi.

"Hey, ne yaptığınızı…"

"Yemeği benimle ye demiştim."

Sinirlenen Eun Sang araya girmeye niyetlendiği anda Tan ortaya çıktı. Tan her şey normalmiş gibi rahat bir ifadeyle Eun Sang'ın kolundan tutup çekti. Yeong Do ikisini dikkatlice izledi.

"Bırak beni, onlar!"

Tan diğer taraftaki masaya Eun Sang'ı zorla oturttu.

"Oraya mı oturmak istiyorsun?"

Eun Sang hiçbir cevap veremedi.

"Okula sorunsuz devam etmek istiyorsan otur ve yemeğini ye."

"Yemeği beraber yemek istemenin sebebi bu muydu?"

"O yüzden lafımı dinlemen gerekiyor."

"Böyle bir şeyin olacağını nasıl tahmin ettin? Sen de bu okula yeni geldin."

"… Bunu başlatan bendim çünkü. O zamanlar beraber yapıyorduk."

Tan, Eun Sang'ın bakışlarından kaçarak yemek çubuklarını kullandı. Hiç aklına gelmeyecek bir itiraftı. Gariplik ikisinin arasını sarmıştı ki tak, Eun Sang'ın yanına bir tabak konuldu.

"Şu serseriler arkadaşlarına eziyet ediyorlar. Buraya oturabilirim değil mi?"

Yeong Do sandalyeyi çekip oturdu. Tan'ın bakışları korkunçlaştı.

"Git başka yere otur. Yemeğimizi ağız tadıyla yemeliyiz. Sen de ben de..."

"Benim iştahım şimdi açıldı. Sonunda nakil öğrenciyle birlikte oturuyorum."

"Ben önce gidiyorum."

"Önce gitme!"

Tabağını alıp kalkan Eun Sang'ı Yeong Do tutup zorla oturttu.

"İkimiz baş başa yiyelim. Samimi bir şekilde."

"Nakil öğrenci yanımda olmazsa olmaz. Bana bakan çok göz var. Kavga falan ettiğimizi düşünürler sonra."

Tan elindeki kaşığı masaya attı. Ansızın yemekhane sessizleşti. Yeong Do'nun umurunda değildi, çenesini toplayıp Eun Sang'a bakarken sırıtarak güldü.

"Bolca ye, nakil öğrenci."

"Tamam yiyelim. Sen de bolca ye."

Yemeğimi bitirirsem bu rahatsızlık veren ortamdan kurtulabilirim herhâlde. Eun Sang pilavdan ağzına çokça koydu.

"Şuna bir bak. Böyle yaparsa benim ilgimi çeker mi, çekmez mi?"

MİRASÇILAR

Yeong Do'nun gözüne girdiği kesindi. Tan sebepsiz yere kendi yüzünden Eun Sang, Yeong Do'nun hedefi olmuş gibi olduğundan tek kelimeyle kafayı yemek üzereydi.

Çocuklar serbest bir şekilde yapmaları gereken her şeyi yaptılar. Bir köşede Ye Sol piyano çalışıyordu, bir grup çocuk izliyor, bir grup çocuk hisse senetlerine bakıyordu. Tan'ın bütün vücuduyla Yeong Do ve Eun Sang'ı düşünmekten başı ağrımıştı. Bu hâldeki Tan'ın yanında, kaybolan 3 yıl gibi bir süre sanki hiç yokmuş gibi Myeong Su konuşmaya başladı.

"Nasıl olsa üniversiteye gidince lazım olacak diye atölye kurdum, diğerlerine de yardımcı oluyorum. İyice araştırsam seninle Bo Na'nın fotoğrafları bile vardır. Yeong Do ile çekilmiş fotoğrafın da…"

"Eyvah!"

Myeong Su kendi hatasını fark edip hemen sustu. Öyle olsa bile alıp da gösteremezdi.

"Daha sonra göster, Yeong Do ile çektirdiğimi de."

"Tamam, bulmaya çalışacağım."

Tan'ın garip bir şekilde soğukkanlılıkla kabullenmesi büyük şanstı. Birden kapı kenarındaki çocuklar takılmak isteyince sınıfa Yeong Do ve Yeong Do'nun yardımcıları girdi. Tan oturduğu yerden sadece bakışlarını çevirdi.

"Özür dilerim ama dışarı çıkabilir misiniz? Tan ile konuşacaklarım var da…",

Rica olmadığını herkes biliyordu. Çocuklar söylenerek birer ikişer dışarıya çıktılar. Yeong Do çıkmayıp alık alık oturmuş bakan Myeong Su'ya bakış attı.

"Ben de mi?"

"Gidip şunların başında dur. Pek güvenemiyorum onlara."

"Tamam."

Myeong Su'nun duyması iyi olmazdı. Tan, Yeong Do'nun niyetini anlayıp Myeong Su'yu güzellikle gönderdi. Myeong Su da hemen kabul edip Sang U ve Hyo Jun'un omuzlarına kolunu atıp sallana sallana dışarıya çıktı. Sınıfta sadece Tan ve Yeong Do kaldı.

"Yaptığın aşırı çocuksu. Çocukları neden gönderdin?"

"Çocukların duymaması gereken bir şey söyleyeceğim de o yüzden."

Yeong Do'nun ne söyleyeceğini tahmin etti.

"Uzun süre Amerika'da kaldığın için olsa gerek eşsiz tarihimiz, kültürümüz, duygularımız gibi şeyleri unutmuş gibisin. Kore'de böyle durumlarda huzur için düzenleme diye bir şey var. Bizim de çok yaptığımız bir şey."

"Ne yani, kavga mı etmek istiyorsun?"

"Ya, biz 8 yaşında değil, 18 yaşındayız."

"O zaman ne yapmamı istiyorsun?"

"Aynı okulda olamayız. Ya sen ya ben okul değiştirelim, nakil olalım."

"Ben daha dün nakil oldum."

"Tekrar git. Şans veriyorum sana. Ağzımdan metresin oğlu lafı çıkmadan önce gitme şansı."

Tan yerinden yavaşça kalkıp Yeong Do'nun önüne kadar gitti. Aralarında fazla olmayan bir aralık bırakıp hemen o anda birbirlerine gireceklermiş gibi dik dik baktılar.

"Henüz genç yaşta olduğum için, 'Kaybetmek kazanmaktır.' sözü henüz içime işlemedi."

"Henüz benim de sivri bir kişiliğim olduğu için eskiden tanıdığım Kim Tan bu şekilde davrandığından çok sinirleniyorum."

"Aramızın düzelmesi için artık imkân yok."

"Kaçmak için de geç kaldık."

Tan ile Yeong Do'nun bakışları gergin bir şekilde karşı karşıya geldi. Savaş ilan etmişlerdi.

"Bu dövüşte mutlaka ben kazanmalıyım. Neden mi? Çünkü Kim Tan'ın ölümcül bir zayıf noktası var."

Yeong Do az önce okuldaki olayı düşünüp keyfi yerinde bir şekilde motosiklet dükkânına doğru yöneldi. Kim Tan'ın asılmış yüzünü gördüğüm için ve sadece motosikletin geriye kalan ayarı tamamlandığında bugün mükemmel bir şekilde geçmiş olacak.

"Bu şekilde ayar yapmak yasa dışı."

"Benim yapmak istediğim her şey yasa dışı?"

"Çünkü henüz reşit değilsin."

"Dediğimi yaparsan hemen büyürüm."

Yeong Do dükkân sahibi ile hafif şakalar yapıyordu ki, üniforma giyinmiş Eun Sang tavuk paketini eline almış bir şekilde motosiklet dükkânına girdi.

"Aa, Cha Eun Sang?"

Eun Sang getirdiği tavuk paketini uzatıp parasını aldı. Daha sonra düzgün bir şekilde selam verip geldiği gibi meşgul bir şekilde dışarıya çıktı. Yeong Do çalışanların elinde tuttuğu tavuk paketine kuşkuyla dikkatlice baktı.

"Ah, yine mi burası? Az önce sipariş vermişlerdi şimdi tekrar mı verdiler? Bu ne ya bütün gün tavuk mu yiyorlar?"

Eun Sang tavuk paketini eline alıp motosiklet dükkânına girdi. Hiçbir şey söylemelerine fırsat vermeyip önden parayı almaya kararlıydı.

"16.100 won."

"Az önce getirdin ya. Hepsini yedik."

"Müşterim geldi diye yarımşar daha söylediniz ya. Benimle dalga geçiyor olmanızı kabul edebilirim fakat ödemeyi alamazsam sorun olur."

"Sipariş vermedik. Burası olduğundan emin misin?"

Şaka yapıyor gibi değildi. Çok tuhaf. Eun Sang mırıldanarak telefonu ile sipariş veren kişiyi aradı.

"Alo? Motosiklet dükkânına tavuk siparişi veren kişisiniz değil mi?"

"Bu senin numaran mı?"

"Efendim?"

"Sol taraf."

Eun Sang hiçbir düşüncesi olmadan sola döndü. Sol tarafta Yeong Do, telefon elinde duruyordu. Yeong Do telefonu kapatıp Eun Sang'a dik dik baktı.

"Tavuk buraya."

Eun Sang dükkândaki çalışanlara, "Özür dilerim." diye selam verdikten sonra Yeong Do'ya yaklaşarak tavuğu uzattı.

"16.100 won."

Yeong Do bir şey söylemeden kartını uzattı. Eun Sang da bir şey söylemeden alışkın olarak kart makinesini çıkarttı.

"Telefon numaranı almak için bu ücreti ödüyorum. Rachel'dan öğrenseydim keşke."

"Arama beni. Cevap vermeyeceğim."

Eun Sang fişi kesip kartla beraber geri verirken resmî bir şekilde afiyet olsun, diye selam verdikten sonra hemen arkasını döndü.

"Numaramı kaydedeceksin, değil mi?"

Eun Sang bir an duraksadı. Ama arkasına dönmeyip tekrar yürüdü.

"Eğer kaydetmezsen sonradan görmenin neden çalıştığını soracağım, sana."

Yeong Do'nun iyi biri olmadığını anladı. Tan'ın, Yeong Do'dan bütün gücüyle beni ayrı tutmaya çalışmasının sebebi de bu yüzdendi demek. Yine de elinden bir şey gelmiyordu. Çoktan yakalanmıştı ve bahanesi yoktu. Sadece sessiz durmaktan başka yapabileceği bir şey yoktu. Eun Sang huzursuz adımlarla dükkândan dışarıya çıktı. Yeong Do dışarıya çıkan Eun Sang'ı tutmayıp gönderdi.

"Şirkete gidip ne yaptın?"

Hemen yemek yiyen Tan'ın yanına gelen Ki Ae sordu.

"Hiçbir şey yapmadım."

"Babanın dediğine göre toplantıya da katılmışsın."

"Babama saf gibi inanmak benim hatam. Ağabeyine gideceğiz dediği için inanıp ağabeyimi zor durumda bıraktım. Geç kalıp toplantı salonuna koşarak giren ağabeyimin yüzünü, orada beni tanıtan babamın yüzünü silmek istedim. Hayır, elimden gelse orada duran kendimi silmek isterdim."

"Katılmadım, sadece izledim."

"İkisi aynı şey işte! Baban seni nereye oturttu? Yanında mı oturdun? Yoksa yanının yanına mı?"

Tan pilavına suyu karıştırıp öylesine ağzına aldı.

"Neden pilavının içine su katıyorsun? Bu kadar çok banchan varken..."

"Senin söylediklerini dinlemek istemediğimden bir an önce yiyip kalkmak istiyorum."

"Seni serseri! O hâlde hızlıca soracağım. Ne toplantısıydı? Baban bir şey yapmanı istemedi mi? Fikrini falan sormadı mı? Kimler vardı? Ağabeyin de geldi mi? Ağabeyin nereye oturdu?"

Annesinin uzun zamandan beri umudu olduğu için katiyen gereksiz istek diye kızamazdı. Tan yemeğinin hepsini bitirmeden birden kalkarak yemek odasından dışarıya çıktı. İçi sıkılmıştı.

Eun Sang ev işlerini tamamlamaya giden annesinin yerine tek başına çamaşırlığa yatak örtülerini astı. Güneşin altında bembeyaz parlayan yatak örtülerine bakınca nedense kendini kötü hissetti.

"Hava çok güzel. Beni sinir ediyor. Gündüzleri sonradan görme, akşamları da hizmetçi. Nasıl olurda birinin hayatında bu kadar büyük fark olur?"

Eun Sang astığı yatak örtülerini eliyle çırpıp düzelttikten sonra yanındaki sandalyeye oturdu. Güneşin altına oturduğu için alışık olmadığı yerdeki hayatı, yeni okulundaki gerginliği, part-time işleri ve ev işlerine kadar, birer birer bütün yorgunluğu tek seferde bastırdı. Astığı yatak örtüleri gibi nemlenen yüreğini düzgün bir şekilde kurutmak istedi. Eun Sang sandalyeye yaslanarak hafifçe gözlerini kapattı.

Tan biraz uzakta Eun Sang'ın yorulduğunu, tek başına söylediklerini duyup durdu. Örtülerin arkasındaki kız güzel ve en dişeliydi. Tan dikkatlice yürüyerek uykuya dalan Eun Sang'ın yüzüne baktı.

"Seni bu kadar üzen şey ne acaba?"

Yaklaşıp Eun Sang'ın elinin üzerinde yarısı açılıp sallanan yara bandını tekrar sıkıca yapıştırdı. Açık bir şekilde görünen yara, içine işledi.

"Anne sadece beş dakika daha... Birazcık daha uyuyup işe gideceğim."

Eun Sang hissettiği o eli Hui Nam'ın eli sandı. Uzun bir süre Eun Sang'a bakan Tan ne düşündüyse odasına çıktı. Daha sonra Eun Sang'ın hediye ettiği düş kapanını alıp aşağıya indi ve Eun Sang'ın başının üstündeki çamaşırlığa astı. Tatlı rüyalar. Üzgün olan o kızın yaşamında güzel bir rüya olmak istedi.

Eun Sang ağır adımlarla öğretmenler odasından çıktı. Sadece üniforma değil aynı zamanda seçmeli ders ücretine kadar hazırlaması gerekiyordu. İmparatorluk Lisesi'ni çok basit görmüşüm. Ders notlarıyla burs alabileceği düşüncesini en başından beri yok eden soğuk öğretmenin dediklerini hatırladı. Yine de dayanmak istedi. Sürekli dün başının üzerine asılı olan düş kapanını hatırladı. Defalarca düşse de o kadar teselli bulursa tekrar ayağa kalkabilecek gibiydi. Bu düşüncelerle koridorda yürüyordu ki birden ilan panosunda asılı olan ilan gözüne çarptı.

"JBS PD ek işe alımı, düşük miktarda burs verilecek."

Gözleri birden açıldı.

"Burs mu?"

Başvurmadan önce bursu soran ilk kişiydi. Bu okulda yayın bölümünün bursuna göz dikecek çok az öğrenci vardı. Bu inanılmaz nakil öğrenci de neyin nesiydi?

"Başvuranın çok olduğunu biliyorum. Buradaki çocukların yürümeye başladığı andan itibaren özel ders alıp IVY ligine[*] hazırlandığını da biliyorum ama merak ettim. Burs peşin mi, sonradan mı veriyorsunuz?"

"Neyse ne. Neden sordun?"

"Üniforma almak için paraya ihtiyacım var."

"Ne kadara kadar baktın?"

"Ne?"

Çok açık söylemişti. Eun Sang hahaha, diye çok garip bir şekilde güldü.

"Burs yüzünden mi yayın işine başvurmak istiyorsun?"

"Yayın işine karşı olan tutkum da..."

"Var diyelim. Dedikodulardan çok farklısın. Gerçekten üniforma alacak paran yok mu? Sonradan görme olduğunu duymuştum."

"... Çanta aldım. Parayı... Su gibi harcıyorum da..."

"Üniforma alacağın parayla çanta aldığını söyleyip seni seçmemi mi söylüyorsun?"

"Bunun dışında pek kusurum yok. Çok dürüstüm."

---

[*] Amerika'nın kuzeydoğusunda bulunan en başarılı 8 üniversiteye verilen ad. Bu üniversiteler; Harvard, Yale, Princeton, Cornell, Columbia, Brown, Dartmouth ve University of Pennsylvania.

"Senin dürüst olup olmadığını ben nereden bileyim?"

"Nasıl biri olduğunuzu gelmeden önce araştırıp geldim. Dürüst olarak."

"Şuna bak."

"Çok iyi biri olduğunuzu, kibar ve centilmen biri olduğunuzu duydum. Sınav olma şansı tanıyacak mısınız?"

Eğlenceli biri. Söylemedi fakat Hyo Shin çoktan Eun Sang'ı sevmişti. Gerçekten öyle işe alınabilecek bir aday da yoktu.

Sang U ve Hyo Shin, Jun Yeong'un omzundan tutup dolaba çat diye fırlattılar. Yeong Do dolaba çarpan Jun Yeong'un yakasından tutup tekrar dolaba itekledi. Çocuklar fısıldayarak etrafında toplandılar.

"Neden sürekli kalbime zarar verip duruyorsun, Jun Yeong? İsimsiz olarak şikâyet edersen senin olduğunu anlamayacağımı mı sandın?"

Jun Yeong, Yeong Do'nun gözüne bile bakamayıp omzunu salladı.

"Öğretmene ister söyle ister söyleme. Senin baban telefona bizzat bakıyor ama benim babamın sekreteri bakıyor diye kaç kere daha söyleyeceğim. Neden sürekli sekreterlik ile benim aramda sır oluşmasına neden oluyorsun, Jun Yeong?"

Şaka yapıyormuş gibi konuşmasının aksine gözlerindeki öldürücü ruh buz gibiydi. Uzakta izleyen çocuklar da bu şekildeki Yeong Do'nun hâliyle büzüşmüş nefeslerini tutmuşlardı. Belki de üniformanın parasını hazırlayabilirim düşüncesiyle keyifli bir şekilde yayın odasından çıkan Eun Sang toplanmış çocukları gördü.

"Bu da ne?"

Düşüncesizce aralarındaki boşluktan başını uzattı.

"Daha ne yapmam lazım bana saygı göstermen için? Sürekli bana saygı göstermediğinden ben de senden ricada bulunmak için herkesin önünde böyle davranmak zorunda kalıyorum."

Yeong Do, Jun Yeong'un başını parmaklarıyla itekledi. Jun Yeong bütün bu durumdan dolayı utancından ölmek istedi.

"Tekrar yapacak mısın?"

Jun Yeong sadece vücudunu büzmüş kalmıştı. Jun Yeong'un vücudu tir tir titriyordu.

"Cevap vermeyecek misin?"

Yeong Do, Jun Yeong'un kafasına eliyle vurdu. O anda Jun Yeong'un bakışları değişti. Jun Yeong, Yeong Do'ya direkt olarak öfkeyle baktı.

"Cevap vermeyecek misin diyorum. Gözünü dikip bakma!"

Yeong Do sesini yükselterek biraz öncekinden daha sert Jun Yeong'un başına vurdu. Eun Sang'ın vücudu irkildi. Tam o sıradaydı. Jun Yeong, Yeong Do'nun göğsünden pat diye itekledi.

"Dokunma bana! Daha fazla sabretmeyeceğim!"

Jun Yeong yere düşmüş olan çantasını alıp Yeong Do'ya doğru fırlattı. Çantanın fermuarı çizmiş gibi Yeong Do'nun yanağında küçük bir yara oluştu. İzleyen çocuklar, "Eyvah!" diyerek nefeslerini tuttular. Yeong Do yanağında oluşan yaraya hafifçe dokunarak yandan güldü.

"Neden durumu daha da kötüleştiriyorsun? Canına mı susadın?"

"Ben de artık sabretmeyeceğim seni pislik herif! Yakında nakil gideceğim artık korkacak bir şeyim yok! Seni gebereceğim!"

Daha fazla kaçacak yeri yoktu. Umutsuz olan Jun Yeong, Yeong Do'ya doğru koşarak saldırdı. Yeong Do hafif bir şekilde gelen Jun Yeong'u tutup öylece yere fırlattı. Bütün vücuduyla şoka giren Jun Yeong yerden kolayca kalkamadı.

"Dayanıyordun madem biraz daha dayansaydın."

Yeong Do yerde yatan Jun Yeong'a doğru yavaşça yürüdü. Aniden Jun Yeong'un omzuna bastıktan sonra Yeong Do çocukların arasında duran Eun Sang'a baktı.

"Bekliyor olacağım. Sana neler olacağını…"

Sanki Eun Sang'ı uyarıyor gibiydi. Yeong Do donup kalmış olan Eun Sang'a doğru şüpheli gülerek sakince yerinden ayrıldı. Yeong Do ortadan kaybolunca toplanmış, olanları izleyen çocuklar da birer birer ortadan kayboldular. Eun sang yerde yatan Jun Yeong'a dikkatlice yaklaştı.

"İyi misin?"

Eun Sang, Jun Yeong'a destek olarak elindeki su şişesini uzattı. Bir köşede görmemiş gibi arkası dönük olan Tan, Eun Sang'a doğru yürüdü.

"Su… İçer misin?"

Tan, Eun Sang'ın su şişesini tutup fırlattıktan sonra Eun Sang'ı zorla çekiştirip ayağa kaldırdı.

"Ne yapıyorsun?"

"Ona su veriyordum."

"Sorunun bu olduğunu görmüyor musun? Böyle bir olaya karışma."

"Sadece iyi misin diye sordum, neye karıştım ki?"

"Burada senden başka ona laf atan var mı?"

Eun Sang farkında olmadan etrafa bakındı. Çocuklar yere düşmüş olan Jun Yeong'a bakmıyorlardı bile. Herkes kendi işiyle ilgileniyordu.

"İmparatorluk Lisesi içinde kesinlikle zayıf olanın tarafını tutma. Zayıf olan zayıf kişinin tarafını tutarsa sadece 'zayıflar' olur."

"Zayıflar..."

Bu söz Eun Sang'ın kalbine dokundu. Bu okul tahmininden daha pis bir yerdi.

"Ben zayıfım demek."

Eun Sang katiyen, tekrar Jun Yeong'un elini tutma cesaretini bulamadı.

Çalışırken de bütün vücuduyla sadece okulda olanları düşünüyordu. Yere düşen Jun Yeong ile onun omzuna basan Yeong Do ve kendisine bakan keskin bakışlar ile Tan'ın alışık olmadığı hâline kadar her şey kafa karıştırıcıydı. Otomatik olarak eli hareket ediyorken önlüğünün cebinde telefonu çaldı. İlk defa gördüğü numaraydı.

"Alo?"

"Benim. Sesimi tanıyorsun, değil mi?"

Rachel'ın sesiydi.

"Bu senin numaran mı?"

"Güzellikle söylerken isimliğimi geri getir. Göründüğüm kadar sabırlı değilim."

"Almak istiyorsan kendin gel."

"Kim Tan ile birlikte gelelim mi?"

Daha fazla Kim Tan ile bağlantılı olmamalıydı. Elinden bir şey gelmiyordu. Gitmekten başka...

Rachel'ın gelmemi istediği yer lüks bir estetik salonuydu. Böyle bir yere de gitmiştim ya. Bilinçli olarak sağa sola bakmak istemiyordum fakat ne de olsa ilk defa gördüğüm bir manzara olduğu için gözüm kaydı. Garip bir şekilde dinlenme salonuna oturmuştu ki karşı taraftan bornoza sarınmış Rachel göründü.

"İsim kartım?"

"Benim gümrük beyannamem?"

Boyun bükmeyip karşılık veren Eun Sang'a Rachel sesini yükseltti.

"Seni küstah! Çalışan indirimli olan Chan Yeong sana okulu anlatmadı mı?"

"Anlattıysa ne değişecek?"

"Senin hareketlerin değişmeli. Sonradan görmeymişsin madem."

Rachel'ın ağzından çıkan sonradan görme kelimesiyle Eun Sang'ın yüzü asıldı.

Sonradan görme olan yalan geçmişiyle bile Rachel'ın önünde hiçbir gücü yoktu.

"Aslen nasıl zengin oldun bilmiyorum ama ben babamın babasının babasından itibaren zenginim. O yüzden Kim Tan ile kendi adını birlikte çocukların ağzına dolama. Tan ile beni aşağılamış olursun."

"… İnanmayacaksın ama benim de istediğim bu."

Eun Sang cebinden isimliği çıkartıp masanın üzerine koydu.

"Al burada. Gümrük beyannamesini ver."

Rachel isimliğini alıp yandan güldü.

"Ah, o mu? Attım onu."

"Ne?"

"Havaalanının çöp kutusuna. Bugün zahmet ettin!"

Rachel cüzdanından iki tane 50.000 won çıkartarak masanın üzerine attı.

"Bu yol paran. Reddetme sakın. Çünkü bu, 'Çabuk defol!' demek."

Rachel yerinden kalkıp içeriye doğru gözden kayboldu. Olsa olsa 18 yaşındaki birinin bu yöntemle bir insanı perişan hâle getirebileceği bir kere bile aklından geçmemişti. Eun Sang masanın üzerindeki iki tane 50.000 won'a aşağılayıcı gözlerle baktı.

Okulda sahte sonradan görme, okul çıkışında iyi görünümlü part-time çalışan öğrenci, eve gittiğinde herkesin gözünün içine bakmak zorunda olan hizmetçi. Hiçbir yerde kolay olanı yoktu. İyi bir aileye sahip olan babasının babasının babasından beri zengin yaşayan birinden tamamen farklı bir hikâyeydi. Yandan gülümsedi. Katiyen eve gitmeyi istemiyordu. Hiç olmasa bile bu zorlu hayatın gerçeklerinden kaçacak bir yer bari olmalıydı. Ev Eun Sang'ın ne kaçabileceği ne de dinlenebileceği bir yer değildi. Ayrıca onun daha perişan bir gerçeğiydi. Evde Kim Tan vardı ve sadece Eun Sang isteği ile ondan kaçamıyordu. Tan'a bütün gerçeğini göstermek zorunda olması Eun Sang'ı çok üzdü. En azından bu şekilde karşılaşmak istememişti. En azından bu şekilde karşılaşmamalılardı. Başının üzerinde sallanan düş kapanı ve onun elini tutup koştukları Kaliforniya sokağını hatırladı. Perişan yaşantısına teselli olan hediye olduğunu düşündü. O gerçeğin kendi canını yakacağını bilmiyordu. Eve giden adımları sürekli olarak yavaşladı. Düşünen Eun Sang karar vermiş gibi evin civarındaki pyeonuijeom'a yöneldi. Bir tane içeceğin ödemesini yapıp dışarıya çıktı ve nezaketen öyle yapması gerekiyormuş gibi dışarıdaki masanın üzerine devrildi. Evdense orası daha rahattı. Eun Sang yavaşça gözlerini kapattı.

"Sizin evin yakınlarındaki pyeonuijeom'dayım. Bir tane ramen yiyeceğim için hemen gel."

Pyeonuijeom'un içinde Myeong Su ile telefon görüşmesi yapan Yeong Do, Eun Sang'ı gördü. Arkasını dönüp kutu ramen'e su koyduğu süre boyunca Eun Sang içeriye girmiş gibiydi. Yine aynı şeyi yapıyor. Yeong Do ramen'i eline alıp dışarıya çıktı ve Eun Sang'ın önüne oturdu. Sessizce Eun Sang'a bakarken ramen yiyen Yeong Do ayağıyla Eun Sang'ın sandelyesine vurdu.

"Hey!"

Uykuya dalan Eun Sang kolayca gözlerini açamadı. Yeong Do bir kere daha Eun Sang'ın sandalyesine vurdu.

"Hey!"

"Bu ses, Choi Yeong Do?"

Ansızın uykusu kaçtı.

"Ne yapacağım?"

Bu durumdan nasıl kurtulacağını bilemedi. Eun Sang uykusundan uyanmamış gibi yaparak gözlerini kapattı.

"Neden her gün burada uyuyorsun? Seni koruma isteği uyandırıyorsun."

O uyandı ama uyanmasına rağmen uyuyormuş gibi yapıyordu. Çok üzüldüm. Yeong Do çaresizce yüzüstü yatan Eun Sang'ın yüzüne baktı. Ne desem de onunla uğraşsam diye düşünen Yeong Do'nun telefonu titredi. Arayan Tan'dı.

"Beni de ararmış!"

Yeong Do bekliyormuş gibi telefona cevap verdi.

"Benim numaramı nereden aldın?"

"Sen de benim numaramı biliyorsun."

"Peki, öyle diyelim, ne var?"

"Ramen lezzetli mi?"

Yeong Do telefonu elinde tutar şekilde etrafına bakındı. Sonra karşı tarafta duran Tan ile göz göze geldiler. Yeong Do durumu anladım der gibi yüzüstü yatan Eun Sang ve Tan'a sırayla baktı.

"Ramen yemek ister misin?"

"Seni gördüğüme memnun olduğum için aradığımı sanıyorsun, değil mi?"

"Dostluğumuz nasıl değişebilir ki? Gördüğüne memnun olacağın kişiyi uyandıracağım."

Yeong Do, Eun Sang'ın sandalyesine tekrar tekme attı.

"Hadi artık uyan. Kim Tan geldi."

"Ah, delireceğim!"

Kim Tan'ın da bile gelmesiyle artık uyuyormuş gibi yapamazdı. Eun Sang yavaşça vücudunu kaldırdı.

"Neden bu kadar gürültü yapıyorsun?"

Yeong Do çenesinin ucuyla yolun karşısını işaret etti. Tan'ın ağzına kadar küfür etmek gelmişti fakat Eun Sang'a çaktırmadan bakarak telefonla konuşmaya devam etti.

"Ne işiniz var? Hem de başkasının mahallesinde..."

"Böyle yapma cidden."

Eun Sang da hiçbir şeyin farkında değilmiş gibi doğal bir şekilde davrandı.

"Asıl sizin ne işiniz var? Sen neden buradasın? Ve o neden orada?"

"Vay, sizin neyiniz var çocuklar?"

Yeong Do bu durumdan çok zevk alıyormuş gibi bir ifade ile ikisine bakıp Tan'a tekrar laf attı.

"Onu görmeye gelmedin mi? Buraya gel."

"Neden onu görmeye geleyim ki? İkinizin neden orada oturduğunuzu bilmiyorum ama kötü şeyleri gidip kendi mahallende yap. Burası öyle bir mahalle değil."

Tan telefonu kapattıktan sonra adımlarının yönünü değiştirdi.

"Öylece gitti. Hemen peşinden git."

"Kim Tan ile görüşmek için gelmedim."

"Yani bu durum tamamen tesadüf mü?"

"Seninle sözleşip de mi buluştuk sanki. Yemeğini ye ve git."

Eun Sang ayağa kalkıp Tan'ın gözden kaybolduğu yerin ters yönüne doğru yürüdü.

"İnatçı birini yenmem mümkün değil. Off, kafam karıştı."

Yeong Do kutu ramen'i karıştırıp yandan güldü.

Neredeyse Choi Yeong Do'ya yakalanacaktım düşüncesiyle bacakları titredi. Okulda gördüğü Choi Yeong Do'nun kötü niyetli hâli hâlâ gözünün önündeydi. Tan ile arası iyi değil gibi gözüküyordu. Bu yüzden Tan ile sürekli ilişkili olan kendisini, hedef olarak kullanıp kullanmayacağını da bilmiyordu. Ayrıca sosyal yardımlaşma grubundan olduğunu öğrenirse belki de okul yaşantısını altüst ederdi. Bunları düşünerek bahçeyi hızlı adımlarla geçiyordu ki önce gelen Tan, Eun Sang'ın kolunu birden tutup çekti.

"Ödümü kopardın!"

"Neden öyle yerlerde uyuyorsun, hiç korkmuyor musun?"

"Eve erken gelmek istemedim. Açıkçası gidecek yerim de olmadığı için orada uyudum."

"Neden gidecek yerin yokmuş? Buralarda her yer kafe."

"Oralarda zaman harcamak için paran olması gerekiyor."

Hiç aklına gelmeyen cevapla Tan hiçbir şey söyleyemedi.

"Ben önden gidiyorum."

"Şu an konuşuyoruz! Choi Yeong Do ile neden buluştun?"

"Buluşmadık karşılaştık. Uyandığımda karşımda oturuyordu ne yapayım?"

"Choi Yeong Do'ya dikkat et diye kaç kere söyleyeceğim? Sana ne dedi? Tehdit falan etmedi, değil mi?"

"Hayır, tam tersine beni korumak istediğini söyledi."

"Tehdit işte bu tehdit! Lütfen benim sözümü dinle. Bundan sonra Choi Yeong Do ile karşılaşma. Bu boş laf değil bir uyarı."

"Bu benim keyfime göre mi oluyor sanki?"

"Choi Yeong Do ve sen neden böylesiniz?"

"İyi hatırlamıyorum. Sadece şu anda birbirimizden nefret ettiğimizi biliyorum."

"Ben önden gideceğim için sen de 5 dakika sonra gir."

"Bir kere olsun tesadüfen bahçede karşılaşmış olamaz mıyız?"

"Karşılaşmamamız için elimden gelenin en iyisini yapmak durumunda olduğum için."

Eun Sang, Tan'ı bırakıp soğuk bir şekilde arkasını döndü.

"Ben geldim."

"Bundan sonra erken gel. Gidip ben aldım bunu."

Ki Ae şarap şişesini kaldırıp Eun Sang'ı azarladı.

"Özür dilerim."

Alışkanlık olarak özür dilerim diyordu ki Tan birden mutfağa girdi.

"Anne, su."

"Getir deseydin ya ne diye mutfağa kadar geldin?"

Şaşıran Eun Sang arkasını dönüp sessizce hizmetçi odasına gitmeye niyetleniyordu ki Ki Ae, Eun Sang'a seslenip onu durdurdu.

"Hey, su!"

Eun Sang yürürken geri dönüp buzdolabına gitti ve su şişesini çıkarttı.

"Ah, ilk defa karşılaşıyorsunuz, değil mi? Bu benim oğlum Kim Tan. İmparatorluk Grup'un ikinci oğlu. Bu da şu dilsiz hizmetçi var ya onun kızı."

Beni tanıştırırken kullandığı kelimeler içimi acıttı. Eun Sang bardağa suyu doldurup Tan'a uzattı.

"Tanıştığımıza memnun oldum."

"Ben seni daha önce çok gördüm."

"Gördün mü? Ne zaman? Evde mi?"

"Okulda. Şu pejmürde kız kim demiştim senmişsin demek. Memnun oldum. Sık sık görüşelim."

İzleyen Ki Ae, Tan'ın sık sık görüşelim lafına ekledi.

"Sık görüşmenize gerek yok. Sen okulda onu görmedin mi?"

"Görmedim."

"Öyle mi? Görmek istemesen de gözünün takılacağı biridir hâlbuki."

"Değil mi? Çok tuhaf bir kız. Ben odama çıkıyorum."

Tan mutfaktan çıkınca Eun Sang da hemen Ki Ae'ye selam verdi.

"O hâlde ben de izninizle..."

"Ona iyice baktın mı?"

"Efendim?"

"Nasıl olsa artık yüzünü görüp tanıdığına göre, bundan sonra Tan'ın okulda neler yaptığını bana bildir."

Yemek parasını böyle öde diyordu. Nasıl olsa bu evde Eun Sang'ın verebileceği cevap sadece "evet"ten ibaretti.

Uzun süre boyunca Ki Ae'ye yakalanıp, Tan ile kendisi arasındaki fark ya da küçük bey ile o evde çalışan kendisi arasındaki farkı dinlediği için aklı başından gitmişti. Bu şekildeki Ki Ae'ye zorla dayanıp hizmetçi odasına güçsüz bir şekilde girdiğinde Hui Nam kuru havluları katlarken uyukluyordu.

"Neden bu şekilde uyuyorsun? Biraz uzansaydın."

Hui Nam, Eun Sang'ın sesiyle zorla gözlerini açtı. Eun Sang

MİRASÇILAR

rastgele bir yere yaslanarak annesine baktı. Bakarken birden şaşırıp ayağa kalktı. Duvarda İmparatorluk Lisesi'nin üniforması düzgün bir şekilde asılı duruyordu.

"Aa? Anne bu da ne? Bu nereden çıktı?"

"Nereden çıkacak? Satın aldım."

"Aldın mı? Anne gerçekten, bu neredeyse bir milyon won'du. O parayla biz…"

"Bu kadarını dert etmeyip bana bırakabilirsin. Giy bir bakalım. Güzelliğini bir görelim kızım."

Gözyaşları aktı. Annesine hem minnettar hem mahcuptu. Üniformayı vücuduna tutarak annesine hafifçe gülümsedi. Tam 18 yaşındaki bir kız çocuğunun gülümsemesiydi.

"Ne giysem yakışmıyor mu zaten bana? Teşekkür ederim anne. Gerçekten çok hoşuma gitti. Ah, ne yapacağım şimdi? Ütülesem mi ki?"

Neşelenen Eun Sang'a bakan Hui Nam da mutlu oldu.

Telefona cevap vermeyip beni buraya kadar getirtiyor. Rachel sinirlenerek judo salonunun kapısını sertçe açtı. Dobok*unu çıkartmış şekilde terini silen Yeong Do içeriye giren Rachel'a çaktırmadan baktı. Zaten ne demek için geldiğini biliyormuş gibi bir ifadeydi.

"Duydun değil mi? Fotoğraf konusunu."

---

* Dobok: Taekwondo ya da judo gibi Uzak Doğu sporlarında giyilen beyaz kıyafet.

Yeong Do dinlemek istemiyormuş gibi cevap vermeyip meyve suyunu yavaşça içti.

"Bunu istemeyen yalnızca sen değilsin! Ciddi ciddi soruyorum. Gerçekten bu nişanı bozmanın hiçbir yolu yok mu?"

"Benimle çıkar mısın?"

"Şimdi benim nişanımı boz demedim. Biraz ciddi olamaz mısın?"

"Nişanı bozamasam da fotoğraf çekim işini bozabilirim."

"Gerçekten mi?"

"Fotoğraf çekimini bozarsam benim için ne yapacaksın?"

"Bozduktan sonra konuş."

"Aile fotoğrafını çektirmek istiyorsun galiba."

"İstediğin şey ne?"

"Ben ne istersem isteyim verecek misin?"

Yeong Do garip bir nüansla sordu. Anlayamadığı bir gerginlik hissetti. Ne yapacaktı? Anlaşma yapıyor muydu, yapmıyor muydu? Başka bir yolu yoktu. Rachel mecbur başını evet anlamında salladı.

Okul üniformasını giyinen Eun Sang keyfi yerinde ana kapıdan çıktı. Kapının önünde Tan duruyordu. Hiç beklenmedik bir karşılaşmaydı. Tan'ın yanında bir tane taksi bekliyordu.

"Neden buradasın? Sabahın köründe?"

"Seni var ya! Şoför bile daha işe gelmedi. Sabahları bir kere bile karşılaşmadığımız için ne zaman çıktığını merak ettim.

Benden kaçmak için her gün sabah şafak vaktinde mi çıkıyorsun evden?"

"Sadece senden kaçmak için değil. Ben önden gidiyorum."

"Seni önden göndermek için mi sabahın köründe bu saate kadar bekledim?"

Tan Eun Sang'ı tutup birden itekleyerek taksiye bindirdi.

"Hey!"

"Kavganın uzamasının sana bir faydası olmaz. CCTV*."

Eun Sang'ın inememesi için iç tarafa doğru itekleyen Tan'da taksiye bindi.

"İmparatorluk Lisesi'ne."

Eun Sang uysallaşınca Tan memnun bir şekilde güldü. Yan yana oturup giderkenki hissettikleri çok güzeldi. Sadece önüne bakan Tan birden konuşmaya başladı.

"Çocuklar Kim Tan'ı çok seviyorlar çünkü çok yakışıklı. Kim Tan'ın dersleri çok iyi çünkü çok yakışıklı. Kim Tan..."

"Ne yapıyorsun?"

"Anneme vereceğin rapor böyle olmalı. Dün her şeyi duydum."

"Bu yüzden bana bakıp yalan söylememi mi istiyorsun?"

"Bunun neresi yalan?"

"Boş ver."

"Bana rapor ver dediğinde sen de hemen, 'Evet.' dedin. O anı mı bekliyordun?"

---

* CCTV: Güvenlik kamerası.

"Benim sizin evde söyleyebileceğim kelimeler arasında, 'İstemiyorum.' lafı yok."

"Bu yüzden 'İstemiyorum, boş ver.' kelimelerini bana söylüyordun demek ki."

"Öyle mi yapıyordum?"

Düşününce gerçekten öyleydi. Birçok konuda ilgileniyordu ama çok mu ileriye gittim acaba diye düşünüp birden mahcup oldu.

"Şafak vakti okula gitmenin sebebi ne? Kaçtığın şey tam olarak ne?"

"Arabalar. Arabalara karşı dikkatli oluyorum."

"Arabalar mı?"

Yoo Rachel, Lee Bo Na, Choi Yeong Do ve Kim Tan... Böyle çocuklar onlarca, yüzlerce. Mümkün olduğunca barışçıl bir şekilde bu okula devam etmek için kendisinin sosyal yardımlaşma grubundan olduğunu tamamen saklamanın iyi olacağı kararına vardı. Okula her gidişinde okulun önünde dizilmiş yabancı arabalar, alışık bir şekilde inip şoförden çantasını alan çocuklar. Eun Sang'ın en önce kaçması gereken şeyler bu gibi durumlardı. Fakat şimdi en önce kaçması gereken şey Tan ile birlikte okula gitmesiydi.

"Şoför bey. Şuradaki yaya geçidinde durun lütfen."

"Okula kadar gidiniz."

Tan, Eun Sang'ın sözünü kesti.

"Beraber inemeyiz."

"Sabahın bu saatinde okulda kim olacak ki? Sadece bugünlük beraber gidelim. Yarından itibaren bu saatte çık desen de çıkmayacağım için merak etme."

"Yine de!"

Tan birden şaşırarak gözlerini açtı, "Aa!" diyerek pencereden dışarıya bir yeri gösterdi. Otomatik olarak Eun Sang pencereden dışarıya baktı. Tan o anda Eun Sang'ın omzuna başını dayadı. Eun Sang'ın kalbi çok hızlı atmaya başladı.

"Uykum var. Senin yüzünden evden çok erken çıktım.

"… Ne yapıyorsun?"

"Az sonra beraber inelim."

Boynuna değen Tan'ın saçları yüzünden, samimi olan Tan'ın sesi yüzünden Eun Sang hareket edemiyordu. Eun Sang, Tan'ın gözlerinin kapalı olmasına şükretti. Öyle olmasa kızaran yüzünü görüp şaşırabilirdi.

"Okul üniforması çok yakışmış."

Tan başını omzuna koyduğu için heyecanlanmıştı. Aptal gibi.

Sabah erken saatte okul bahçesi tenhaydı. Eun Sang arkasından gelen Tan'ı garipseyerek yürüdü. Tan, Eun Sang'ın arkasından bakarak yavaş yavaş Eun Sang'ı takip etti. Hiç kimsenin olmadığı yerde ben ve Tan, sadece ikisinin yürümesi sanki Amerika'daki zamanlar gibiydi. Sallanan Eun Sang'ın atkuyruğu, onun altında beyaz yakası. O kısımlar Tan'ın sürekli ilgisini çekti. Sonraki an, Tan tereddüt etmeden yürüyüp Eun Sang'ın saç lastiğini tutup çekti. Eun Sang şaşırıp birden arkasına döndü. Açılan saçları sallanarak, Eun Sang'ın omuzlarına döküldü.

"Ne yapıyorsun?"

"Okuldayken saçlarını bağlama."

"Lastik tokamı geri ver."

"Yüzünü kapatınca daha güzel oluyorsun. Böyle dur. Tamam mı?"

"Yapma. Ya biri görürse ne yapacaksın?"

"Bu saatte kim görecek?"

"Kim Tan?"

Laf ağzından çıkar çıkmaz karşı taraftaki sütunun arkasından Myeong Su çıktı. Eun Sang hızlıca Tan'dan uzaklaştı.

"Sonradan görme de buradaymış. İkiniz nasıl birlikte geldiniz?"

Myeong Su parfümü vücuduna sıktı.

"Ah, şu anlayışsız çocuk!"

Tan, Eun Sang'ı çekip arkasına geçirdi. Myeong Su'nun bakışlarını kendine çekmeyi düşünmüştü.

"Senin bu saatte ne işin var, burada mı uyudun yoksa? Yüzünde gece kulübünden direkt okula geldiğin yazıyor."

Tan yerde tebeşirle çizili olan ceset koruma çizgisini gösterdi. Tan'ın arkasından Eun Sang hafifçe duruma göz attı.

"Öyle oldu. Annem geceyi dışarıda geçirdiğimi öğrenirse yarın burada yatabilirim. İçeri girelim."

Myeong Su önden binanın içine girdi fakat Eun Sang birden şaşırarak, "Ah!" diye bağırdı.

"Ne var?"

"Ona... Bastın."

Myeong Su tebeşirle çizili olan ceset koruma çizgisinin üzerine basıp durdu.

"Aa, bu mu? Bassam da sorun yok. Sahte bu."

"Sahte mi? Kimse ölmedi mi yani?"

Eun Sang'ın sorusuyla Myeong Su ayağıyla ceset koruma çizgisini sildi.

"Ah, biri öylesine çizmiş işte. Siliyorsun tekrar çiziyor, siliyorsun tekrar çiziyor. Bir tür protesto mu desek ki?"

"Kim ki bu kadar tutkulu olan?"

Tan'ın sorusuyla Myeong Su sağa sola doğru başını eğdi.

"Bilmem. Jun Yeong mu acaba?"

Jun Yeong'un yere düşüp inlediğini hatırladı. O hâldeki Jun Yeong'a dönmüş bakışları da...

"Bu arada sonradan görme biz daha önce tanıştık mı? Bu saatte görünce daha tanıdık geldin."

"Bilmiyorum ki."

Bazen kötü bir niyet olmadan sorulan sorular insanı zor durumda bırakabiliyor. Eun Sang zor durumda kalınca Tan soruyu yarıda kesti.

"Bu kız kulüplere gitmez."

"Sen nereden biliyorsun?"

"Kulüpler müşteri ve ortamını kontrol etmiyor mu sanki."

"Aman, korumayı da biraz güzel bir şekilde yapsan olmaz mı?"

"Birazcık pejmürde gibi, yoksa fena sayılmaz."

Aman gruplaşarak kendi grubuyla zaman geçirmeleri en iyisi. Eun Sang önden giden Myeong Su ve Tan'ın arkalarından sevimli bir şekilde baktı.

Hyo Shin, Eun Sang'ın giriş başvuru formuna baştan sona göz attı. Karşısında oturan Eun Sang'ın beklentiyle dolu gözleri parlıyordu.

"Özel yeteneğin işaret dili mi?"

"Evet."

"Alışılmadık, nadir bir yetenek. Genel olarak 3 dil biliyorum derler."

"Bu beni seçmenizi gerektiren birçok sebepten sadece biri. Küçüklüğümden beri fedakâr ve hizmet ruhum…"

"Elendin."

"Neden?"

"Yayın ekibine katılma amacın okul üniforması için değil miydi? Üniforma giymişsin. Çanta aldım demiştin geri sattın herhalde."

"Çanta aldım demem yalandı."

"Öyle görünüyordu. Son olarak söylemek istediğin bir şey varsa söyle."

"Beni seçin lütfen. Eğer seçmezseniz intikam alırım."

"Ne dedin?"

"Lütfen beni seçin!"

"İşaret diliyle söylediklerin daha uzundu sanki."

Hyo Shin şüpheli bakışlarla Eun Sang'a baktı. Eun Sang garip bir şekilde güldü. O anda yayın odasına Bo Na girdi. Bir şey düşünmeden giren Bo Na Eun Sang'ın oturduğunu görünce birden yüzünü ekşitti.

"Nesin sen? Yoksa şimdi mülakat gibi olmayacak şeylerle zamanını boşa mı harcıyorsun? Olmaz, onu seçme seonbea!"

"Sebep?"

"Erkek arkadaşımın en iyi kız arkadaşı. Erkek ve kız arasında en iyi arkadaşlık mı olurmuş? Ondan nefret ediyorum."

"Yazık oldu. İstikrarlı hâli hoşuma gitti."

Eun Sang'ı bırakıp çekişirlerken kapı çalma sesi duyuldu.

"Seonbea!"

İçeri giren kişi Bo Na ile ne zaman bir olay yaşasa karşılıklı tartışan 1. sınıf hoobae'ydi. Bo Na keskin bir ifade ile baktı.

"Sen niye geldin?"

Bo Na'ya keskin bir şekilde bakması karşı taraf için de aynıydı. Kız Bo Na'nın olduğu tarafa doğru hiç bakmayıp doğruca Hyo Shin'e yöneldi.

"Merhaba. Seonbea, mülakata gelmiş…"

Hyo Shin'e karşı kişisel duyguları olduğu için yayın ekibine başvurduğu kesindi. Bo Na kızı itekleyerek alelacele Eun Sang'a bakarak konuştu.

"Geçtin, geçtin. Seonbea bunu seçelim. JBS ile çalışacak olan yeni PD sensin Cha Eun Sang. Tebrikler!"

Şu saygısız kızdansa erkek arkadaşının en iyi arkadaşı çok daha iyiydi. Hyo Shin bıyık altından güldü. Sadece sebebini anlayamayan Eun Sang boş bakışlarla oturuyordu.

Ağabeyim eve mi geldi? Okuldan eve gelen Tan, çantasını fırlatıp Won'un odasına gitti. Won, Tan'ın kapıyı çalmasına da kapıyı açmasına da dönüp bakmadı.

"Ağabey, artık eve geri mi döndün?"

"Sen ve annen en çok bunu mu merak ediyorsunuz?"

Won hâlâ çok soğuktu. Tan o anda Won'un valizine eşyalarını koyuyor olduğunu fark etti.

"Dışarı çık. İşime engel oluyorsun."

"Sen ve ben. Birbirimizden nefret etsek de etmesek de birlikte yaşayamaz mıyız?"

"Böyle bir şey yalnızca gerçek ailelerde olur."

"Benimle bu şekilde konuştuğunda için rahat ediyor mu?"

"Hayır, etmiyor ama senin de için rahat değil. Bu yeterli. Çekil."

Won valizini alıp odadan çıkmaya niyetlendi. Tan kapının önünde durup giden Won'a baktı.

"Ağabey."

"Sana çekilmeni söyledim."

"Nasıl olur da bu kadar ileri gidebilirsin? Ben geldim diye nasıl evden ayrılırsın?"

"Çünkü sürekli peşimden geliyorsun."

"Ne?"

"Otele de gelmiştin, şirkete de geldin. Sürekli yedi yaşındaki bir çocuk gibi benim peşimden gelirsen daha fazla kaçacak bir yerim olmaz. Nasıl mı bu kadar ileriye gidiyorum? Benim olmam gereken bir yeri elimden aldığını hiç mi düşünmüyorsun? Yoksa bu sefer benim mi Amerika'ya gitmem gerekiyor?"

"Ağabeyimi seviyordum. Benden daha uzun, benden daha güçlü, benden daha zeki olan ağabeyimi seviyordum. Benden daha da yalnız olan ağabeyimi benden nefret eden ağabeyimi seviyordum. Bu yüzden ağabeyimin benden nefret etmesini istemiyordum. Ama ne kadar çabalarsam çabalayayım bu mümkün değildi. Ağabeyime yalvarsam da, onu beklesem de, ona bütün niyetimi göstersem de onunla aramızdaki boşluk hiç daralmadı."

"Tanrı aşkına ne zaman büyüyeceksin? Liseli biriyle muhatap olamam. Lütfen biraz çabuk büyü."

Aslında doğduğumdan beri doğal bir şekilde olması gereken şeylerdi. Bu doğal olan şeyleri anormal yapabilmek 18 yaşında olan benim elimde değildi. Won valizini alıp sonuç olarak dışarıya çıktı. Tan ağabeyinin odasında yalnız kaldı.

"Ah, ödümü kopardın! Çok korktum."

Tan bahçenin bir köşesinden birden ortaya fırladı. İşten çıkıp gecenin bir yarısı eve gelen Eun Sang korkup geriye adım attı.

"Yeni mi geliyorsun?"

"Merhaba."

Eun Sang tam eğilerek selam verdi. Tan şaşırmış şekilde Eun Sang'a baktı.

"İsyan mı ediyorsun?"

"Hanımefendi her an gelebilir. O yüzden ben yavaş yavaş…"

"Yavaş yavaşmış. Dur hemen orada."

"Ne var?"

Giden Eun Sang birden arkasına döndü.

"Neden benim düş kapanımı geri vermiyorsun? Bir teşekkür bile etmeden… Ben sağ elin yaptığını sol elin görmesini isteyenlerdenim. Onu şarap mahzenine getir. Hemen şimdi! Anladın mı?"

Eun Sang'ın hiçbir şekilde cevap vermesine fırsat bırakmadan taramalı tüfek gibi konuşup şarap mahzenine doğru gözden kayboldu. Eun Sang şaşkın, Tan'ın bu hâline bakarak yandan güldü.

Eun Sang şarap mahzenine dikkatlice girdi. Önce gelen Tan, Eun Sang'ın içeri girmesini ayarlayarak telefonundan şarkı açtı. Eun Sang'ın ağlarken dinlediği o şarkıydı. Merdivenlerden inen Eun Sang, Tan'a düş kapanını uzattı.

"Teşekkürler."

"Bu gerçekten çok tuhaf bir şey. O yokken hemen kâbus gördüm."

"Yalancı."

Tan'a düş kapanını verdiğine göre işi bitmişti. Duygusuz bir şekilde şarap mahzeninden çıkacaktı ki Tan, Eun Sang'ın kolunu tuttu.

"O kadar şarkı açtım bari bir şarkı dinle de öyle git."

Tan'ın yakaladığı koluyla beraber kalbi hızla çarpmaya başladı. Tan ile göz göze gelmemek için çaba göstererek Eun Sang yenilmiş gibi tekrar yerine oturdu.

"İyi bir şarkı seçtiğin için oturuyorum."

"Bu şarkıyı seviyor musun? Geçen sefer bunu çalmıştın."

"Evet. Aşırı sevdiğim birinin en sevdiği şarkı."

"Biriyle çıktın mı? Ne zaman? Amerika'ya gelmeden önce mi? Nasıl bir herifti?"

"Erkek demedim ki."

"Çok mu abarttım ne!"

Tan yalandan öksürerek bir şey mi olmuş der gibi güldü.

"Demek erkek demedin. Kim peki?"

"Ablam."

O anda, yere çömelerek ağlayan Eun Sang'ı hatırladı. Bu hâldeki Eun Sang'ı bırakıp kaçan Stella ve arkasından gidemeyip ayakları üzerinde tepinen Eun Sang'ı... Ben neden o zaman bu olan olaylara sadece seyirci kalmıştım acaba? Şimdi bile olsa koşup sarılmak istedi. Eğer sarılırsam kafamdaki senin ağlaman duracak gibiydi.

"Şimdi de Amerika'ya gitmek istiyor musun?"

"Özellikle Amerika'ya gitmek istediğimden değildi. Kore'den uzak bir yerler olsun yeterdi."

"Peki, geri döndüğün Kore nasıl, yaşanılmaya değer mi?"

"Aynı işte. Her gün part-time iş, part-time iş, part-time iş... Nakil olmak biraz sürpriz oldu. Sayesinde biraz daha huzursuz olsam bile..."

"Benim yardımıma ihtiyacın olursa söyle."

"Gerek yok. Düşünmeni bile minnettarlıkla kabul edeceğim."

"Vereceğimi kim söyledi?"

Tan'ın şakasıyla Eun Sang gülümsedi. Eun Sang her güldüğünde, Tan kesilen nefesinin geriye geldiğini hissediyordu.

"İmparatorluk Grup'un oğlu olarak doğmak nasıl bir duygu?"

"*Katı bir ağabeyin sırtı ve dışarıya bir adım bile atamayan bir anne, çok can sıkıcı olan kalp kırıcı konuşmalarıyla içini anlayamadığım bir baba... Bütün bunlar benim iradem ve alakam olmadan, benim yüzümden oluşmuş şeyler. Nefesimin kesildiği zamanlarda benim nefes almamı sağladığını biliyor musun acaba?*"

"Anneme anne diye seslenemediğim, ağabeyime ağabey diyemediğim bir duygu?"

"Sanırım küçük beylerin kaderi böyle bir şey."

"Sen biraz kinci birisin galiba? Ben de sana bir şey sorabilir miyim?"

"Hayır."

"Daha duymadın bile niye hayır diyorsun?"

MİRASÇILAR

"Senin soruların her zaman tehlikeli oluyor. Şarkı için teşekkür ederim. İyi geceler."

Daha şarkının ilk bölümü bile bitmedi. Çıkan Eun Sang'ın arkasından bakarak Tan mırıldandı. Yine de bugün nedense gerçekten iyi uyuyabilecek gibiydi. Tan elinde tuttuğu düş kapanını çevirerek baktı.

Sabahtan beri kendine bakan Yeong Do'nun bakışları güzel değildi. Eğlenceli der gibi aşağıdan yukarıya göz gezdirip, bir şeyleri anladım der gibi başını aşağı yukarı salladı.

"Bütün bunların bu olayın habercisi olduğunu neden bilemedim acaba?"

Boş sınıfta Yeong Do ile karşılaşan Eun Sang nasıl bir ifade takınması gerektiğini bilemedi. Öylece dik dik bakıyordu ki şanstan mı şanssızlıktan mı Bo Na çocukları delip geçerek boş sınıfa girdi.

"Hey, Choi Yeong Do! Bu okulun tamamını kiraladın mı? Eğer kiraladıysan bile senin benim kavgası edeceksek bu okul Kim Tan'ın, neden sürekli çıkın deyip duruyorsun?"

"Sonradan görmeden öğrenmem gereken bir şey var. Gerilmene gerek yok."

Yeong Do, Bo Na'ya bile bakmadan Eun Sang'ın çantasını birden boca etti. Daha sonra çantasını açıp yere eşyalarını döktü.

"Ne yaptığını sanıyorsun?"

Şaşıran Eun Sang bağırdı. İzleyen Bo Na da şaşırıp Yeong Do'ya yaklaştı.

"Ne yapıyorsun?"

"Geldiğin iyi oldu."

Bu sefer sıra Bo Na'nın çantasındaydı. Yeong Do, Bo Na'nın çantasını aniden çekip aldı ve aynı şekilde eşyalarını yere döktü.

"Seni serseri pislik! Aklını mı kaçırdın?"

"Görüyor musun?"

Yeong Do koşan Bo Na'yı tutarak durdurdu ve yeri gösterdi. Yeong Do'nun sözleriyle Bo Na da Eun Sang da otomatik olarak yere baktılar.

"Bak, hiç para harcamışlığın yok. Sen sonradan görme değilsin, değil mi?"

Bo Na'nın çantasından dökülen lüks dudak parlatıcısı ve makyaj çantası, lüks uzun cüzdan, parfüm, ayna, iPod'un yanında Eun Sang'ın çantasından dökülen kahve kuponu, eski bir cüzdan, eski kalem kutusu dağılmıştı. İlk bakışta bile büyük bir fark vardı.

"Lee Bo Na, bu kız gerçekten sonradan görme mi? Onu biraz tanıdığını duymuştum."

"Bilmiyorum seni ilkokul çocuğu! Onun sonradan görme olup olmadığı seni neden ilgilendiriyor?"

Bo Na sinirlenip Yeong Do'nun kolunu itekleyerek eşyalarını topladı.

"İlgilendirir. Sosyal yardımlaşma grubundan biri sonradan görmeymiş gibi davranıyorsa bütün öğrencileri aldatmış oluyor, nasıl ilgilendirmez? Hepimiz mağdur oluyoruz. Değil mi?"

"… Özür dilemeye niyetin yoksa defolur musun?"

Korktuğu için delirecek gibiydi. Nasıl kendini koruması gerektiğini bilemedi. Ölecek kadar bütün gücüyle Yeong Do'ya dik dik baktı. Kendini korumak için ne olursa olsun güçlüymüş gibi yapmak zorundaydı.

"Neye güvenip böyle dayılık ettiğini sorarsam çok mu kabalık etmiş olurum?"

Gülerek yaklaşan Yeong Do'nun gözlerinin ötesinde, o anda, Jun Yeong'un omzuna sertçe basan o yüz göründü. Tam zamanında çocukların gürültü ettiklerini gören Chan Yeong sınıfa girdi.

"Neler oluyor burada?"

"Chan Yeong! Sonunda Choi Yeong Do delirdi!"

Bo Na birden kalkıp Chan Yeong'un yanına geldi. Chan Yeong'un ifadesi daha önce hiç olmadığı kadar soğuktu.

"Her seferinde çocukların derse hazırlanmalarını engellemen çok sinir bozucu olmaya başladı."

Ah, bu şekilde davranması zor duruma sokuyordu. Sadece vücudunu gevşetmek için bir oyundu. Yeong Do hafiften gülerek kaşlarını çizdi.

"Nakil öğrencimizin etrafında neden bu kadar çok şövalye var? Onlarla rekabet edesim geliyor. Ah, öyle olursa ben kötü davranıyorum."

Gerçekten daha başlamamıştı bile. Yeong Do'nun bakışları bir anda sakinleşti. Yeong Do, Chan Yeong'a bir kere daha bakıp sınıfın dışına çıktı.

"İkiniz de iyi misiniz? Hemen şunları toplayalım."

"Çok sinir bozucu. Tanrı aşkına senin yüzünden neden ben bunları yaşamak zorundayım?"

Sinirlenen Bo Na'nın önünde Eun Sang hiçbir şey söyleyemedi. Sadece berbat bir şekilde yere dökülen eşyalarını toplamaktan başka elinden bir şey gelmiyordu.

"Hey, son dakika haberi! Yan sınıfta Choi Yeong Do sonradan görmenin çantasını ters çevirip boşaltmış! Senin sonradan görme olduğun doğru mu diye sormuş."

Ye Sol birden koşarak sınıfa girdi. Sınıfta olan Tan'ın ifadesi bir anda değişti. Bu hâldeki Tan'ın yüzünü Rachel görmemezlik yapamazdı.

"Ne zaman?"

"Ne? Az önce."

"Birkaç gündür sessizdi, tekrar başladı demek."

Myeong Su sertçe güldü. Tan bir an düşünüyormuş gibi yaparken hemen kalktı. O anda, dersin başlama zili çalıp ana dil öğretmeni sınıfa girdi. Tan sınıftan çıkamadı. Kötü hareketler yaparak okul hayatı yaşama diyen Ji Suk'un sözleri kulağında çınladı.

"Hiç olmamış gibi... Davran."

Jun Yeong başını öne eğmiş şekilde Yeong Do'ya şikâyet dilekçesini uzattı. Dolabın önüne çoktan toplanmış çocuklar bu tarafı izliyorlardı. Yeong Do, Jun Yeong'un uzattığı şikâyet dilekçesine parmağı ile vurdu.

"Hey, keyfimi kaçıracak şekilde böyle yaparsan olmaz! Bunun olacağını düşünmeden mi bana vurdun? Ben ne kadar iyi biri gibi gözüküyorum?"

"Rica ediyorum."

"Tamamen iyileşene kadar 3 hafta geçti. Çok fazla acı çektim. O kadar acıdı ki gözlerimden yaşlar geldi."

"... Özür dilerim. Hiç olmamış farzet lütfen."

"Nasıl böyle davranabilirim? Bana vurdun. Bu yüzden arkadaşım, bunu hemen götürüp çok para verip iyi bir avukat tut."

"... Ne yapmam lazım?"

"Ah, kalbimi yumuşatıyorsun. Öyleyse garantisini veremem ama önümde diz çökmeye ne dersin?"

Bir tarafta dolabını düzeltirmiş gibi yaparken olanları izleyen Eun Sang ve açık bir şekilde izleyen çocuklar bir an gerginleştiler.

"Belki fikrim değişebilir, kim bilir."

Jun Yeong başını öne eğmiş şekilde yavaş yavaş yerde diz çöktü. Yeong Do, Jun Yeong'u izlerken rahat bir şekilde gülümsedi. Hiç kimse hiçbir şey söylemedi ve hiç kimse bir şey yapmadı.

Eun Sang şok geçirip korkusundan katiyen bakamadı ve başını çevirdi. Çocukların sessizliğinin içine Tan sert adımlarla yürüyerek girdi. Daha sonra Jun Yeong'un önünde durdu.

"Ayağa kalk."

"Bu iş seni ilgilendirmez."

Jun Yeong'un titreyen sesi sessizce koridorda yankılandı.

"Kalk dedim sana!"

"İyi biriymiş gibi davranma! Çok iğrenç! Sen de Choi Yeong Do ile aynı pisliksin!"

Bu hâldeki Jun Yeong'un tepkisini hiç kimse tahmin bile edemezdi.

"Tam da beklediğim gibi bir Jun Yeong. Çetin bir çocuk."

Yeong Do başını sallayarak kıkır kıkır güldü. Tan'ın bakışları titredi.

"...Yoksa eskiden sana eziyet mi ettim?"

"Choi Yeong Do en azından hatırlıyordu."

"... Özür dilerim. Yerine karşılığını bu şekilde ödeyeceğim."

Daha sonraki an, Tan'ın yumruğu Yeong Do'nun suratına yapıştı. Yeong Do'nun vücudu sarsıldı. İzleyen çocuklar, "Aa!" diyerek şaşırdılar. Eun Sang da şaşırıp kendi de farkında olmadan ağzını kapattı.

"Ben de sana vurduğum için hadi bana da diz çöktür."

Sarsılan Yeong Do vücudunu düzelterek vahşice Tan'a baktı. Hemen saldıracak gibi duruyordu.

"Diz çöktüreyim mi?"

"Bekliyorum."

"Ben nasılım sence?"

İkisinin arasındaki mesafe yavaş yavaş daraldı. Çocuklar korku dolu gözlerle ikisine baktılar. Nasıl olsa bir gün olacak bir olaydı. Tan yumruğunu sıkıca sıktı.

"Orada neler oluyor? Kim kavga ediyor?"

O anda müdür yardımcısı ortaya çıkmasaydı, ikisi kavgaya tutuşacaklardı.

İkisi sonunda yönetim kurulu başkanının odasına çağırılıp yan yana içeri girdiler. Yeong Do kendine has kurnazlığı ile Ji Suk'un önünde iyi bir kurban gibi davrandı ve Tan o durumda hiçbir bahane bulamadı. Ji Suk'un soğuk ses tonu ve bakışları... Bu hikâyenin nasıl abartılarak babasının kulağına gideceğini, annesinin zayıf noktası olarak değişeceğini anladı. Yine de Tan pişman değildi. Eun Sang'ın karşılaşacağı hakaretleri ve korkuları engelleyip geçmişe dair işlediklerine karşı bir bedel olarak Yeong Do ile defalarca karşılaşmaya hazırdı.

"Annenin de tavsiye ettiği gibi, nakil olmayı bir düşün."

Yeong Do bilerek Tan'ı tahrik etti. Sessizce yanından geçip giden Tan öylece olduğu yerde durdu.

"Dayak yediği için utancından yerin dibine giren kişinin gitmesi daha doğru olmaz mı?

"Öz annen değil diye onu görmezden mi geliyorsun?"

Tan dişlerini sıkarak öfkesini durdurdu. Bu herifin şakalarından kolayca etkilenmemeliydi. En azından şimdilik böyle olmalıydı.

"Git. Sağ tarafın da patlamadan önce."

"Ben de bunu bekliyorum. Bu sefer dayanmamı gerektirmeyecek o fırsatı. Bir kez daha vurmak ister misin?"

"Muhtemelen bir fırsatın daha olacaktır."

Tan, Yeong Do'ya sırtını dönüp yürüdü.

3 yıl önce... O zamanlar ilk olarak Yeong Do sırtını dönmüştü. Dong-uk'un sırrı Yeong Do'ya da birlikte olduğu Tan'a da şok etkisi yapmıştı. O olaydan sonra Yeong Do'nun kendinden kaçmasının sebebini Tan anlayışla karşılamış, sanki ne yapacağını bilemeyen Yeong Do'ya bir süre yüz çevirmenin yapacağı en iyi şey olduğunu düşünmüştü. O sürenin bu kadar uzun süreceğini, o boşluğun bu kadar derinleşeceğini bilemezdi. Tan, Yeong Do'yu tekrar eskiye döndürmenin yolunu düşündü. Yeong Do'nun yarasını gören Tan da kendi zayıf noktasını Yeong Do'ya vermek istedi. Eğer öyle yaparsa yanında durmaz mı diye düşündü. Hayatında ilk olarak Tan, bir başkasına kendi doğumunu açıkladı. Ailesi olmayan bir başkasına ilk defa söylediği şeylerdi. Yeong Do'nun tepkisi düşündüğünden farklıydı.

"Sen metresin çocuğu musun? O zaman geçen gün gördüğümüz o kadınla babamın bir çocuğu olsa senin gibi bir piç olurdu yani?"

Bu şekilde konuşan Yeong Do durmadan arkasına döndü.

Bu herifin keskin sözleri, küçümseyen gözleri, boş koridorda duran kendi, uzaklaşan Yeong Do'nun arkası...

"Şu anda Yeong Do benim arkamdan bakıyor mudur acaba?"

Tan bir kere bile arkasına bakmadı. O zamanlar Yeong Do'nun yaptığı gibi...

Ara sınavlara çok süre kalmadığı için olsa gerek kütüphane beklenildiğinden daha kalabalıktı. Ders çalışan çocukların arasında Eun Sang ve Chan Yeong da vardı. Chan Yeong getirdiği yardımcı kitaplarını ve ders kitaplarını Eun Sang'ın önüne koydu.

"İşaretlediğim yere kadar geçen dönem geldiğimiz yer, buradan itibaren de ara sınavlar için."

"Teşekkürler. Sen olmasan ben ne yapardım?"

Chan Yeong'un ders kitaplarını alıp gayretlice düzeltiyordu ki masanın üzerine koyduğu Eun Sang'ın telefonunun üzerinde, "Cevap verme!" yazısı göründü. Choi Yeong Do'ydu. Eun Sang reddet tuşuna bastı.

"O kim ki, "Cevap verme!" yazıyor?"

"Benim de sırlarım var arkadaşım. Çabuk git, yoksa Bo Na sinirlenecek."

"Bo Na'm sinirlenmez. Hepsi naz."

"Aptal şey, cidden!"

"Gidiyorum. Bilmediğin bir şey olursa ara beni."

"Tamam."

Okul birincisi arkadaşı olduğu için çok şanslıydı. Memnun bir şekilde Chan Yeong'un okul kitaplarına ve yardımcı kitaplarına bakarken bir an tekrar telefonu çaldı. Arayan tekrar Choi Yeong Do'ydu. Nedense telefona cevap verene kadar sürekli arayacak gibiydi. Mecbur telefona cevap verdi.

"Ne var?"

"Jajangmyeon* yemek istiyorum ama tek tabak getirmiyorlarmış."

"Ee?"

"Gelip benimle jajangmyeon yemek istemez misin?"

"İki kişilik söyleyip tek tabak ye. Paran çok nasıl olsa."

"Yemeği nasıl çöpe dökeyim. Ekonomi zor durumdayken…"

"Başka birini bul o zaman. Ben neden oraya gideyim ki?"

"Geleceksin ama. Jun Yeong daha gelmedi mi?"

Kendisine bakan gözleri hissedip Eun Sang başını çevirdi. Kapının önünde duran Jun Yeong suçlu gibi başını eğmiş şekilde yürüyordu.

"Seni buraya getirmeye ikna edersem dava açmaktan vazgeçeceğimi söyledim."

"Seni pislik herif! Nasıl?"

Eun Sang sinirle bağırdı. Yanına kadar gelen Jun Yeong'a bakarak Eun Sang zorla sabredip kapatıyorum diyerek Yeong Do'nun telefonunu kapattı.

"Değildir? Yoksa gerçekten, değildir herhâlde?"

---

* Jajangmyeon: Siyah soslu makarna.

Jun Yeong kesinlikle Eun Sang ile göz göze gelmedi.

"... Şey... Özür dilerim ama... Gerçekten özür dilerim ama..."

Jun Yeong umutsuzdu. Aynı zamanda utanç vericiydi. Eun Sang, Jun Yeong'un hissettiklerini çok içten hissediyordu. Jun Yeong'un hâliyle kendi hâli birleşti. Eun Sang katiyen Jun Yeong'un ricasını reddedemezdi. Ayrıca Yeong Do'ya olan öfkesine sabredemezdi.

Gerçekten de masanın üzerinde iki tabak jajangmyeon vardı.

"Otur!"

Yeong Do, Eun Sang'ı kendi önüne oturtup yavaş yavaş jajangmyeon'u karıştırdı. Eun Sang hareket etmeden bu şekilde davranan Yeong Do'ya dik dik baktı.

"Tanrı aşkına benimle uğraşmanın amacı ne?"

"Amaç mı?"

"Gerçekten davadan vazgeçmeyeceksin nasıl olsa, neden insanlarla dalga geçiyorsun? Jun Yeong ölecek gibi beti benzi beyazlamış hâlde gelip benden rica etti. Bu senin için şaka olabilir fakat Jun Yeong için..."

"Şaka olduğunu kim söyledi?"

Yeong Do'nun bakışları ve ses tonu birden ciddileşti. Eun Sang bu hâldeki Yeong Do'nun hareketlerine açık bir şekilde şaşırdı.

"... Yani gerçekten davadan vazgeçecek misin?"

"Evet."

"Neden?"

Yeong Do'nun söyledikleri gerçek olsa bile mutlaka kontrol etmek gerekiyordu.

"Çünkü sen geldin."

"Ben geldim diye ne değişti?"

"Duygularım değişti."

"Duyguların neden değişti?"

"Bana gelişinle duygularım çiçeğe dönüştü, gibi bir şey?"

"Şaka yapacak durumda değilim."

"Her söylediğimi şaka mı sanıyorsun?"

Yeong Do tehdit eder gibi tekrar sordu. Hayır, aslında tehditten ziyade duaya benzer bir duyguydu. Yeong Do da Eun Sang da sanki bilememişlerdi fakat...

"Çiçek sevmez misin? Çiçekleri mi sevmiyorsun yoksa bana gelmeyi mi? Seç birini. Daha nefret etmeni sağlayacağım."

"İkisinden de nefret ediyorum."

"Ah, tekmeyi yedim. İntikam alacağım."

Yeong Do nedense kötü bir şekilde gülerek tekrar jajangmyeon'u yedi. Tanrı aşkına ne yapıyordu? Eun Sang sürekli değişen Yeong Do'yu takip edemiyordu. Yeong Do'nun seçip kullandığı kelimelerin anlamlarını da bulamıyordu. Gözünün önündeki çocuk tehlikeli ama aynı zamanda tam tersine teselli olmuş görünüyordu. Tan'dan dayak yiyip dudağı patlamış şekilde tek başına

MİRASÇILAR

jajangmyeon yiyordu ki Jun Yeong'u rahatsız edip, kendini tehdit eden o tehlikeli çocuğun Young Do olduğuna Eun Sang inanamıyordu. Bu duruma garip bir şekilde karşı koyarken kapının zili çaldı. Gelecek kimse yoktu. Yeong Do peçete ile dudaklarını silip rahatsız olmuş gibi vücudunu kaldırdı. Açılan kapının önünde Rachel duruyordu. Sinirleri tepesine çıkmış bir şekildeydi.

"Telefona neden cevap vermiyorsun?"

"Önemli bir misafirimle yemek yiyorum."

"Halledeceğim demiştin! O zaman neden bu hafta sonu fotoğraf çektireceğiz?"

"Misafirimin olduğunu tekrar söylemek zorunda mıyım?"

"Misafirin kim?"

Rachel tutmaya bile fırsat olmadan odaya girdi. Eun Sang aklına bile gelmeyecek Rachel'ın görünmesiyle şaşırarak tek bir kelime bile edemedi. Rachel'ın kendisine nasıl saldıracağı belliydi.

"Bu nasıl bir vaziyet böyle?"

"Merak etme. Bize katılmanı istemeyeceğim."

Yeong Do, Rachel'ı tutup kendine döndürdü. Rachel, Yeong Do'nun elini itekledi.

"Benim de burada kalma gibi bir niyetim yok. Her neyse fotoğraf konusunu adam akıllı haller. Gereksiz yere elimi çekmişken beni dâhil etme."

Ardından Rachel arkasına dönerek Eun Sang'a yandan güldü.

"Düşündüğümden daha fenaymışsın."

Rachel, Eun Sang'ın cevap vermesine bile fırsat bırakmadan hemen dönüp odadan çıktı. Eun Sang kendini zor bir duruma sokan Yeong Do'ya birden sinirlendi.

"Davadan vazgeç, rica ediyorum. Yemeğini bitirdiğine göre ben artık gidebilir miyim?"

"Nereye gidiyorsun? Part-time işine mi?"

Giden Eun Sang'ın arkasından bakan Yeong Do söylendi. Eun Sang zorla koridorda yürüdü.

Rachel otelden çıkar çıkmaz Tan'a telefon etti. Eğlenceden ölecek gibi bir ifadesi vardı.

"Bunu duymasına rağmen o kızı hâlâ korumaya devam edebilecek mi acaba?"

Tan, "Ne var?" diyerek isteksiz şekilde telefona cevap verdi.

"Benim. Cha Eun Sang'ın şu anda nerede ve kiminle olduğunu biliyor musun?"

"Ben nereden bileyim."

"Söyleyeyim mi?"

"Söylemek için aramadın mı zaten?"

"Cha Eun Sang şu anda Choi Yeong Do'ların otelinde süit odada. Choi Yeong Do ile beraber yemek yiyorlar."

"Kapatıyorum."

Tahmin ettiği gibiydi. Kendi kafasına göre kapanan telefonu tutan Rachel kazandım der gibi ferahlamış bir şekilde gülümsedi.

MİRASÇILAR

Tan telefonu kapatır kapatmaz Eun Sang'a telefon etti. O kadar uzaklaş diye uyarmıştı fakat Tanrı aşkına oraya neden gitmişti? Choi Yeong Do dese zaten kendini sinirlendirmek için her şeyi yapabilecek biriydi. Sürekli telefonu açmayan Eun Sang yüzünden Tan delirmek üzereydi. Sonunda Tan montunu alıp kalktı. Nereye gidiyorsun diye soran Ki Ae'nin sorusu kulağına girmedi bile. Koştuğu her an sadece Eun Sang'ın yüzünü hatırladı. Bu saatlerde Eun Sang part-time işinde çalışıyor olmalıydı. Eun Sang'ın çalıştığı kafenin önüne kadar giden Tan dikkatlice içeriye baktı. Eun Sang oradaydı. Eun Sang çok sakin bir ifade ile masayı siliyordu. Gerginliğini attığı o anda siniri yükseldi. Tan kafenin içine girip Eun Sang'ın elinden tutup çekiştirdi.

"Gel benimle."

"Ne var? Ne oldu?"

Eun Sang, Tan'ın neden böyle davrandığını tahmin bile edemedi. Kafenin dışına çıkan Tan, Eun Sang'ın elini atar gibi bıraktı.

"Telefona neden cevap vermiyorsun?"

"Görmüyor musun? Çalışıyorum."

"Yeong Do'ların oteline gittin mi?"

"Aa, Rachel cidden!"

"Gittin mi?"

"O otel Choi Yeong Do'ların mı?"

"Sen delirdin mi? Oranın neresi olduğunu biliyor musun? Nasıl gidebildin oraya?"

"Hey, Kim Tan! Amerika'da uyuşturucu satıcısı olma ihtimaline rağmen senin evine de gitmiştim. Ben gittiğim yerde aptalca şeyler yapacak biri değilim."

"Bu yaptığın aptallık işte. Bana nasıl güvenip de peşimden evime geldin? Seni aptal! Ya başına bir şey gelseydi, o zaman ne yapacaktın?"

"Sen öyle biri değilsin."

"Nereden biliyorsun! Benim öyle biri olup olmadığımı?"

Eun Sang hiçbir cevap veremedi. Düşündüğünde kafası garip şeylerle doluydu. Kimsenin yardım etmeyeceği Amerika'da neye güvenip Tan'ın peşinden gitmişti? Tam da öyle bir bakıştı. Kendisi için endişelenen derin bakışlar. Bu yüzden Tan'a güvenmişti.

"Yeong Do'ların oteline neden gittin?"

"Jun Yeong yüzünden. Eğer gidersem Choi Yeong Do davadan vazgeçeceğini söylediği için."

"Ona inanıyor musun?"

"İnanmıyorum. Ama ne yapsaydım? Aynı durumda olan arkadaşım rica etti."

"Sen neden onunla arkadaşmışsın? Kaç kere gördün de hemen arkadaş oldun?"

"Benim sosyal yardımlaşma burslusu olduğumu biliyor. Annemin ne iş yaptığını bile biliyor. Ama bunu bildiği hâlde sırrımı korudu. Nasıl gitmem?"

"Nasıl olsa nakil olacak, sana ne? Böyle işlere karışma diye

MİRASÇILAR

kaç defa söylemem gerekiyor? İyi biri gibi mi davranmak istiyorsun?"

"En başta Choi Yeong Do benimle neden uğraştı bilmiyor musun? Senin yüzünden!"

"O yüzden böyle yapıyorum ya! Benim yüzümden sana bir şey olacak diye! Lütfen rica ediyorum. Beni endişelendirecek şeyler yapmasan olmaz mı? Hiçbir şey yapmadan dursan olmaz mı?"

"Asıl sen beni yalnız bıraksan olmaz mı?"

"*Çünkü benim yanımda olduğun sürece, sürekli boş umuda sarılıyorum. Sürekli mümkün olabilecekmiş gibime geliyor, saçma hayallere kapılıyorum. Öyle olunca gerçekten sen...*"

Eun Sang dudaklarını sıkıca ısırdı.

"Yaşadığım hayat yeterince yorucu ve zor zaten. Choi Yeong Do beni gözüne kestirdi diye sen her gün daha da rahatsızlık hissediyorsun."

Tan cevap vermeden Eun Sang'ın gözlerine öylece baktı. Tan'ın gözlerindeki ışıltı yavaş yavaş koyulaştı.

"Çok bir şey istemiyorum. Yalnızca bu okuldan sorunsuz bir şekilde mezun olup yirmili yaşlarımda şimdikinden sadece 1 kuruş kadar daha iyi bir yaşam sürmenin derdindeyim. Fakat bunun için ne yapmam gerektiğini bilemiyorum gerçekten."

"Ne yapman gerektiğini söyleyeyim mi? Yarın derhâl bizim evden ayrıl!"

"Ne?"

"Ayrılamaz mısın? Okula da devam mı etmek istiyorsun? Öyleyse şu andan itibaren benden hoşlanmaya başla. Mümkünse içten."

"Daha erken söylemiş olmam gereken sözlerdi. Seni ilk gördüğümde... Güneş ışığının altında durup bana güldüğün o anda... Seni Kore'ye gönderdiğimde... Seninle tekrar karşılaştığımda..."

"Ben senden hoşlanmaya başladım."

Sonunda yatıştırdığı kalbi Tan'ın bir kelimesi ile patladı. Eun Sang'ın kalbi ne yapacağını bilemeyip titredi. Tan o hâldeki Eun Sang'a sakin bir şekilde baktı. Katiyen kaçıramazdı.

"Sen benim için hazırlanmış kaderimsin."

Bundan sonra ortaya çıkacak hangi olay olursa olsun bu arzulu hislerini durduramazdı.

06

"Bu yüzden artık okuldaki işlerine etkin olarak müdahale edeceğim ve senin özel yaşantına karışacağım."

Ateş gibi sinirlenen Tan'ın hâlinden eser kalmamıştı. Tan sakin bakışlarla Eun Sang'a baktı. O bakışlardan kaçmanın bir yolu yoktu. O bakışlarla titrememenin bir yolu yoktu.

"Yapacak başka işin yok mu? Bunu duymamış gibi davranacağım."

"*Duyguların kıpırdadıysa ne yapayım? Hoşlanıyorsan ne yapayım?*"

Eun Sang güçlükle duygularını bastırıp bilerek soğuk bir şekilde konuştu.

"Her şeyi duydun. Duymamış gibi davranamazsın."

"Gitmem lazım."

O sözden sonra Tan, Eun Sang'ın önünü kesti.

"Cevap verip öyle git!"

Eun Sang titreyen bakışlarla sadece Tan'a bakıp hiçbir cevap veremedi. Tan'ın telefonu çaldı. Arayan babasıydı. Okuldaki olaydan dolayı aradığı kesindi. Fakat o anda Tan'ın babasının telefonundansa Eun Sang'ın cevabı, Eun Sang'ın bakışları daha önemliydi. Tan telefonu meşgule attı. Bu sefer Eun Sang'ın telefonu çaldı. Arayan Ki Ae'ydi. Telefonun ekranında yazılı olan, "Hanımefendi" yazısını gören Eun Sang telefona cevap vermek için birden döndü.

"Cevap verme!"

"Hanımefendi arıyor."

"Cevap verme dedim!"

"Sen telefona cevap vermeyebilirsin fakat ben cevap vermek zorundayım. İşte bu seninle benim aramdaki fark. Bu benim sana cevabım."

Tan, Eun Sang'ın telefonunu elinden aldı. Daha sonra tereddüt etmeden telefonu açtı.

"Anne, benim. Şu anda önemli bir konuşmanın ortasındayız. Birazdan seni arayacağım."

"Hey!"

Kafasına göre telefonu kapatan Tan'a doğru Eun Sang bağırdı.

"Farkları azaltırız, tekrar cevap ver!"

"Telefonumu ver!"

"Cevap ver dedim!"

"Neden bahsettiğin hakkında hiçbir fikrim yok."

"Şu andan itibaren benden hoşlanmaya başla, ben senden hoşlanmaya başladım. Bunun neresini anlamadın?"

"Telefonumu ver!"

"Eğer cevap verirsen..."

Birdenbire gözyaşları akmaya başladı. Eun Sang hiçbir şekilde cevap veremeyeceği soruya, bir şekilde cevap vermesini isteyen Tan'a kızmıştı. Sebepsiz bahane bulmak istedi.

"Telefonumu ver. Ver dedim sana! Daha sözleşmesi bitmedi ve benim için çok pahalı. Onunla annemle mesajlaşmalıyım, çalıştığım yeri de aramalıyım. Ver dedim şu telefonu!"

Eun Sang'ın gözyaşları pıtır pıtır aktı. Gerçekten telefon yüzünden değil, bu şekilde yetersiz sebeplerle Tan'ın duygularından kaçmak zorunda kalma gerçeğinden çok nefret etmişti. Tan bu şekildeki Eun Sang'ı teselli etmeyip sessizce baktı.

"Şu anda sana sarılmamak için kendimi zor tutuyorum."

"Seni öldüreceğim!"

Tan izin almadan Eun Sang'ı kendine çekip sarıldı.

"Ağlama. Benden nefret ettiğini de söyleme sakın."

Eun Sang katiyen Tan'ı itekleyemedi.

"Düşüneceğini söyle. Rica ediyorum."

Tan'ın sürekli samimiyeti hüzünlüydü. Bu samimiyete yaslanamayacak olan kendi durumu çok daha hüzünlüydü. Eun Sang bu şekilde uzun bir süre Tan'a sarıldı.

"Başkan Choi'nin oğluna mı vurdun?"

Eve döner dönmez Tan babasının çalışma odasına yöneldi. Babası bekliyormuş gibi Tan'a gündüz olan olayı sordu. Kızmış gibi ya da sinirli bir ses tonu yoktu.

"Evet."

"Neden?"

"Çok geç kaldınız baba."

Arkasını dönmüş şekilde pencereden dışarıya bakan Başkan Kim ne demek istiyorsun der gibi dönüp baktı.

"Bu ilginiz... Amerika'ya gitmeden önce de Amerika'ya gittikten sonra da bundan daha kötü birçok şey yaptım. Fakat umursamamıştınız. Her telefon ettiğimde meşgulüm diyerek telefonu kapattınız."

"İşleri yürütmek için meşgul olmalıyım."

"Bu sayede ağabeyim ve ben sizin ilginizden çok paranıza sahip olacağız."

Uzak kaldıkları süre boyunca büyüyen sadece boyu değildi. Kendine karşı olan nefret duyguları düşündüğünden daha da derinleştiği için Başkan Kim biraz üzülmüştü.

"Söyleyecekleriniz bittiyse..."

Yine de İmparatorluk Grup'un başı olarak Başkan Kim kesinlikle Tan'a yenilemezdi.

"Annen okulun yönetim kurulu başkanı. Bir daha insanların ağzına laf verecek hareketler yapma."

"Benim annem başkan değil sizin metresiniz."

Tan da oğlu olarak babasına yenilemezdi.

"İyi geceler."

Tan düzgünce selam verip çalışma odasından çıktı. Başkan Kim hoşnutsuz ifadesi ile kapanan kapıya baktı.

Dışarıya çıkan Tan kapının önünde sessizce derin bir nefes aldı. O anda Ki Ae'nin odasından Eun Sang güçsüz bir şekilde dışarıya çıktı. Eun Sang, Tan'a çaktırmadan bir bakış atıp mutfak tarafına doğru gitmeye başladı.

"Neden oradan çıktın? Annem sana bir şey mi söyledi?"

"Bir şeyler söylemesini gerektiren bir durum."

"Ne dedi?"

"Senden rica edeceğim. Evdeyken benimle konuşmasan olmaz mı? Daha fazla sorun istemiyorum."

"Cha Eun Sang."

Eun Sang daha fazla cevap vermedi.

"Hey!"

Eun Sang öylece mutfağa girdi. Tan'ın kendi yüzünden kötü laf işitmiş olacağından içi rahat etmedi.

Odasına çıkıp yatağa oturan Tan'ın yüreği sürekli rahatsızlık hissetti. Tahmin bile edemeyeceği itiraf ve o itirafı duyup yıkılan Eun Sang'ın ifadesi, ayrıca Ki Ae'nin odasından çıkan Eun Sang'ın güçsüz adımları, babasının hoşnutsuz yüzü… Bütün bu şeyler Tan'a ağırlık yapıp dinlenmesine de uyumasına da olanak sağlamadı.

Eun Sang da aynı durumdaydı. Amerika'da çiftlikte gördüğü yaralı Tan'ın gözleri, Amerika'da yol evinde restoranda düşmek üzereyken kendisini tutan büyük el ve takside kendisine yaslanmış şekilde gözlerini kapatan Tan'ın kirpikleri, kafenin önündeki itiraf ve o sesi sürekli hatırladığı için uykuya dalamıyordu. Yine de uyumalıydı. Yarın erken kalkabilmek için... Zor bir güne doğru düzgün başlayabilmek için... Telefonunun alarmını kurmak üzereyken Facebook bildirisi geldi.

"İyi geceler."

Kendi adıyla yazılmış Tan'ın selamını görüp Eun Sang üzgün bir şekilde gülümsedi.

Tan koridorun ortasında durup Eun Sang'ı bekliyordu. Kaçmaya çalışsa da kaçamayacağı bir mesafeydi. Eun Sang ile Tan'ın bakışları sürekli kesişti. İkisinin mesafesi yavaş yavaş yakınlaştıkça Eun Sang hiçbir şey olmamış gibi önce konuşmaya başladı.

"Burada ne yapıyorsun?"

"Hyo Shin Seonbea ile konuştuğunuzu duydum. Geçtin mi?"

"Henüz bilmiyorum. Telefonda söylemeyeceğini söylediği için geldim."

"Kulis yapmamı ister misin? Ben Hyo Shin Seonbea ile çok yakınım."

"Ne kulisi?"

"Vücut kulisi."

Tan şakayla karışık ceketini açtı. Eun Sang bıyık altından gülümsedi.

"Düşünme aşamasında mısın?"

Az öncekinden farklı olarak ciddi bir ses tonu ile Tan sordu.

"Facebook hesabımdan çıkış yap."

Zor durumda kaldığı sorudan kaçmak için sebepsiz yere Facebook konusunu açtı. Öyle ya da değil Tan, Eun Sang'ın peşini bırakmayı düşünmüyor gibiydi. O sırada yayın odasından Bo Na çıktı. Sonra bekliyormuş gibi koridorun sonundan Chan Yeong ortaya çıktı. Eun Sang birden Tan'dan kaçarak ikisinin önüne doğru yürüdü.

"Lee Bo Na özür dilerim. Chan Yeong bana ara sınavda çıkacak yerleri tekrar gösterebilir misin?"

Eun Sang göz işaretleriyle zor durumdaymış gibi işaret gönderdi. Durumu anlayan Chan Yeong, "Birazdan görüşürüz." diyerek Bo Na'ya laf attı.

"Benimle gel."

"Cha Eun Sang inanılmaz!"

Bo Na'nın birdenbire gözden kaybolan erkek arkadaşı ve erkek arkadaşının en iyi arkadaşı yüzünden keyfi kaçtı. Tan'ın önünden hızla geçen Bo Na birden bir şeye karar vermiş gibi arkasına dönerek Tan'ın önünde durdu.

"Hey, Kim Tan! Peşimde böyle dolaşıp durman çok rahatsızlık veriyor. Yoksa hâlâ bana karşı bir şeyler mi hissediyorsun?"

Saçma düşünceleri hâlâ eskisi gibiydi. Tan bıyık altından güldü. Böyle düşünmesine biraz müsaade edeyim diye düşündü.

"Hissediyorum galiba."

"Biliyordum zaten. Bana baksana, Kim Tan! Şu an Chan Yeong ile çok mutluyum."

"Sen benimle birlikteyken de çok mutluydun. Benden çok hoşlanıyordun."

"Ne çok hoşlanması? Azıcık hoşlanıyordum."

"Hâlâ tatlısın Lee Bo Na."

"En azından bakmayı biliyorsun! Seni uyarmak için söylüyorum ama ben artık senden hoşlanmıyorum."

"Ben senden hoşlanıyorum ama…"

"Hey! Benim sevgilim var."

"Sevgilin biliyor mu? Benim senden hoşlandığımı?"

"Bilmiyor tabii ki, bilse… Ah, cidden! Artık beni unut lütfen!"

Ana noktayı bulamadı. Bo Na koridorun karşı tarafına doğru kayboldu. O hâldeki Bo Na'ya bakarak gülen Tan, karşı tarafa, Eun Sang'ın gözden kaybolduğu tarafa doğru bakışlarını çevirdi.

Chan Yeong banka oturmuş olan Eun Sang'a içecek uzattı. Eun Sang teşekkür ederim diyerek içeceği aldı.

"Kim Tan ile ne oldu? Neden ondan kaçıyorsun?"

"Kaçmam için tek sebep olsa keşke. Yatılı hizmetçinin kızı ve evin küçük beyi."

"Zaten babam da okulda nasıl olduğunu sormuştu."

"Gereksiz yere babanı bile endişelendiriyorum. Hatırlıyor musun? Ortaokuldayken baban büyük bir şirkette çalıştığı için zengin evin oğlu olduğun dedikodusu çıkmıştı."

"Buraya gelince anladım. Babamın büyük bir şirkette çalıştığını ve sınıf arkadaşımın babasının da o büyük şirketin sahibi olduğunu."

"Fırsatını bulunca çocuklara gerçeği söyleyeceğim. Buraya kadar nasıl geldiğimi bilmiyorum ama sonradan görmeymiş gibi davranmaya içim rahat etmediği için devam edemeyeceğim."

"Hayır, söyleme! Mümkünse elinden geleni yapıp bu yalanı sürdür ve zor durumda kalmadan mezun ol."

Beklenmedik bir cevaptı. Chan Yeong'un bu yönü olduğunu bilmiyordu. Her zaman haklı ve doğru sözlü olan Chan Yeong bile bu şekilde konuştuğuna göre bu okul gerçekten de cehennem gibi bir yer olmalıydı.

"Gerçekten bu sen misin Yoon Chan Yeong?"

"Jun Yeong bugün başka bir okula nakil oluyor."

Eun Sang birden yerinden kalktı.

Teşekkür bile edemedim. Jun Yeong çoktan okulun çıkış kapısına doğru uzaklaşıyordu. Sert adımlarla yürüyen hâli yalnız görünüyordu. Uzaklaşan Jun Yeong'a kesinlikle yaklaşamayan Eun Sang, Jun Yeong okul kapısından çıkana kadar o yerde uzun süre Jun Yeong'u izledi.

"Jun Yeong neden beni gizlemişti acaba? Ben neden Jun Yeong'un elinden tutamadım?"

Eun Sang sert bir yüz ifadesi ile dolabın kapağını açtı. Ders kitaplarını alırken cebinde telefonunun titreşimini hissetti. Telefonun ekranında çıkan, "Cevap verme!" yi gördükten sonra derin bir nefes aldı. O anda, birdenbire birisi Eun Sang'ın yüzünün yanına yüzünü uzattı. Eun Sang birden korkarak dönüp baktı. Choi Yeong Do'ydu.

"Bu da ne?"

"Neye cevap verme? Duygularıma mı?"

"Çekil!"

"Ah, üzülüyorum ama. Jajangmyeon bile aldım sana, neden 'Cevap verme!' diye kaydettin? Adımı değiştirir misin arkadaşım?"

"Biz nereden arkadaşmışız?"

"O halde çiçek olur musun?"

"Çekil dedim. Derse gitmem lazım."

"Duygusuzca böyle yapma ama gerçekten. Sen böyle davrandığın için Kim Tan'ı ne diye kaydettiğini merak ediyorum. Telefonuna bakabilir miyim?"

"Off..."

Daha fazla muhattap olmak istemedi. Olsa olsa adını değiştirirse son bulurdu. Eun Sang rehbere girip Yeong Do'nun adını 'Choi Yeong Do' olarak değiştirdi.

"Kim Tan'sız hiçbir iş hallolmuyor demek."

"Oldu değil mi?"

Eun Sang ekranı Yeong Do'ya gösterip birden arkasına döndü.

"İlan panosunda senin adın da vardı. Tebrik ederim."

"Adım mı?"

Yeong Do'nun sözleriyle Eun Sang korkmuş bir yüzle durdu.

"Adım mı? Neden? Ne yazmışlar?"

"Neden bu kadar korktun ki? Yanlış bir şey mi yaptın?"

Eun Sang huzursuz yüz ifadesiyle yürümeye başladı.

"Geçmişim."

"JBS PD ek işe alımı başarılı adayı, 2. sınıflardan Chan Eun Sang."

İlan panosuna yapıştırılmış adını kontrol edince nefesi kesilecek gibi oldu. Hangi ara geldiyse Bo Na, Eun Sang'ın yanında söylendi.

"İnanılmaz. Çok mükemmel bir şeymiş gibi panoya yapıştırmışlar. Off, gerçekten seonbea'nin çok eski kafalı olduğunu söylemek lazım."

Bo Na birden panodaki ilan yazısını söktü. Daha sonra sesini alçaltarak Eun Sang'a söyledi.

"Ben senin yerinde olsaydım sessizce yaşamakla meşgul olurdum. Sosyal yardımlaşma ile okula girip sonradan görme gibi davrandıktan sonra şimdi de yayın ekibine girdin. Hey, nereye bakıyorsun?"

Eun Sang'ın bakışları sürekli ilan panosunun olduğu taraftaydı. Tekrar arkasını dönüp ilan panosunu kontrol eden Bo Na panoya yapıştırılmış bir not gördü.

"Bu da ne? Hangi aklını kaçırmış gevşek genç bu kutsal okulda biriyle çıkar ki?"

Eun Sang'ın Kore'ye dönerken Tan'ın okulundaki ilan panosuna yapıştırıp geldiği nottu. Amerika'da bırakıp geldiği vedayla bu şekilde tekrar karşılaşacağını kesinlikle bilmiyordu.

"Bunu nasıl gördün?"

Eun Sang, Tan'a notu gösterdi.

"O ne?"

Hiçbir şeyden haberi yokmuş gibi ağırdan alarak cevap verdi.

"Çok ilginç. Nasıl gördün bunu?"

"Sadece bir kerecik beni aramanı istememe rağmen ölsen de aramadın fakat panoya böyle bir not mu bırakıp gittin?"

"Gerçekten göreceğini düşünmemiştim. Neden aramamı istemiştin ki?"

"Söyleyeceklerim olduğu için aramanı istemiştim."

"Ne diyecektin?"

"Neredesin? Kiminlesin? Ne zaman gideceksin? Gitmesen olmaz mı? Gitme! Benimle biraz daha kal. Seni özledim."

Eun Sang, Tan'ı o büyük evde tek başına bırakıp gelmiş gibi olduğundan Tan'ın yalnız kalmış arkadan görünüşü ve yaralı gözleri sürekli içine dert olmuştu. O yalnız bakan gözleri şu anda kalbini bana ver diye samimi ve dürüst bir şekilde konuşuyordu.

"Kore'ye senin yüzünden gelmedim fakat Kore'ye gelme sebeplerimden biri de sensin."

Eun Sang katiyen Tan'ın yüzüne bakamayıp başını öne eğdi.

"Hâlâ düşünme aşamasındasın değil mi?"

"Derse gitmem gerek."

Tan'ın kalbinden kaçmak için bu kadar anlamsız bir bahane uydurmak zorunda kaldığı için canı yandı. Bu hâldeki Eun

MİRASÇILAR

Sang'ın hislerini Tan da biliyordu. Kısa bir şekilde iç çeken Tan giden Eun Sang'a seslendi.

"Hangi sınıfa gittiğini biliyor musun?"

"Biliyorum."

"Biliyormuş. Ahlak dersi A blok 301'de."

Tan'ın sözü bitmeden önce Eun Sang tekrar geriye dönerek ters tarafa doğru yürüdü. Tıpkı Amerika'da yaptığıyla aynı şekilde. Mecbur gülümsedi. Aynı anda içi sıkılmıştı.

"Az önce ne dedin? Tekrar söyle."

"Cha Eun Sang'dan hoşlanıyorum."

Rachel şaşkın bakışlarla Tan'a baktı. Benimle dalga geçmek için değil, hislerimi reddetmek için de değildi. Bu hisleri gerçekti. Rachel'ın öfkeden vücudu titriyordu.

"Sonunda bu kelimeler ağzından çıktı, Kim Tan. İyi de Cha Eun Sang'dan hoşlanıyorsan benden ne yapmamı istiyorsun? İzin mi istiyorsun? Yoksa yok mu olayım? Bilmediğimi mi sandın?"

"Kiminle görüşürsem görüşeyim senin iznine ihtiyacım yok."

"Neden tekrar çocuklaştın? Peki, yüzlerce kez taviz verdiğim için iznime ihtiyacın yok diyelim. Fakat nasıl olsa bizim camiamız ortada. Benden ayrılsan bile, ölsen de Cha Eun Sang ile birlikte olamazsın. Ya Seoin Grup'tan Kim Seyeon Seonbea ya da Bugyeong Grup'un ikizlerinden Minji Yeonji'den biri, ya da İsviçre'de okuyan DK Telekom'un torunu olur. Onlar da olmazsa..."

"Biliyorum. Düşünmedim değil."

"Şükür ki tamamen aklını yitirmemişsin."

"Ama artık düşünmüyorum. Düşünmeyi de endişelenmeyi de daha sonra yapacağım. İlk olarak istediğimi yapacağım."

"..."

"Senin dışında üstesinden gelmem gereken daha birçok şey var. En azından sen zorlaştırmayıp geri dönmemi sağla. Biz arkadaştık."

"Düşünmeden istediğini yapmak 18 yaşına uygun ve iyi bir şey fakat sen yanlış düşünmüşsün. Canımın hiç yanmayacağını düşünmüşsün fakat bunda da yanılmışsın."

Canı yandı. Kalbini hiç vermemişti zaten ama neden tekrar geri alıyorsun diye soramazdı da. Rachel acı çeken ifadesini saklayarak kibirli bir şekilde arkasına döndü. Tan sanki çivi çakılmış gibi Rachel'ın arkasından öylece bakakaldı.

Judo kıyafeti giyinmiş olan Yeong Do ve Dong-uk minderin üstünde gergin bir şekilde birbirlerine bakıyorlardı.

"Demek istediğin şey ne?"

"Hafta sonu çektireceğimiz aile fotoğrafını çektirmek istemiyorum."

"Gerçekten yüzüme karşı mı diyorsun bunu?"

"Evet. Judo yaparken bir kere bile seni yenemedim. Bu sefer ben yenersem aile fotoğrafı çektirme işini iptal edin."

MİRASÇILAR

"Kendine güveniyor musun?"

"Aşırı istediğim bir şey olduğunda nasıl değişeceğimi ben de merak ediyorum."

"Pekâlâ, yen beni. O zaman istediğin şeyi yapacağım."

Lafı biter bitmez Yeong Do korkunç bir şekilde Dong-uk'a saldırdı. Diğer zamanlardaki müsabakadan farklıydı. Yeong Do, Dong-uk'un hareketlerini izleyerek hızlıca vurup içeriye girdi ve saldırır gibi koşmaya devam etti. Her zamankinin aksine hareketli bir müsabakaydı. Bu yüzden olsa gerek Yeong Do yenebilirim diye düşündü. Bir anda Dong-uk, Yeong Do'yu devirip koluyla boğazını sardı. Yeong Do'nun canı yanmış olacak ki Dong-uk'un koluyla mindere vurdu. Dong-uk rahat bir şekilde kolunu çözüp kalktı ve çözülen dobok'unun ipini sıkıca bağladı.

"Daha nasıl yeneceğini bilmiyorsun."

"Bu hile."

"Hile mi? Ben hiçbir kural koymamıştım. Sadece beni yen demiştim. Hakemi olmayan bir minderde tek başına kurallara uyarak dövüştüğün için ortaya çıkan sonuç bu. Ayrıca insanlar yalnızca sonucu hatırlar. Az önce senin yenildiğin sonucunu."

Minderde uzanmış şekilde Yeong Do sinirlenip homurdandı.

"Pazar günü geç kalma."

Dong-uk arkasını dönüp önden çıktı. Haksızlık ve öfkesi yükseldiği için ne yapacağını bilemeyen Yeong Do uzanmış şekilde sertçe mindere vurdu.

Müşteriler tek seferliğine birden dışarıya çıktılar. Kasada duran Eun Sang bulaşık bezini alıp salon tarafına çıktı. O anda önlüğünün cebine koyduğu telefonu çaldı. Çıkartıp baktığında Choi Yeong Do'dan gelen telefondu. Eun Sang telefonunu tekrar cebine koyup masayı sildi. Masayı silerken birden şaşırıp kaldı. O kısacık arada Yeong Do gevşek bir şekilde yaslanıp oturduğu yerden Eun Sang'a bakıyordu. Yeong Do bıyık altından güldü.

"Adımı değiştirdiğin hâlde cevap vermiyorsun."

"Burada olduğumu nereden öğrendin?"

"Beni ne sanıyorsun sen? Hakkında öğrendiklerim içinde beni en çok şaşırtan gerçek..."

"*Yoksa sosyal yardımlaşma grubundan olduğumu anladı mı?*"

İçi daralıyordu ki Yeong Do ukala ve ciddi bir şekilde çattığı kaşlarını düzelterek doğal bir şekilde konuştu.

"Birçok part-time işte çalışarak sonradan görme olduğundu."

"Ne duymak istiyorsun?"

"Hiçbir şey söylemesen de olur. Buraya sadece yalnız hissettiğim için geldim."

Bu şekilde konuşan Yeong Do gerçekten çok yalnız göründü. Eun Sang şaşırmıştı.

"Ah doğru ya. Davadan vazgeçtim."

"Gerçekten mi?"

"Sana yapacağımı söylemiştim ya."

Nedense neşeli bir ses tonuydu.

"Ne yapacağını söylemiştin?"

Yeong Do'nun sözünü keserek kafeye Tan girdi. Yeong Do keyfi kaçmış gibi soğuk bakışlarla önünde duran Eun Sang'a baktı.

"Ah, bu hile ama."

Tan sandalyeyi ayağı ile çekerek Yeong Do'nun karşısına oturdu.

"Burayı nereden öğrendin de geldin?"

"O zaten bu soruyu çoktan sormuştu."

"Peki, sen ne cevap verdin?"

"Burayı biliyor olmam onun diğer çalıştığı tavukçuyu da, pizza dükkânını da, restoranı da biliyor olduğum anlamına geliyor, diye sadece içimden dedim."

"Off, nereye kadar yakalanmıştı?"

Tan şaşırmış ifadeyle duran Eun Sang'a göz attı. Mümkün olduğunca doğal bir şekilde atlatması gerekiyordu ama Eun Sang'ın şu andaki ruh hâliyle mümkün değil gibiydi. Sonuçta yalan söylemekten başka çaresi yoktu.

"Öyleyse ne olmuş yani? Otel sahibinin oğlu da her okul tatilinde her hafta sonu bulaşık yıkıyor."

"Anlamazlıktan geliyormuş gibi yapmayı bırak."

Yeong Do'nun sert sözleriyle Tan'ın yanında duran Eun Sang birden şaşırdı.

"İşine bakmayacak mısın?"

Tan bu durumdan kurtulabileceği bir bahane fırsatı oluşturunca Eun Sang hemen gözünün içine bakıp kasaya gitti. Yeong

Do bu şekildeki Tan ve Eun Sang'a gülünç bir şekilde bakıp hemen laf attı.

"Peki ya sen onun burada çalıştığını nasıl bu kadar iyi biliyorsun?"

"Ben her zaman senden bir adım öndeyim."

"Bu yüzden arkanı iyi kolla. Her zaman bir adım arkanda ben varım."

"Cha Eun Sang ile arkamdan vurmak için mi? Gereksiz şeylerle zamanını boşa harcama."

"Neden, ikiniz çıkıyor musunuz?"

"Yakışıyor muyuz?"

"Nasıl böyle edepsiz şeyler sorabiliyorsun?"

"Çok yakışıyoruz biz."

Yeong Do'nun içinde küçük bir şeylerin patlama sesi vardı.

"Cha Eun Sang'a dokunma. Uyarıyorum."

"Yüzüme direkt söylüyorsun. Bu o kadar da iyi bir strateji değil. Dizlerine iyi bak. Benim minderimde kural falan yok."

Tan ve Yeong Do'nun bakışları gergin bir şekilde gelip gitti. Gerekirse yumruk bile kullanacaklardı. O anda, kafenin müdürü kasadan vücudunu çıkartıp Yeong Do ve Tan'a seslendi.

"Çocuklar, gelip içeceklerinizi alın."

"İçecek mi?"

Müdürün sözleriyle Tan kafenin içine göz gezdirdi. Eun Sang yoktu.

"Cha Eun Sang nerede?"

"Eve gitti. Bunları Eun Sang ısmarladı. Alıp öyle gidin."

"*Ah, arkadan vuran başka biri daha varmış.*"

Yeong Do ve Tan kaşları çatık ifadeyle tepsinin üzerindeki iki bardak içeceğe baktılar.

Tan mutfakta su içerken hizmetçi odasına geçen kapıya delecekmiş gibi baktı. Özellikle susadığı için değil, sadece karar vermek için, zamana ihtiyacı olduğu için su içiyordu. Nihayet karar vermiş gibi elinde tuttuğu bardağı tak diye bıraktı. Öylece birden kapıyı açıp içeriye giren Tan, hizmetçi odasının önünde durdu. "*Hayır. Yine de!*"

Tekrar kapıyı çalmak için elini kaldırıyordu ki kapı birden açılıp Eun Sang içeriden çıktı.

"Neden? Bana vuracak mısın?"

Kapıyı çalmak için elini kaldıran Tan tekrar birden elini indirdi.

"Uyumadın mı?"

"Sen neden uyumadın?"

Eun Sang, Tan'ı sıyırarak geçti.

"Nereye gidiyorsun?"

Tan önüne geçiyordu ki Eun Sang birden şaşırmış bir şekilde gözlerini açıp Tan'ın arkasına baktı. Daha sonra tereddüt etmeden başını eğip selam verdi.

"Ah, hanımım!"

"Annem mi?"

Şaşıran Tan otomatik olarak arkasına baktı. Arkasındaki mutfak bomboştu. Eun Sang'ın şakasıyla kandırıldığını anlayan Tan, "Seni var ya!" diyerek tekrar Eun Sang'a bakıyordu ki o anda gerçekten mutfak tarafından Ki Ae'nin sesi duyuldu.

"Çoktan yatmışlar mı?"

Rengi atmış olan Eun Sang'ı Tan birden koridorun sonundaki depoya çekip içeriye soktu. Tan kapının yanındaki duvar tarafına Eun Sang'ı itekledikten sonra kendi de Eun Sang'a yaklaştı. O durumda Tan pencereden dışarıya göz attı. Eun Sang'ı yakından hisseden Tan'ın nefesiyle gereksiz yere vücudunu hareket ettirdi. Ki Ae mutfak kapısından hizmetçi odasının koridoruna şöyle bir bakıp tekrar mutfağın dışına çıktı.

Tan artık güvenli hissetmiş olacak ki ondan sonra derin bir şekilde nefes aldı. Sonrasında hemen yakınında yapışmış olan Eun Sang'ın yüzüne bakışlarını çevirdi. İkisinin arasında tuhaf bir gerginlik aktı gitti. Eun Sang katiyen Tan ile göz göze gelemedi. İkisinin kalbi de deli gibi atıyordu. Tan dayanamayıp Eun Sang'ın olduğu tarafa doğru başını eğdi. İçgüdüsel olarak Tan, Eun Sang'ı öpmeye niyetleniyordu ki Eun Sang bunu anlayıp korkuyla gözlerini kapattı. Eun Sang korkup birden vücudunu hareket ettirince Tan sabredip vücudunu geriye çekti.

"Annem gitti."

Eun Sang hemen gözlerini açtı. Hızla çarpan kalbini güçlükle sakinleştiren Tan'ın ayağına bastı. Daha sonra öylece vücudunu çevirip depodan dışarıya çıktı.

"Uff!"

Tan'ın canı yanmıştı fakat hiç ses çıkartamamıştı.

Yeong Do, Myeong Su'nun atölyesindeki kanepede uzanmış boş boş tavana bakıyordu. Müzik açıp mırıldanan Myeong Su, Yeong Do'ya kızarmış gibi baktı.

"Eve gitmiyor musun? Git de yüz maskesi falan yapıştır. Yarın fotoğraf çektireceksiniz ya."

Yeong Do onu duymamış gibi cevap vermedi. Kafasının içi sadece Eun Sang'ın yüzü ile doluydu.

"Deminden beri ne düşünüyorsun?"

Myeong Su karşısındaki kanepeye oturup Yeong Do'nun bacağına hafifçe vurdu. Ondan sonra uzaklara gitmiş olan Yeong Do'nun aklı başına geldi.

"Cha Eun Sang'ı düşünüyorum."

"Sonradan görme mi? Sen onu neden düşüneceksin ki?"

"... Öyle ya. Ben de onu neden düşündüğümü de beraberinde düşünüyorum."

Bu ilkti. Bir kızın yüzünün bu şekilde kafasının içini doldurması... Heyecanlanmaya başladığı bir olaydı. Bunun Tan ile bağlantısının olduğunu bilmesi kötüye yol açan bir şeydi. Fakat artık, bilmiyordu. Sürekli Tan ile alakası olmadan o kızın yüzünü hatırlıyordu. Bu durumu nasıl anlaması gerektiğini Yeong Do da bilemiyordu.

Sonunda o gün gelip çatmıştı. Utanç verici aile fotoğrafı... Takım elbise giymiş olan Yeong Do canı istemiyormuş gibi bir ifadeyle arabadan indi. Ardından elbise giymiş Rachel çok sinirli bir şekilde ortaya çıktı.

"Makyaj çok yakışmış, sister."

"Halledeceğini söylemiştin. Sana güvendiğim için aklımı kaçırmış olmalıyım."

"Hey, pahalı elbisene küfür siniyor!"

Yeong Do sırıtarak önden içeriye giren Rachel'ın arkasından gitti. Stüdyonun içerisinde çoktan kamera ve ışıklar ayarlanıyordu. Önden gelmiş olan Dong-uk ve Esther içeriye gelen Rachel ve Yeong Do'yu memnun bir şekilde karşıladılar.

"Geldiniz mi? Vay Yeong Do bugün çok harika görünüyorsun."

"Birazdan daha havalı halimi göreceksiniz."

"Gerçekten mi? Bekliyor olacağım."

"Ne uyumlu bir aile."

"Yoo Rachel alay etme, bugün güzel bir gün."

Esther hafifçe gülüp geçti.

"Evet, herkes hazırsa buraya gelin."

Dong-uk'un sözüyle Rachel ölmekten daha fazla istemediği bir ifade ile sert adımlarla yürüdü. O anda, stüdyonun kapısından gösterişli giyimiyle bir kadın içeriye girdi.

"Geldi işte."

Yeong Do'nun yüzü aydınlandı. Dong-uk'un yüzü gözle görülür bir şekilde sertleşti.

"Uzun zaman oldu oppa. Yaşlandıkça daha da iyi görünüyorsun."

"Hoş geldin ajumma."

"Ajumma da neymiş, abla de bana. Artık tam bir adam olmuşsun. En son sen ortaokuldayken mi görüşmüştük?"

"Bir hafta önce de görüştük ya. Bizim otelin asansöründe. Babamla görüşmeye geldiğinizi söylemiştiniz."

"Yaa, hani benimle sır olarak saklayacaktın? Oppa, bugün ne var böyle? Ne çekimi yapıyorsunuz?"

Duymasa bile her şey açıktı. Esther çok sinirlenip Dong-uk'a dik dik baktı.

"Başkan Choi Bey, öyle görünüyor ki misafiriniz geldi. Bugün çekimi iptal edelim. Gülümseyebileceğimi sanmıyorum."

Kolyesini sinirli bir şekilde çıkartıp fırlatan Esther önce stüdyodan çıktı.

"Beraber gidelim."

Rachel patlayan gülümsemesini saklayarak Esther'in arkasından çıktı. Bütün bunları Yeong Do'nun planladığı kesindi. Dong-uk, Yeong Do'ya korkunç bir şekilde dik dik baktı.

"Sen!"

"Hile yapmak müsabakanın bir parçasıdır. Önemli olan kazanmak ve kaybetmektir. Ne pahasına olursa olsun kazan. Çok etkilenmiştim. İnsanlar artık yalnızca, az önce benim kazandığımı hatırlayacaklardır, öyle değil mi?"

Dong-uk'un gözleri öfkeyle dolmuştu. Yeong Do rahat bir şekilde omuzlarını çekip stüdyodan dışarıya çıktı. Stüdyonun dışında Rachel gitmemiş bekliyordu.

"Bugün çok havalıydın. Babana nasıl hesap vereceksin?"

"Nasıl hesap vereceğimi düşünseydim hiçbir şey yapamazdım."

"Neyse sana borçlandım."

"Borcunu ödersin olur biter. İstediğimi vermelisin."

"Ne istiyorsun?"

"Gerçekten verecek misin?"

Yeong Do garip bir bakışla Rachel'a bir adım yaklaştı. Rachel bir an vücudunu geriye çekti. Kafayı yemişliği ile dedikodusu yayılan Choi Yeong Do'nun ne isteyeceğini tahmin edemiyordu.

"Ne istiyorsun dedim?"

"Cha Eun Sang'ın gümrük beyannamesi sendeydi değil mi?"

"Ne?"

"Onu istiyorum."

"Onu neden istiyorsun? Gerçekten Cha Eun Sang ile aranda bir şeyler mi var? O gün neden ikiniz oteldeydiniz?"

"Bu, seni ilgilendirmez. Yarın okula getir. Mutlaka."

Yeong Do, Rachel'ı bırakıp önden gitti. Giden Yeong Do'nun arkasından Rachel, "Kim Tan, Cha Eun Sang'dan hoşlandığını söyledi." dedi.

Yeong Do adımlarını durdurdu. Arkasına döndüğünde Rachel yaralanmış bakışlarla kendisine bakıyordu.

"Gelip bana itiraf etti. Bunu da halledemez misin?"

"Eğer halledersem ne vereceksin? Bu sefer senin veremeyeceğin bir şey isteyebilirim."

"Önce hallet de öyle konuş."

"Söz veriyorum."

Yeong Do tekrar arkasına döndü.

"Tanrı aşkına aklından neler geçiyordu?"

Yeong Do'da tarifi mümkün olmayan tehlikeli bir şeyler vardı.

Öğle arasında, Eun Sang yemekhaneye gitmeyip spor sahasının bir köşesindeki banka gitti. Eun Sang gözlerini kapatmış kulaklığını takmış şekilde uzun bir süredir orada oturuyordu. Tan yaklaşıp yanına birden oturdu. Beklenmedik bir anda, birinin geldiğinin belirtisiyle şaşırması normaldi fakat Eun Sang gözlerini bile açmadan doğal bir şekilde yana doğru kaydı. Öyle yapınca Tan, Eun Sang'ın kolundan birden tuttu. Sonrasında korkan Eun Sang gözlerini aniden açarak Tan'a baktı. Tan'ın olduğunu kontrol eden Eun Sang, Tan'ın tuttuğu elini iteklelip Tan'ın omzuna vurdu.

"Ölmek mi istiyorsun, gerçekten?"

"Ah, gerçekten çok acıdı. Ah!"

Tan'ın inlemesiyle mahcup olan Eun Sang, Tan'ın omzuna hafifçe dokundu.

"İyi de neden? Neresi?"

"Ah, orası orası. Yok, bu taraf."

Tan şakayla Eun Sang'ın elini tutup hareket ettirince Eun Sang tekrar elini çekip vuracakmış gibi tehdit etti.

"Bir tane daha vurayım mı? Çocuklar bakıyorlar."

"Kim bakıyor? Herkes yemek yemeğe gitti."

"Sen neden yemiyorsun?"

"Ya sen?"

"Şimdi gideceğim. Ayrıca lütfen olur olmadık yerden çıkıp durma. Tanrı aşkına nereden çıktın öyle? Daha gözlerimi kapatalı 10 saniye bile olmamıştı."

"Masaldan..."

"Şuna bak."

"İyi de neden kulaklık takıp geziyorsun seni salak. Kimin takip ettiğini de bilmiyorsun."

"Beni takip mi ettin?"

"Ya ne yapsaydım? Evde seninle konuşmama da izin vermiyorsun."

"Evde sanki sadece laf mı attın bana?"

"Ne dedim ben?"

Konuşan Eun Sang birden derin bir nefes aldı.

"O konu hakkında mı konuşalım?"

Tan'ın bakışlarıyla Eun Sang'ın yüzü kızardı. Eun Sang aniden yerinden kalktı.

"Ben önden gideceğim için sen beş dakika sonra gel."

Tan, Eun Sang'ın ardından ayağa kalktı.

MİRASÇILAR

"Bedava mı? Senin saat ücretin ne kadar? Benim beş dakikamın parasını öde öyleyse."

"Senin gibi zengin bir ailenin çocuğu para konusunda neden bu kadar hassas?"

"Para konusunda hassas olduğum için zenginim. Sadece sonradan görmeler parayı bol keseden harcarlar. Çünkü ne zaman parasız kalacaklarını bilmezler. Hazır lafı gelmişken sen de parayı bol keseden harcıyorsun ama bana verdiğin yemek sözünü neden tutmuyorsun?"

"Ismarlayacağım. Yayın bölümünden bursumu alınca... Ben gidiyorum."

Eun Sang sert adımlarla gidince Tan, Eun Sang'ın peşinden gitti.

"Sen para için mi girdin yayın bölümüne?"

Eun Sang kaşlarını çatarak birden arkasına döndü.

"Peki, beş dakikanı satın alıyorum. Şimdi oldu mu? Peşimden gelme!"

"Hey, benim beş dakikamın ne kadar olduğunu biliyor musun sen? Ayrıca para peşin!"

Tan'ın konuşmasıyla Eun Sang alelacele yürümeye başladı. Tan, Eun Sang'ın arkasından bakarken ne kadar tatlı der gibi gülümsedi.

Zengin bir okul olduğu için yemeklerinin boyutu da farklıydı. Ne zaman görse her zaman şaşırıyordu. Eun Sang açık büfe tarzı hazırlanmış yemeklerden seçip tabağına koydu ve boş bir masaya doğru yürümeye başladı. O anda, ne zaman geldiyse Yeong Do, Eun Sang'ın tabağını birden elinden aldı. Eun Sang'ın tabağını tutmuş bir şekilde sert adımlarla yürüyen Yeong Do'ya Eun Sang sinirlenerek peşinden gitti.

"Ne yaptığını sanıyorsun?"

Yeong Do alıp getirdiği tabağı yanına koyup her zaman oturduğu yere oturdu.

"Sence? Yemeği seninle yemek istediğim için yaptım. Otur."

Yeong Do'nun yanında duran Sang U yaklaşarak Yeong Do'nun karşısındaki sandalyeyi geriye çekti. Otur anlamına geliyordu. O anda Eun Sang'ın aklından önceden olan olaylar gelip geçti. O yer Jun Yeong'un yeriydi. İmparatorluk Lisesi'ndeki açık kurallar sayesinde, "sosyal yardımlaşma grubu bursluları" nın yeri. Etrafındaki çocuklar bu tarafa doğru bakarak fısıldadılar. Daha çok korktu.

"Ne yapıyorsun? Otursana."

"Seninle yemek istemiyorum."

"Alt tarafı bir yemek yemek istiyorum ama bu şekilde davranarak beni utandırıyorsun."

Yeong Do soğuk bir şekilde konuştu. Sanki işaret edermiş gibi Sang U, Eun Sang'ın omuzlarından itekleyerek oturttu. Önünde oturmuş olan Eun Sang'a baktı ve Yeong Do memnun bir şekilde yemeğini yemeğe başladı. Eun Sang korkusundan ne yemek yiyebildi ne de başka bir şey yapabildi.

"Neden yemiyorsun?"

"Beni buraya oturtman ne anlama geliyor?"

"Özel bir anlamı yok. Sadece burada oturduğum zaman rahat ediyorum."

"Kim Tan'ı kızdırmak için beni kullanıyorsan, dursan iyi edersin. Onunla hiçbir alakam yok."

"Gerçekten mi? Benim de onunla bir alakam yok."

Yemekhaneye giren Tan o şekilde oturmuş ikisini fark etti. Durumu anlayan Tan öfkeli bir yüzle sert adımlarla yürüdü. Yemekhanedeki çocuklar izlemiyormuş gibi yapıp üçüne çaktırmadan baktılar.

"Ne yapıyorsun şu anda?"

"Neyi ne yapıyorum? Beraber yemek yiyoruz görmüyor musun?"

"Kalk!"

"Ne yapmalı?"

Eun Sang tereddüt edip ayağa kalkamadı.

"Kalk dedim sana!"

Tan'ın sesi yükselince Eun Sang cesaretlenmişçesine tabağını aldı. Yeong Do elindeki kaşığı tabağının üzerine pat diye koydu.

"Sofra adabını nereden öğrendin böyle? Bu kadar fazla insanın içinde senin aile eğitimin hakkında konuşmak zorunda mıyım?"

Yeong Do'nun açık bir şekilde meydan okumasına Tan sabredip Eun Sang'ın kolundan tutup kaldırdı.

"Biz önceden sözleşmiştik. Gidelim."

Tan, Eun Sang'ın kolundan tutup götürmeye niyetlendi ki Yeong Do birden Eun Sang'ın giden adımlarına çelme taktı. Yeong Do'nun ayağına takılan Eun Sang tuttuğu tabağıyla birlikte yere kapaklandı.

"Seni pislik!"

Tan daha fazla sabredemeyip Yeong Do'nun yakasına yapıştı. Yere düşen Eun Sang hemen kalkıp Tan'ın koluna asıldı.

"Yapma. Böyle yapma!"

Yumruğunu sıkan Tan bir anda durdu.

"Ben düştüm yere. Yapma."

"Bugünlerde sana iyi davrandım diye gardını düşürdün. Değil mi?"

Yeong Do, Eun Sang'la dalga geçti. Yakasını tutmuş olan Tan elini iyice sıktı.

"Seni öldüreceğim!"

"Senin yerine Cha Eun Sang'a diz çöktürdüm ben. Bu beklentinin üstünde değil mi?"

Öylece vursa hiç de garip olmayacaktı. Yeong Do'nun istediği tam olarak buydu. İşleri gürültülü hâle getirmek. Bu yüzden Kim Tan'ı zor durumda bırakmak. O anda, Eun Sang, Tan'ın kolunu sıkıca tutup yalvarır gibi fısıldadı.

"Lütfen beni çıkar buradan... Lütfen!"

Sonunda gözyaşları akmaya başladı. Eun Sang'ın gözyaşlarını gören Tan, Yeong Do'yu iteklercesine bırakıp Eun Sang'ın elinden tuttu. Yeong Do, Tan'ın tuttuğu kıyafetini silkeleyerek yemekhaneden çıkan ikisine baktı. Yemekhanede bu hâllerini başından beri izleyen Rachel orada dimdik kalan Yeong Do'ya yaklaştı. Daha sonra elindeki gümrük beyannamesini Yeong Do'ya uzattı. Yeong Do almak için elini uzatınca dalga geçer gibi elini geriye kaçırdı.

"Cha Eun Sang'a diz çöktürttün fakat buradan Tan'ın elini tutup çıktı."

"Normalde verip geri aldığında daha da sinirlenir. Bana güveniyorsun, değil mi?"

Yeong Do, Rachel'ın elinde tuttuğu gümrük beyannamesini birden elinden alıp yemekhaneden dışarıya çıktı.

Tan ile Eun Sang çocukların bakışlarından kaçarak terasa çıktılar. Terasın kapısı kapanınca Eun Sang korku ve üzüntüyle gözyaşlarına boğuldu. İki eliyle yüzünü kapatmış şekilde hıçkırarak ağlayan Eun Sang'ı Tan nasıl teselli edeceğini bilemeyip sadece canı yanarak izledi.

"Bir yerin yaralanmadı, değil mi?"

Eun Sang yüzünü kapatmış şekilde başını salladı.

"Bir bakayım."

Tan bir adım yaklaştığında Eun Sang yavaşça geri adım attı.

"Gelme, üstün kirlenir."

Üzerine yemek dökülüp berbat olmuş kıyafetini Tan'a göstermek istemiyordu. Tan durmayıp Eun Sang'a doğru hızlı adımlarla yürüdü.

"Olduğun yerde kal. Bakacağım."

Daha sonra iki elini birden tutup çekti ve avuçlarının içini ve elinin üstünü inceledi. Düştüğünde yaralanıp yaralanmadığından endişe duymuştu.

"İyiyim dedim."

Eun Sang elini tutup çekti.

"Olduğun yerde dur dedim."

Birden Eun Sang'ın telefonu çaldı. Arayanı kontrol eden Eun Sang korkmuş ifadesini saklayamadı. Öte yandan ekranda çıkan Choi Yeong Do'nun adını görür görmez Tan'ın yüz ifadesi soğuk bir ifade ile değişti. Tan telefonu elinden almaya çalışınca Eun Sang telefonu kaptırmamak için kendine doğru çekti.

"Öyle yapma, cevap vermek zorundayım."

"Cevap verme!"

"Az önce gördün. Onu umursamamak, ondan kaçmak bir işe yaramıyor. Benim sonradan görme olmadığımı biliyor. Her şeyi biliyor."

Korku ve korkaklık, aşağılanma ve ihanet. Ayrıca Jun Yeong'a duyulan mahcubiyet. Eun Sang şu anda kötü duygular hissediyordu.

"Bilse de önemli değil. Cevap verme!"

"Nasıl önemli olmaz? Choi Yeong Do her şeyi anladı diyorum."

"Cevap verme dedim!"

Telefon çalmaya devam etti. Telaşlanan Eun Sang; Tan'ın söylediklerini umursamayıp telefonu açtı.

"Alo?"

MİRASÇILAR

Tan, Eun Sang'ın bileğini büküp onu duvara itekleyerek yapıştırdı. Hiç tereddüt etmemişti. Tan öylece Eun Sang'ın dudaklarına yapıştı. Eun Sang'ın büyüyen gözleri, Tan'ın aşağıya doğru inen kirpikleri, telefonun ucundan duyulan Yeong Do'nun sesi... Sanki hiçbir şey yok gibiydi. Temas eden sıcak vücutları ikisine özeldi. Eun Sang elindeki telefonu pat diye yere düşürdü.

(Devamı 2. Ciltte)